小書痴的下剋上

為了成為圖書管理員不擇手段！

第二部 神殿的見習巫女III

香月美夜——著
椎名優 繪　許金玉 譯

本好きの下剋上
司書になるためには
手段を選んでいられません
第二部 神殿の巫女見習いIII

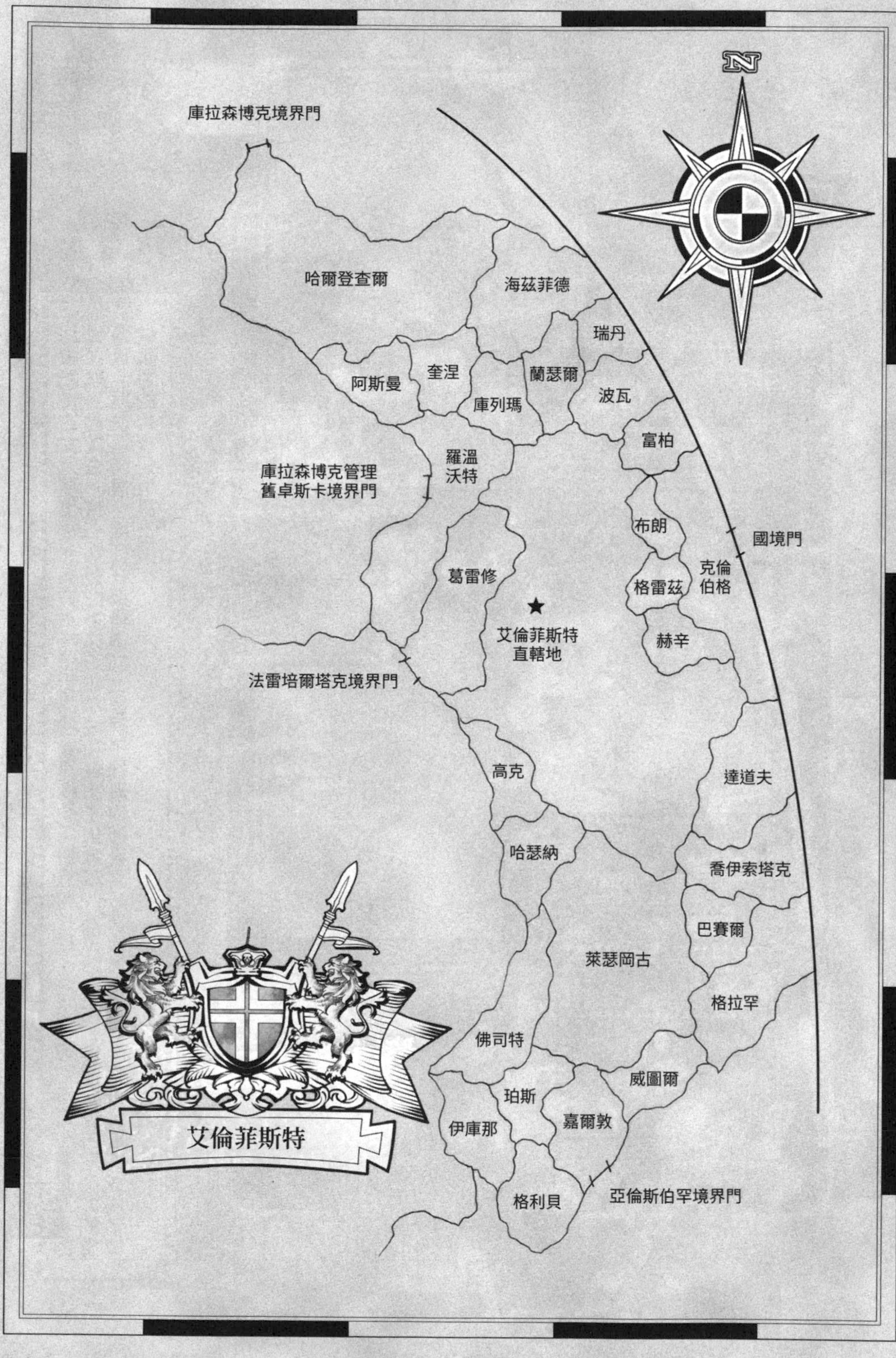

N
庫拉森博克境界門
哈爾登查爾
海茲菲德
瑞丹
阿斯曼
奎涅
庫列瑪
蘭瑟爾
波瓦
富柏
羅溫
沃特
庫拉森博克管理
舊卓斯卡境界門
布朗
國境門
克倫
伯格
格雷茲
葛雷修
艾倫菲斯特
直轄地
赫辛
法雷培爾塔克境界門
高克
達道夫
哈瑟納
喬伊索塔克
巴賽爾
萊瑟岡古
格拉罕
佛司特
威圖爾
珀斯
嘉爾敦
伊庫那
艾倫菲斯特
格利貝
亞倫斯伯罕境界門

登場人物

第一部
劇情摘要

超級愛書的女大學生在死後轉生成了士兵的女兒梅茵，還患有身蝕。為了在識字率低、紙又昂貴的世界裡自己做書，每天都奮鬥不懈。雖然成功做出了植物紙，為了活下去，卻需要能吸取魔力的魔導具。就在這時候，梅茵在洗禮儀式上發現了神殿的圖書室。直接與神殿長談判後，最終成為了提供魔力的青衣見習巫女。

梅茵一家

梅茵

本書主角。士兵的女兒，患有身蝕又體弱多病。明白了身蝕的熱意其實是魔力後，便成了原本是貴族之子才會擔任的青衣見習巫女。為了看書，不擇手段。

伊娃

梅茵的母親。在染色工坊工作。看著容易失控的丈夫和女兒，每天只能苦笑。

昆特

梅茵的父親。在南門擔任士兵，位階是班長。愛家到旁人都大感吃不消的地步。

多莉

梅茵的姊姊。裁縫學徒。個性溫柔，很會照顧人。梅茵形容為「簡直是天使」。

奇爾博塔商會

班諾

奇爾博塔商會的老闆，也是梅茵經商方面的監護人。

珂琳娜

班諾的妹妹，也是商會的繼承人。自己擁有工坊，手藝出眾的裁縫師。

路茲

奇爾博塔商會的都帕里學徒。梅茵可靠的夥伴，也負責管理梅茵的身體狀況。

馬克

奇爾博塔商會的都帕里。班諾的得力助手。

神殿相關人員

神殿長

神殿的最高權力者。厭惡威懾過自己的平民梅茵。

神官長

梅茵在神殿的監護人。十分倚重梅茵的魔力量和計算能力。

法藍

原是神官長身邊的侍從，現在是優秀的首席侍從。

吉魯

以前是問題兒童，現在全心全力幫忙管理工坊。

戴莉雅

神殿長指派的眼線。口頭禪是「討厭啦」。

葳瑪

擅長繪畫的灰衣巫女。

羅吉娜

擅長彈奏樂器的灰衣巫女。

卡斯泰德	艾倫菲斯特的騎士團長。
達穆爾	負責在神殿保護梅茵的騎士。
齊爾維斯特	祈福儀式時同行的青衣神官。
雨果	班諾雇用的廚師。
艾拉	班諾雇用的廚師學徒。
約翰	鍛造工坊的學徒，技藝出色。

+ CONTENTS +

第三部　神殿的見習巫女 III

第二部

神殿的見習巫女Ⅲ

序章

「卡斯泰德大人，斐迪南大人到了。」

聽了侍從的通報，卡斯泰德往會客室移動，看見自己的第一夫人艾薇拉和長男艾克哈特，正開心不已地與斐迪南談天。看得出兩人十分仰慕斐迪南，卡斯泰德不禁苦笑。在斐迪南進入神殿以後，如今還仰慕他的貴族可謂少數。

「斐迪南大人。」

卡斯泰德喚道，斐迪南回過頭來。互相道完寒暄，請斐迪南入座後，侍從們立即開始準備款待客人。

「不好意思要掃你們的興了。艾薇拉、艾克哈特，能迴避一下嗎？」

卡斯泰德請兩人離開，他們還不滿地瞪過來，但斐迪南只是輕揮了揮手說：「這是機密。」兩人便回答：「是。」很快離開了會客室。雖然對兩人的差別待遇感到有些不滿，但事到如今也沒什麼意義。

準備好了酒與菜餚，侍從們也退出會客室，房內只剩下了卡斯泰德和斐迪南。眼見房門徹底闔上，卡斯泰德才放鬆緊繃的肩膀，講話也不再拘謹，變回了面對老友的態度。

「斐迪南，抱歉讓你特地跑一趟。但眼下那邊的情況有些棘手……」

他拿起銀製酒杯喝了一口，表示沒有下毒後，再向斐迪南勸酒。斐迪南輕拿起酒杯，湊到嘴邊。看他馬上放鬆了表情，可知這款酒符合他的喜好。

「嗯，我早就料到情況會很棘手了。斯基科薩的母親肯定會大吵大鬧，到處向人訴苦吧。神殿長也來向我抱怨過了。」

事情正如斐迪南所說的，因此卡斯泰德露出苦笑點頭。

十天前討伐陀龍布之際，卡斯泰德身為騎士團長，指定了斯基科薩和達穆爾擔任青衣見習巫女的護衛。因為兩人在同行的騎士中魔力較低，又還沒有過討伐陀龍布的經驗，倘若只是負責保護在一段距離外待命的神殿人員，卡斯泰德心想兩人應該能夠勝任。豈料，兩人竟然傷害了護衛對象，還導致陀龍布二度出現，犯下無可挽回的失誤。所以現在兩人都遭到禁足，被關在騎士宿舍裡，直到決定如何懲處。但是，斯基科薩為了減輕自己的責罰，大概是聯絡了自己的家人，他的母親正四處奔走，懇請那些權力者幫忙說情。

「聽說也跑去向薇羅妮卡大人哭訴了。所以，與其由你前往歸還，我想不如交給我，我幫你歸還吧……」

卡斯泰德說著，指向斐迪南帶來的魔導具盒。

「真是謝了，我也想避免碰到她。」

斐迪南手上的盒子只有領主和得到領主許可的人才能打開，裡頭裝著可窺看他人記憶的魔導具。陀龍布討伐過後，平民出身的青衣見習巫女在治癒土地的儀式上，展現出了過人的魔力量，遂決定動用這樣魔導具來調查她對艾倫菲斯特有無危害。

青衣見習巫女彷彿得到了黑暗之神的祝福，有著耀眼夜空般的烏黑柔亮長髮，卻又有著明月般的金色眼眸，秀麗的五官讓人印象深刻。更讓人在意的是，外表年幼得完全看不出來是已經受洗過的孩子。但是，明明外表年幼，魔力卻強大到令人瞠目結舌。讓一整片荒蕪之地盈滿綠意，卻沒有表現出半點疲憊的樣子，由此可知她的魔力比起雖是中級貴族，魔力卻只有下級貴族程度的斯基科薩要多出數倍不止。一般的見習巫女不可能擁有這樣強大的魔力。若再繼續長大，不知道魔力量會成長到多麼驚人。

卡斯泰德自身並未舉行過治癒儀式，也沒有觸碰過神具，所以不太能夠推算出她究竟擁有多少魔力量。但是，不只斐迪南主張必須盡快查明她有無危害之心，連領主也答應了使用查探記憶的魔導具，表示事態確實非比尋常。

「那麼，結果怎麼樣？」

卡斯泰德接過盒子，順便詢問使用了魔導具的結果。斐迪南難得沒有藏起筋疲力竭的神色，按著太陽穴說：

「她毫無惡意也沒有害人之心。滿腦子就只想著書，到了令人厭煩的地步。」

雖然露出了麻煩至極的表情，但斐迪南整個人散發出來的感覺變得不太一樣。和他父親死後，神情像是放棄了一切，說著「我懶得對抗來自四面八方的壓力了，一切都與我無關」，並進入神殿的那時候比起來，好像恢復了點情感與生氣。

「梅茵擁有在另一個世界，以高階貴族身分生活過的記憶。雖然現在是個孩子，卻有大人的記憶。」

「啊？你說什麼？」

關於梅茵的報告太過出乎意料，斐迪南說的話一時間沒有進入他的大腦。卡斯泰德忍不住反問，於是斐迪南又說了一遍。對梅茵懷有疑心的斐迪南都特意使用了魔導具，確認她有無危險，所以所言一定不假，但還是讓人無法輕易相信。

「這真是……太荒唐了。」

卡斯泰德勉強擠出了回應，斐迪南也點頭說「我想也是」。

「連親自看過了梅茵記憶的我，都覺得這太過荒謬，更不會有人輕易相信這種事吧。但是，這是事實。梅茵擁有在另一個世界生活過的記憶，再加上平民區的常識，讓她的言行舉止特別異於常人。但是，她並沒有惡意，也無害人之心。倘若她的記憶能為艾倫菲斯特所用，將能帶來龐大的利益吧。不過，因為她一心只想著書，需要有人在旁引導，才能知道可以派上什麼用場。」

比起聽了再多也無法理解的異世界描述，卡斯泰德更在意的，反倒是斐迪南居然這麼多話。分明與他人同步，窺看了他人的記憶，看起來竟然心情還不錯。

「看來你很中意她嘛。」

「你指誰？」

「就是那個名叫梅茵的青衣見習巫女。」

如今貴族人數驟減，魔力不足，所以卡斯泰德也明白魔力強大的見習巫女十分珍貴。但是，斐迪南對於那個平民青衣見習巫女的照顧，已經超出了一般所謂重視的範疇。不僅讓她乘坐自己的騎獸，還讓兩名侍從同行，待命期間更指派護衛保護她，簡直是過度保護。記得還給了她自己製作的戒指和回復藥水。最驚人的是，當著眾多騎士的面宣告青衣見習巫女是在自己的庇護之下。卡斯泰德完全沒想到斐迪南會說出那種話來，當時可是十分震驚。

聽到卡斯泰德這麼說，斐迪南露骨地板起臭臉。

「……我才不是中意她，只是她的利用價值很高。」

「哦？」

斐迪南接著說明了梅茵不僅魔力豐富，計算能力也出色，所以在神殿處理公務時很器重她；又說因為梅茵在說話時都是基於完全不同的常識，所以常有新奇的見解。看著這樣的斐迪南，卡斯泰德很想問他，這跟中意是有哪裡不一樣？但是，他並不當面戳破。斐迪南對於自己重視的人事物，向來不是藏起來不讓人發現，就是主動保持距離。進入神殿以後，這個傾向更是顯著。

……難得性情乖僻又難搞的斐迪南這麼欣賞一個人，還是別胡亂戳破，讓他與對方保持距離吧。

從小就認識斐迪南的卡斯泰德雖然如此心想，但為此，有很多事情都不得不小心提防。

「不過，因為梅茵當時展現出了強大的魔力，以騎士團為中心，青衣見習巫女的事情已經大幅傳開了。她的處境可能比我們想的還要危險。」

「我想也是。她的魔力甚至強大到了超出我的預期，雖然我已聲明她是在我的庇護之下，但現在的我只是神官。想得到魔力的貴族勢必會蜂擁而至，遲早會遇到危險吧。我也不敢肯定能擋下所有人的介入。」

斐迪南的語氣輕描淡寫，缺乏變化的臉孔讓人看不出他的情緒。但是，這其實是他對於自己力有未逮，感到非常懊悔又不甘心的表情，但大概沒有人能看出來吧。

「那麼，你打算怎麼做？」

「你能收養梅茵為養女嗎？」

始料未及的請求，讓卡斯泰德瞠大了眼。身為騎士團長的他是上級貴族。要收為他的養女，代表梅茵擁有與上級貴族相當的魔力量。

「我認為最好盡快讓她歸屬於某個貴族。以她擁有的魔力量，不能永遠當個一無所知的青衣見習巫女。梅茵必須前往貴族院學習如何控制魔力，在神殿我勉強還能保護她，但若要讓她成為貴族，我並不足以成為強大的後盾。明知只會讓她暴露在更多的危險之中，我卻幾乎沒有可以信任的託付對象。」

卡斯泰德也試想了下。斐迪南可以信任，又不會粗魯對待平民出身的梅茵，還能提供給她符合其魔力量的教育，這樣的貴族人家究竟有多少？

……大概只有我家了吧。

「我會好好教育梅茵，讓她即使成為你的養女也不會令你蒙羞。況且，梅茵擁有能夠自己賺錢的聰明腦袋，撫養時不足的部分，就由我來準備。」

「你竟然為她這麼費心，真的很難得。」

卡斯泰德不由得脫口而出，斐迪南垂下了目光。他往後重新坐好，交叉修長的手指，沉默著思考回答。然後，慢慢地開口說了：

「梅茵身為平民，若沒有強大的後盾，不知道會受到什麼樣的對待。而且，我只是不想看見有人發生和我一樣的遭遇，僅此而已。」

這不是全部的原因吧。但是，也確實不是謊言，亦是不加敷衍的真心話。知道斐迪南痛苦的過往，卡斯泰德只是輕嘆口氣，轉頭看向窗外。

「……我不介意收她為養女，但是，要是知道了你最先拜託的人是我，恐怕有個人會大吵大鬧吧？」

多半察覺到了他在指誰，斐迪南的表情變得凝重，輕輕敲起太陽穴，「不管是誰都一樣麻煩……」但是，雖然表情凝重，其實此刻斐迪南的身心都非常放鬆，恐怕也很少人能夠看出來吧。面對依然難以解讀的斐迪南，卡斯泰德揚起了苦笑。

印刷協會

神官長利用魔導具看了我前世的記憶。雖然大吃一驚，但為了證明自己的清白，我想這麼做也是無可厚非。但是，實際體驗過後，我發現那個魔導具簡直太棒了！使用它的時候，我能在夢裡再看一次看過的書。所以我拜託了神官長，希望他以後再使用那個魔導具，他卻二話不說就回絕了。

……原本的目的確實只是為了確認我有無危害，和有沒有利用價值，但偶爾陪我一起使用那個魔導具有什麼關係嘛。神官長真小氣。

我在心裡發了點牢騷，但神官長也判定今後若在他和班諾的監督之下，一如既往開發商品，將能夠帶來利益，而且我也沒有惡意和加害之心，所以對此我還是心懷感謝。我可以繼續過著和以前一樣的生活了。

……而且，我也深刻明白到了。

自己在麗乃那時候，母親有多麼寶貝我，而現在的家人又有多麼重視我。前世沒能做到的，我更要回報給現在的家人，好好孝順父母。不能把和家人共度的時間視為是理所當然，我要時刻懷著珍惜的心。

「梅茵，昨天做紙的時候，我們也開始印製繪本了。」

隔天，我久違地前往奇爾博塔商會，一路上路茲向我報告最近梅茵工坊和侍從們的情況。

「路茲，你能具體算出可以做幾本繪本嗎？結果最後做了多少張紙？」

「八十本是極限吧。加上現在正在做的紙，最多就是八十本了。如果只靠現在有的紙，可以確定能做七十五或七十六本，但既然要一鼓作氣，當然是越多越好吧？」

「嗯，謝謝你。天氣越來越冷了，一定很辛苦，加油喔。」

第二次要印的兒童版聖典在路茲的計算下，大約能做八十本。經過上一次，灰衣神官們都記住了印刷方法，所以由他們來印，應該不出幾天就能完成。那麼，接下來換我得想想繪本的銷路了。我看著腳邊小聲嘀咕。

「如果想賣書，還是成立新協會比較好吧……」

「協會？」

「對啊，像是印刷協會或出版協會……你也知道貴族至今擁有的書，和我們在梅茵工坊做的書完全不一樣吧？」

目前為止，這裡的書都是一筆一畫用手抄寫在羊皮紙上，然後集結成冊。再加上色彩豐富又細膩的插圖，皮革封面還鑲綴了金箔和寶石，所以自然極具藝術價值。

「我們做的書藝術價值很低吧？畢竟是繪本，又是給小孩子看的……」

「不光這樣，連做法也完全不一樣喔。這是神官長告訴我的，他說目前為止的書，不可能只在一間工坊裡就完成。」

至今都是有人負責抄寫文字，有人畫圖，有人負責統整並把羊皮紙縫製成書，有人負責製作皮革封面，有人負責為封面鑲上金箔和寶石……每一道手續都交給不同的工坊，由不同的工匠去做，最後完成一本書。因此，這裡並不存在所謂的書本工坊。

但是，在梅茵工坊製作並販售的書籍，雖然只是使用了簡易的印刷技術，卻可以在同一間工坊裡一口氣印出好幾本相同的書。既然製作及賣書算是一項新事業，為了確保利益與技術，以及維護品質，就需要可以帶領這項事業的協會。

「首先得和班諾先生商量呢，可是……」

如果我要賣書，就會透過路茲在奇爾博塔商會販售。但這樣一來，必須為了新事業成立印刷協會的人，就變成了班諾。我不認為班諾會把印刷協會交給其他人管理，但這樣會造成他很大的負擔吧。

「班諾先生原本就要管理奇爾博塔商會了吧？再加上絲髮精工坊、植物紙協會和植物紙工坊，還有希望可以在春天完工的義大利餐廳，現在如果再多了印刷協會，我很擔心班諾先生會不會忙得累垮身體……」

我扳著手指，計算起我自己知道的班諾負責的工作，接著驚覺每件事都和自己有關，不禁感到青天霹靂。班諾要是過勞而死，結果根本是我害的吧？我頓時臉色發青，路茲卻只是板著臉說：

「老爺是因為自己樂在其中才那麼忙，所以沒關係啦。這也不是妳該擔心的事。只要馬克先生沒有開口阻止，都還撐得下去吧。」

因為自己樂在其中才那麼忙碌的班諾，加上全面給予支援的馬克。想到兩人的關係，看來比起班諾，我可能更該擔心馬克會過勞而死。

「梅茵！妳又幹了什麼好事?!」

馬克一帶我們走進辦公室，班諾雷聲般的怒吼就迎面撲來。我來是要討論印刷協會的事情，什麼都還沒有做，而且是專程過來找班諾商量的，為什麼突然大發雷霆？我完全是一頭霧水，眼冒金星地瘋狂搖頭。

「沒、沒有啊！我什麼都還沒有做喔?!」

「上級貴族向我們提出了委託，要我們用最快速度做好妳儀式用的服裝！這叫什麼事情也沒有做嗎！還不快從實招來！妳到底幹了什麼好事?!」

聽完，我馬上想到提出委託的上級貴族是誰，拍了下掌心。

「啊～上級貴族是指卡斯泰德大人吧？他是騎士團的團長，真的遵守了跟我的約定呢。太好了。」

「好個頭！突然接到上級貴族的傳喚，我嚇得心臟差點要停了！妳這笨蛋，我不是說過一有事情就要報告嗎！」

聽到班諾這麼說，我設身處地地想像了下，血液立刻凍結。在完全不知道自己做了什麼事的情況下，突然接到上級貴族的召見，根本會讓人嚇得魂飛魄散。

「對、對不起！因為我發燒病倒了，才沒有想到要向班諾先生報告。」

而且神官長再三交代，與騎士團有關的事情不可洩露出去，所以連為我擔心的路茲和侍從們，我也沒能詳細說明，更沒想到要向班諾報告了。

「唉，算了。雖然心跳差點停止，但這下子也和上級貴族攀上了關係。難得有這個機會，我會善加利用……不過，妳的儀式服前陣子才剛做好吧？那件怎麼了？」

「因為和騎士團有關的事情不能洩露，所以我不能說，總之那件已經不能穿了。」

回想起變得破破爛爛的儀式服，我無力地垮下肩膀，在胸前比了×，表示不能說明。班諾搔了搔頭，但也露出了可以理解的神色。

「那就沒辦法了。有些時候，我們這些平民最好也別知道太多事情。那麼，既然妳今天來不是為了衣服，那是為了什麼？」

「因為接下來要重新印製兒童版聖典，所以關於銷路，覺得該來找班諾先生商量。剛做植物紙的時候，不是成立了植物紙協會嗎？我在想這次可能也需要成立印刷協會……」

我看著寫字板，說明我為什麼覺得有必要成立印刷協會。班諾摸著下巴，點了好幾次頭。

「印刷協會嗎……反正早晚都有這個必要，我也不希望權利被人搶走，所以最好一開始就先成立好吧。梅茵，妳現在能賣給我幾本書？」

「教科書可以挪用接下來做好的，所以之前做好的有二十本可以賣。」

因為後來買衣服的時候並沒有賣書，所以這時候若想賣，可以賣出二十本。扣掉五本贈書，和放在孤兒院食堂的五本，其餘的都還堆在工坊裡頭。

「路茲，去工坊拿來。沒有實際成品，公會不會答應成立印刷協會。」

路茲立即跑向神殿。班諾則針對成立協會時需要填寫的書面資料，向留下來的我一一提問。班諾埋頭寫著申請用的資料，看起來真的十分忙碌。望著他眉心間的皺紋，我不禁對於又增加了他的工作感到過意不去。

「……要是再成立印刷協會，班諾先生會不會太忙呢？身體負荷得了嗎？」

我擔心地這麼問，班諾卻只是瞥了我一眼，用鼻子哼氣。

「這不是妳該擔心的事。況且就算成立了協會，印刷工坊也不會一舉增加。」

「咦？為什麼？印刷工坊不增加，書也不會增加吧？」

「首先，因為買的人很少。植物紙工坊本身數量也不多，印刷用墨水的做法也還沒有傳開。在這種情況下，只是先成立協會而已，不會花到我多少時間。」

植物紙協會是因為還牽扯到既得利益，班諾又想趕在新的競爭對手加入之前，自己也成立工坊，才會忙得不可開交。而印刷協會，因為其他人都還蒐集不到印刷用的材料，所以暫時不會增加。

「我都努力到印刷這一步了，書居然不會增加，太殘忍了！我很高興不會占用到班諾先生太多時間，但聽到印刷協會會門可羅雀，真是一點也高興不起來。」

「印刷協會能不能變得門庭若市，就看人們對妳做的書接受度有多高了。」

班諾嘟囔說著，喀喀喀地寫著資料。我想了想識字率與客群，回道：

「我覺得兒童版聖典在有小孩子的貴族之間……尤其是不算富裕的下級和中級貴族之間，應該會賣得不錯。所以接下來暫時都預計用神話和騎士故事來做繪本。」

我在發燒昏睡的期間思考過了。像是討伐陀龍布時騎士團所用的魔法武器，還有治癒儀式、神的祝福。所有人手上的發光魔杖，應該是用以操控魔力的媒介，只要有魔力，便能輕易讓魔杖改變形體。但是，不論是神的祝福、治癒儀式，還是施展大型魔法或者咒術，都需要朗誦神的名字。

我也是因為唸了神的名字，才偶然形成了祝福，花了大把時間背下來的祈禱文中，也一樣有神的名字。要讓武器獲得黑暗之神的祝福，同樣也需要唸祈禱文。換言之在貴族社會，使用大型魔法時都得背下神的名字。

「所有貴族都必須記住神的名字。而且和貴族有往來的大店店員，也要把神的名字背下來吧？像是班諾先生和神官長打招呼時，也說到了神的名字。只要在販賣繪本時，宣傳說這能夠幫忙記住神的名字，應該能在貴族和大店老闆間賣得不錯。」

「……畢竟妳也慢慢對貴族有所了解，這個見解倒是不錯。但是，目前這樣的外觀並不受歡迎，還是換成皮革封面比較好吧？」

班諾說，但我慢慢搖頭。

「不，梅茵工坊還是會繼續做現在的書。如果有客人需要皮革封面，請他們和以前一樣，自己委託給皮革加工的工坊比較好。」

「這是為什麼？」

班諾的赤褐色雙眼發出利光，我豎起食指說了：

「第一個理由，是要分散工作。如果都透過奇爾博塔商會下訂，所有委託會集中給同一間工坊吧？考慮到交貨期限、品質的維持和競爭原理，我覺得不應該讓一間工坊獨占所有工作。」

「這麼說來，記得妳很討厭決定專屬工坊。」

先前為了義大利餐廳在討論事情的時候，班諾好像以為我討厭擁有專屬的工坊。但是，我並不是討厭專屬工坊。

「其實我並不介意特別光顧某一間店喔。我只是不喜歡明知道工坊的工作量已經超過負荷了，卻還不知變通，不能委託給其他工坊。而且，把工作都集中委託給同一間工坊，我覺得只會造成不必要的糾紛。」

我嘟起嘴巴辯解後，班諾又哼了一聲。

「還有嗎？」

「第二個理由，是客人的喜好。既然花大錢買了書，客人會想照著自己的喜好加上封面吧？那讓客人自行去委託，滿意度應該也會更高。與其我們自己隨便加上皮革封面，不如只提供書的部分，也能省去拆掉封面的麻煩。因為梅茵工坊的書只用線縫起來而已，很容易就能解開，也非常便於加工。」

我豎起兩根手指說明，同時也思考了第二版兒童版聖典的裝訂。本來想用好不容易做好的明膠黏合書背，但如果要讓客人自行加工，那可能還是和之前一樣，維持在只用線縫起來的狀態比較好。

「第三個理由是時間。如果要製作精美的封面，每本書花費的時間就會變多。梅茵工坊的優勢，就在於可以短時間內做出大量同樣的書籍，如果要花時間在製作封面上，就無法以數量取勝。而且，與其花時間做封面，我寧願增加書的種類。」

比起一本精緻華美的書籍，我更想要有看不完的書。我也不喜歡一本書要等上很長的時間才做好。我知道這完全是自己的私心，但我不想退讓。

「第四個理由是價格。如果再變更貴，原本已經很狹小的客群就無法再擴張了。現在我們的首要之務，是要讓客人掏錢買書。即便是愛面子的貧窮貴族，也可以聲稱之後會再請人加工，只是現在專屬的工坊太忙，先把書買回來放著。也應該有客人和我一樣只需要內容，並不在乎外觀。」

我列出了不做皮革封面的四個理由後，班諾露出了五味雜陳的表情。

「我明白妳想盡可能壓低書的價格，賣給更多人看的熱情。但是，卻和一般都想盡可能提高價格、獨占利益的商人思維完全相反哪。」

班諾說一般商人為了提升商品的價值，都會在外觀絞盡腦汁，讓人覺得很難買到，藉此提高價值，無所不用其極想獲得更多的利益。

「……我這樣的做法行不通嗎？」

「不，如果只是在這座城裡做生意，也許不太適合，但如果想拓展版圖到各個地區，這種做法還算不壞。可以用來強調和以往的書有哪裡不同。」

班諾先是閉上眼睛，再張開赤褐色雙眼，商人特有的銳利眼光注視著我。

「這算是我商人的直覺吧……和書有關的事情，我覺得要盡可能依妳想要的方式去做。但是，因為有別於以往的常識，所以我會要求妳回答出我可以接受的理由。」

班諾說，答應了讓梅茵工坊的書直接以線裝書的形式販售。

「那我們乾脆往薄利多銷這個方向前進吧！」

「休想，該賺的錢還是要賺。妳這笨蛋，要以此為前提拓展市場。」

……唔唔，班諾先生以利益為優先的鐵則真是不動如山呢。

寫好了申請資料的時候，路茲也把繪本裝在籃子裡回來了。賣給班諾後，得到了三枚大金幣。感覺還要花上很長一段時間才能夠壓低書的價格，我不禁為此嘆氣。但是同時，對於現在手頭變得寬裕，也安心地鬆了口氣。這樣一來就可以在開始下雪之前，再為孤兒院和院長室多購買一點食材了。

「梅茵，去商業公會吧。」

讓路茲拿著繪本，班諾老樣子把走路速度很慢的我抱在手臂上，前往商業公會。踏出商會，只見載滿了農作物的運貨馬車在大道上來來往往。現在城市開始準備過冬了，所以進城販賣農作物的農民也增加了不少，也有很多人跑出來買東西，路上的行人比平常還要多。家家戶戶更飄出了在做蠟燭的牛脂氣味，好臭。

「班諾先生，你覺得味道比較不臭的蠟燭會受到貴族的歡迎嗎？」

我聽說過有錢的貴族會用蜜蠟，那麼也許在想節省開銷的貴族之間會賣得不錯。想起了孤兒院做的加了香草的蠟燭，我這麼問班諾先生，他一臉「妳又在說什麼了？」的表情挑起眉毛。

「比較沒有臭味的蠟燭嗎？」

「啊，是那個『鹽析』之後加了藥草的蠟燭嗎？雖然還沒開始用，但蠟燭本身的味道就比較沒那麼臭了。」

「路茲！你怎麼沒有向我報告！」

班諾立刻發出怒吼，路茲瞪大了翡翠色的眼睛。

「咦？在報告孤兒院要準備過冬的時候，我就已經提起過了。應該是因為老爺把注意力放在了同時製作的明膠上，才沒有聽進去吧。」

「啊……有可能。」

明膠的製作比起做蠟燭更罕見，所以班諾的注意力都被吸引過去了吧。雖然這裡也有明膠，但通常都是需要的時候才去購買所需的量，除非是工坊在製作商品時會用到，否則一般不會自己做。

「我身邊的人是因為貧窮，才沒有另外做『鹽析』，但我一直很好奇有錢人家買的蠟燭有經過『鹽析』嗎？班諾先生用的蠟燭，是淡黃色還是白色的呢？」

「是淡黃色的。一半牛脂一半蜜蠟……」

「那表示有錢人們買的蠟燭，也都沒有經過『鹽析』吧。」

班諾說他們準備過冬的時候，能用錢買到的東西幾乎都是花錢解決。既然班諾沒聽說過經過鹽析的蠟燭，表示城裡多半也沒有出現過這種做法。

「我們不會特別自己做，都是用買的，所以做法倒是可以賣給蠟工坊或協會。」

「那等到了春天，再去蠟工坊推銷這個做法，請他們協助我們做蠟紙吧。」

一邊討論著蠟燭的事情，一邊穿過人潮洶湧的商業公會二樓，走上三樓。當班諾向櫃檯表示要申請成立印刷協會時，穿著學徒制服的芙麗妲從後頭走了出來。她搖晃著櫻花色的雙馬尾，面帶微笑，看起來好像比初夏那時候長高了一點，感覺變得成熟了許多。

「哎呀！梅茵，近來可好？」

「芙麗妲，好久不見了。磅蛋糕賣得怎麼樣呢？」

上一次見到芙麗妲，是在夏天舉辦的磅蛋糕試吃會上。聽說試吃會大獲成功，磅蛋糕的名字和美味，還有廚師尹勒絲和芙麗妲的名字，如今也都廣為人知。

「磅蛋糕大受歡迎唷。貴族們也都讚不絕口，還有人在問有沒有其他點心呢。梅茵，如果還有其他點心，我願意用合理的價格買下來喔。」

芙麗妲笑容可掬，央求我販售新食譜給她。我別開目光，看向班諾。眼神一對上，班諾就瞪大雙眼，意思明顯是免談。如果是稍早前還很缺錢的時候，我大概二話不說就賣了吧。人有沒有錢，果然很重要。

「班諾先生可能會生氣，我現在也不缺錢，所以還是下次吧。」

大概早就料到了一旁的班諾不可能答應，芙麗妲手托著臉頰說：「哎呀，真是遺憾。」但臉上的表情卻不怎麼感到可惜。

「聽說梅茵進了神殿，我本來還很擔心，但妳看起來精神不錯呢。身蝕的熱意沒事了嗎？找到願意和妳簽約的貴族了嗎？」

「謝謝妳為我擔心。目前身蝕都沒有問題，但我還是一樣不打算和貴族簽約喔。因為我想和家人在一起。」

「是嗎？但應該有很多人向妳提出提議吧？」

芙麗妲不解地偏過臉龐，我也跟著歪頭。從來沒有貴族向我提出過要簽訂契約的提議啊。

「沒關係的，反正既沒有人向我提出提議，我也不打算簽約。而且等到了春天，我的弟弟或妹妹就會出生了。都要當姊姊了，我才不可能和貴族簽約呢。」

一旦這時候簽約，我肯定看不到接下來要出生的小寶寶了，我才不要！

「哎呀，請幫我向妳的母親說聲恭喜。另外，如果有時間的話，請再過來玩吧。尹勒絲也在等妳喔。」

「嗯……但我接下來會很忙，有太多事情要做了。」

自從開始往返神殿後，總有忙不完的事情。除了發燒病倒的日子以外，事情多到我從來不曾待在家裡悠哉休息。

「梅茵會這麼忙碌，是因為要成立新的協會嗎？」

「是啊，因為這是我最想做的事情。」

雖然現在是裁切厚紙在做紙版，但我還是想著手做謄寫版印刷和活版印刷。接下來還要改良紙張和墨水。滿腦子都在想著書的事情，雖然很忙，但也很開心。

「梅茵最想做的事情……是書嗎？」

「對啊！我做好了第一本書喔。接下來還要做更多，然後開始販售。到時候芙麗妲也買來看看吧。」

我說，芙麗妲卻露出苦笑搖搖頭，「沒有看到實際成品，我沒辦法答應妳唷。」就算是認識的人，也不會輕易掏錢購買，不愧是班諾嚴加戒備的商人學徒。我從路茲拿著的行李裡頭拿出一本兒童版聖典，遞給芙麗妲。機會難得，我想知道富豪千金出身，在經商上又具備銳利眼光的芙麗妲會有什麼評價。

「這個就是成品喔。妳覺得怎麼樣？」

多半也一樣好奇芙麗妲的感想，辦著手續的班諾停下動作，轉頭看向芙麗妲。芙麗姐的眼神已經變成了在鑑定商品的商人，注視著聖典。

「……這真的是書呢。可是，只有內頁而已嗎？」

芙麗妲翻看著內文問道。其實已經附上了加有押花的封面，但對於習慣這裡原有書籍的人而言，紙做的封面好像稱不上是封面。

「這張加有押花的紙就是封面喔。至於皮革封面，可以自行帶去自己經常光顧的工坊，依照自己的喜好加上去。如果沒有常去的工坊，也可以由奇爾博塔商會介紹。」

除了奇爾博塔商會介紹的工坊，也可以自己找工坊做封面，這點真不錯呢——芙麗妲瞄了眼班諾這麼說。

「梅茵，這本書多少錢呢？」

芙麗妲問，於是我看向班諾。我不知道班諾打算為自己追加多少利益。

「是一枚小金幣和八枚大銀幣。妳要買嗎？」

「嗯，我要買。」

芙麗妲當場作了決定，與班諾重疊公會證，買下兒童版聖典。能夠當機立斷買下來的芙麗妲固然了不起，但光靠一本書就讓自己賺了三枚大銀幣的班諾，更讓人肅然起敬。看來我這邊也要稍微提高價格，讓自己能有更多獲利。發現自己無法成為徹頭徹尾的商人，我不禁暗自感到洩氣。芙麗妲啪地闔上繪本，對我微微一笑。

「梅茵，下一本繪本能不能仔細說明各個季節的眷屬神呢？我一直記不住五神的眷屬神呢。」

這次兒童版聖典的內容，描寫的是最高神祇以及與季節有關的五柱大神，並沒有出現五神的眷屬神。芙麗妲提出的要求，也提醒了我富豪以及貴族的小孩需要哪一方面的知識。知道了明確的需求，要做下一本繪本就容易多了。

「芙麗妲，謝謝妳。那我接下來就做做看眷屬神的繪本吧。」

我拿出寫字板做筆記。見狀，芙麗妲睜大眼睛，探頭看向寫字板，目光停留在了鐵筆上。

「梅茵，這個是什麼？權利又是在班諾先生手上嗎？」

「……妳對能賺錢的東西真的很敏銳。」

低頭看著一秒鐘就注意到了寫字板的芙麗妲，班諾佩服地嘆氣。芙麗妲則是沮喪嘆氣。

「沒能趕在班諾先生之前先把梅茵招攬過來，真是太可惜了。對能賺錢的東西再怎麼敏銳，也完全派不上用場嘛。」

約翰的考試

後來和芙麗妲閒話家常了一會兒後，班諾也辦完了手續。之後要再花上幾天的時間才會完成登記，所以今天來商業公會的待辦事項已經做完了。

「芙麗妲，下次見了。」

我向芙麗妲揮揮手，自己走下樓梯。不過，因為二樓人太多了，為免被捲進人群裡，還是由班諾抱著我移動。班諾跨出腳步，正想要盡快穿過二樓時，人群中突然有人大聲喊道：

「等一下！請等一下！奇爾博塔商會的小姐！」

我和班諾聽了面面相覷。

「……看來珂琳娜夫人有非常熱情的崇拜者呢。」

「笨蛋，我都把妳抱在手臂上了，當然是在叫妳。不要逃避現實。」

……因為在這麼多人的地方大聲叫我，我又不是奇爾博塔商會的小姐，根本一點也不想回應啊。

「大家的視線讓我好尷尬，先出去外面吧。如果真的有事，對方應該會追過來。」

我催促班諾，三人快步走出商業公會。大聲叫著我們的那個人果不其然追了上來。一走出公會所在的建築物，班諾在中央廣場停下腳步，把我放下來。回頭往後一看，一名亮橘色髮髮綁在腦後的十來歲少年跟著衝出商業公會，往我們跑過來。

……啊，是約翰。

這麼說來，我才想起自己向約翰下訂單的時候，總是穿著奇爾博塔商會的學徒制服。約翰很快跑到了我們面前。

「有什麼事嗎？」

站在我身後的班諾問道。約翰一邊平復呼吸，一邊在大家都為了準備過冬而熙來攘往的中央廣場噴泉前方，突然間跪下來。

「奇爾博塔商會的小姐！請妳成為我的資助者吧！」

……怎麼回事?!

周圍人們的視線紛紛刺了過來。可以聽到大家都在竊竊私語說「哎呀，這是怎麼回事？」、「發生什麼事了嗎？」，害我超想找個地洞鑽進去。

「呃，這裡還有其他人，不好談事情，可以換個地方去約翰的工坊嗎？」

「不行，要談事情就回商會。」

我提議去約翰所屬的工坊，班諾卻要求回到商會。因為約翰好像誤會我是奇爾博塔商會的小姐，所以我才覺得別回店裡比較好，班諾卻不同意這麼做。

「我得知道妳這次又被捲進什麼事情裡了，所以我和路茲也要在旁邊聽。」

「我知道了。約翰，那你能來奇爾博塔商會一趟嗎？」

我說完，約翰立刻臉龐發亮地站起來。

「當然！要讓小姐自己一個人前往工坊，也難怪父親會擔心嘛！」

「我們才不是父女！」

我和班諾異口同聲反駁。約翰大吃一驚，眼睛和嘴巴都張得老大，於是我往約翰跨了一步，抬頭看著他說：

「我的名字是梅茵。平常雖然非常承蒙班諾先生的照顧，但我和班諾先生並不是父女，我也不是奇爾博塔商會的學徒。」

「咦？可是，妳每次都穿著奇爾博塔商會的學徒制服，又有商業公會證……」

約翰驚慌失措，列出了好幾個他認為我們是父女的理由，臉色也變得越來越難看，最後錯愕地嘀咕：「不是父女嗎？」

「梅茵是由我負責監督的工坊長。依你現在的年紀，是為了那個考試吧？總之先聽你說明吧。」

班諾一臉無可奈何地說完，抱起我再度大步前進。明明就是因為班諾老是這麼做，才會被人誤會是父女，但看來他真的很討厭配合我的步伐，所以還是不想改變行為模式。班諾的速度完全不考慮身後跟著的人，只見約翰快步跟上，路茲小跑步地追在後面。

「欸，他們真的不是父女嗎？」

「不是，而且老爺還單身。」

約翰不肯死心似地追問，路茲用傻眼的語氣回答。但雖然音量很小聲，這段對話還是傳進了班諾耳裡，他兇狠地瞪了約翰一眼。隔著班諾的肩膀，我看見約翰嚇得往上一彈。

走進店內的辦公室，馬克便帶著路茲走上內部的樓梯，準備沖泡茶水。身為鍛造工坊的工匠，約翰大概從未被請進大店老闆的辦公室裡，他惶恐又畏縮地來回張望四周，依著指示坐下。明明剛才還在眾目睽睽的廣場上大喊「請成為我的資助者！」，真難想像是同一個人。

「班諾先生，你說的那個考試是什麼？」

我「嘿咻」地爬上椅子，往桌子傾身問道。班諾的目光立即投向約翰。

「約翰，這是你的事情，自己說明吧。」

約翰在班諾的瞪視下嚇得發抖，急忙端正坐好。他輪流看了我和班諾好幾次，眼神飄移，像在思考要怎麼說明。然後，慢慢開口說了：

「鍛造協會有項規定，都帕里學徒在成年時，要通過考試才算是獨當一面。」

約翰的口才算不上好，但語氣平穩，一邊想著要怎麼說，一邊斷斷續續地開始說明。鍛造協會的考試，即是必須在成年禮之前，在光顧工坊的客戶當中找到認同自己的能力，願意出資贊助自己的資助者，並在一年之內完成資助者指定的物品。

資助者指定的物品五花八門，有的是武器，有的是日常用品，但這項考試最重要的地方，在於要自己找到願意為自己能力提供資金的資助者。不光指定物品完成後的品質、資助者的滿意度，還有為了維持往後工坊的運作，資助者可說是不可或缺，所以能夠找到什麼樣的資助者，也都是評分的基準。此外，一旦這項考試沒有通過，不只都帕里契約會遭到中止，還要被降為都盧亞契約。以上是約翰的說明。

「但約翰的技術這麼好，應該很快就能找到資助者吧？」

我感到訝異地問，約翰卻垮下腦袋慢慢搖頭。

「我……因為太注重細節了，客人都不怎麼喜歡我。」

每當有客人下訂單，約翰總會尋求詳細的指示，因此一而再地反覆提問，結果被視為是不問清楚就做不出來，火候還不到家的工匠。就算訂單的內容簡略粗糙，還是做得出客人想要的東西，才是技藝出色的工匠——就某方面而言，這麼說或許也不算錯。但是，約翰確實具有可以完美達到精密指示的技術，所以工坊接到的訂單中需要細工的部分，現在也大都交給約翰負責。想當然鍛造工坊也捨不得放棄約翰，但如果不能通過協會的考試，他們也無計可施。

「現在鍛造協會裡頭，還沒有找到資助者的都帕里學徒就只有我而已……我在秋末就要成年了，真的是走投無路……」

在這裡，洗禮儀式都在季節初始舉行，成年禮則在季節的尾聲。如果約翰的成年禮是秋天，那麼現在秋季都已經過了一大半，真的沒剩多少時間可以找到資助者了。

「老爺，讓您久等了。」

路茲和馬克端著茶水下樓。放好茶水後，馬克行了一禮走出辦公室。路茲走到班諾身後站好。班諾先喝了口茶，瞥向約翰。

「梅茵雖然是工坊長，但如你所見，她還只是個小孩子。記得你工坊的師傅也不太贊成吧？」

約翰坐立難安地縮起身體。

「確實是這樣沒錯。但是，會為了我特別帶來詳細設計圖的客人，就只有小姐……」

因為我還未成年，原本周遭的人都會反對找我當資助者。因為未成年的孩子能夠動用的資金，可想而知一定不多。但是，由於我實際上已經有好幾次下了高額的訂單，又有自己的公會證，還很欣賞約翰的能力。再加上每次都很高興地回答約翰瑣碎的問題，稱讚他的技術，多次指名約翰。據說一旦我曾指定工作給約翰，就具備了足以成為資助者的資格。但因為尚未成年，必須要有父母或監護人的許可及保證。

「是師傅說，感覺願意當我資助者的人，就只有奇爾博塔商會的小姐了。就算被拒絕也沒辦法，至少去拜託一次看看吧！然後把我趕出工坊……」

如果是大店的千金，只要拜託父親，也許能夠成為表面上的資助者。而且如果奇爾博塔商會成為了資助者，還能抬高自己的身價。

「可是，沒想到兩位竟然不是父女……」

約翰失望地垮下肩膀。因為班諾不只在工坊，連在商業公會也是抱著我移動，我又會和路茲一起穿著學徒制服，前去訂做高價的物品，所以約翰完全誤以為我是奇爾博塔商會的千金了。這麼說來，歐托之前也說過，旁人眼中都會以為我們是父女。考慮到年紀的差距，這樣假設也很合理。但是，還沒結婚的班諾好像只覺得不高興，用可怕的眼神瞪著我。

「梅茵怎麼可能是我女兒。我要是她父親，才不會把她教育成這種個性迷糊又毫無危機意識，做事還不經大腦的孩子。至少會讓她像珂琳娜一樣小心謹慎。」

雖然還未結婚，但父母很早就過世的班諾一直都兄代父職教育妹妹。我聽了沒好氣地嘟嘴，努力兇狠地瞪著班諾，但被人以為和我是父女的班諾臉更臭。

「呃，既然兩位不是父女，那就不可能成為我的資助者了吧……」

感受到了氣氛險惡，約翰帶著死心的表情說完，準備要站起來。我立即伸手抓住他的衣袖。與當不當資助者毫無關係，我本來就有事情想拜託約翰，既然他現在正在找資助者，那正巧是個好機會。

「班諾先生、班諾先生，唔呵呵……我有樣東西想委託約翰製作喔。」

我抓著約翰的衣袖，笑吟吟地對班諾這麼說。班諾像是早就料到了，手按在太陽穴上，緩緩吐一口氣。

「知道了。我會以監護人的身分同意，再當妳的保證人。」

班諾輕揮了揮手，答應了當我的保證人。對於班諾這麼輕易答應，吃驚的人反而是約翰。

「呃，但保證人是當資助者沒有錢時，必須代為……」

「喂，我可是商人，怎麼可能不知道保證人是什麼意思。放心吧，因為根本不用擔心梅茵會沒錢，所以要當她的保證人也不需要遲疑。」

就算錢不夠了，只要賣掉她手上正在印刷的繪本，馬上就能拿回來，而且光是賣掉不臭蠟燭的做法，投資的資金也能馬上回收——班諾聳肩說道。

「就不用擔心沒錢這點來說，你可是找到了一個好資助者。」

任誰都渴望能擁有資金源源不斷的資助者。聽到班諾這麼說，約翰臉都亮了。

「小姐，妳太厲害了！妳願意當我的資助者嗎？梅茵……梅茵小姐？」

約翰看著我，苦惱著不知道要怎麼稱呼。班諾輕拍了一下他的頭。

「喂，加上大人來稱呼資助者是基本吧？雖然從年紀和外表來看，梅茵不適合用大人來稱呼，但好歹也是為了你提供資金的對象。」

「真是抱歉，梅茵大人。」

約翰慌忙低下頭去。我輕聲笑了起來，擺手說「沒關係」。怎麼稱呼我都無所謂，因為這種事不重要。對我來說最重要的，是接下來要請約翰製作的考試作品。

「那麼，要請你製作的作品設計圖和清單，明天我再拿去工坊吧。」

今天接下來的時間，我要把所有心力都用來整理設計圖和做法。看我的厲害！我既雀躍又期待，約翰卻驚訝地張大眼睛。

「咦？清、清單？呃，但為了考試所做的作品，規定只要一個就好喔？」

「嗯，確實是一個沒錯喔。因為要請你做金屬活字，所以全部算是一份。」

這裡所用的三十五個字母就像拉丁字母有分大寫和小寫，日語有平假名和片假名一樣，相同的音有兩個字，所以當然兩種活字都要製作。只要有母音各五十個和子音各二十個，暫時應該都夠用。

「如果我要成為資助者，想請人做的東西就是金屬活字。這份工作非常細碎又龐大，恐怕會很辛苦，約翰覺得呢？要我當你的資助者，真的不會後悔嗎？」

簡單說明了活字以後，這樣的作業似乎太過出乎意料，約翰不知所措地向班諾和路茲投去求助的目光。兩人互相對望後，點了點頭。

「別人說話要仔細聽。我只說過就不用擔心沒錢這點來說，她是個好資助者。」

「梅茵就是這麼亂來，如果你無法適應的話，還是趁早放棄，去找其他資助者吧。因為她一直都是這樣。」

真不知道他們是在給予建言，還是落井下石。聽了兩人的回答，約翰在大腿上握緊拳頭，用力閉上眼睛。躊躇了一會兒後，張開做好了覺悟的堅定雙眼看著我說：

「……拜託了，請成為我的資助者吧。」

於是當天，我便火力全開地寫好了畫有詳細設計圖和做法的委託單。然後，隔天早上拿去工坊。約翰說他沒想到我真的隔天就拿來了，看起來非常驚訝，但看到委託單後，似乎點燃了他的鬥志，所以交給他一定沒問題吧。

「路茲，這下子又往活版印刷前進了一步呢。」

「……梅茵，妳看起來很開心嘛。」

「因為只要跨過這一關，活版印刷就近在眼前了啊。等約翰做好活字，我還要把壓榨機改造成印刷機。不過，這是春天以後的事了。冬天要賺很多錢才行！」

墨水協會和冬天的來臨

秋天逼近尾聲，第二次印的兒童版聖典也完成了。其中二十本留下來當作教科書，剩下四十本賣給班諾，得到了六枚大金幣的收入。最近因為一直處於缺錢的狀態，轉眼間變成了有錢人。另外，法藍和羅吉娜也來到我家，和我的家人討論冬天的生活，再用繪本賺來的錢，更是充實了過冬所需的東西。

孤兒院、院長室和家裡的過冬準備都算是結束了，就在天氣冷得隨時有可能飄起雪花時，路茲在從神殿回家的半路上，向我報告了一項消息。

「梅茵，老爺說上午墨水協會的會長和墨水工坊的師傅來過店裡。」

「……果然發現墨水不一樣了嗎？」

由奇爾博塔商會開始販售的兒童版聖典，不出所料在與貴族有往來的富豪之間，漸漸有了不錯的銷量。只要看到繪本，一眼就能看出和以往的墨水截然不同。鐵膽墨水會稍微帶點藍色，和用煙灰及乾性油所做的油性顏料墨水，明顯完全不同。

想當然墨水協會一眼就看出了墨水的不同，想找出是誰製作了這種新墨水，卻在協會裡找不到製作者。而向協會表示「我可能知道製作者是誰」的，便是之前讓我參觀了墨水工坊的那個師傅。

「奇爾博塔商會有個孩子說她知道其他種墨水的做法。」

聽說就是因為這句發言，墨水協會的會長和師傅才造訪了奇爾博塔商會。為了前來詢問：「奇爾博塔商會也打算成立新的墨水協會嗎？」

畢竟奇爾博塔商會已有前科。為了與羊皮紙協會抗衡，自己成立了植物紙協會和工坊，如今價格比較低廉的植物紙已經開始在市面上流通。雖然劃分出了用途，正式契約書必須使用羊皮紙，但可以大量生產的植物紙銷量更佳。在這種情形下，又用了做法不同的墨水，開始販售植物紙做的繪本，也難怪既得利益者們會嚴加警戒。

「老爺希望妳明天來奇爾博塔商會一趟，說有事情要談。」

「知道了。」

我心想就和平常一樣，抱著輕鬆愉快的心情答應，隔天和路茲一起前往奇爾博塔商會，而不是去神殿。

「班諾先生，早安。」

「嗯，梅茵，妳來啦。」

班諾向我招手後，我走向桌子，路茲走上內部的樓梯。身為都帕里學徒，路茲正在練習為客人泡茶。眼看路茲的背影消失，我坐在椅子上，班諾也停下手頭的工作，走到桌子這邊來。在我的正前方一坐定，班諾開口說了：

「果不其然，墨水協會找上門了。記得妳說過，想把墨水的做法告訴他們，把墨水全權交給他們生產吧？」

「是的。因為如果再只有班諾先生的商會業績不停成長，只會樹立更多敵人，而且墨水也和奇爾博塔商會的本業完全無關吧？只要能對梅茵工坊自己做的墨水不予追究，我覺得可以交給他們製作，我們再抽成就好了。」

如果想讓印刷普及，勢必也需要大量的墨水。光靠自己做墨水，不久就會遇到難關吧。既然如此，不如交給這方面的專家。

「那妳打算抽幾成？」

「嗯……就跟我繳納給神殿的差不多，抽獲利的一成怎麼樣？」

我提議後，班諾的表情沉了下來，緩慢搖頭。

「太少了。」

「可是，只要印刷普及，以後獲利也會慢慢增加，我希望可以和植物紙一樣，用便宜的價格賣給更多的人。」

一心只想著要讓印刷普及的我如此表示，班諾擺了擺手駁回。

「至少第一個十年要抽三成。第二個十年降為兩成，以後一直都是一成，這樣子才合理。所有嶄新的技術都不要輕易賤賣。」

「我知道了。和利益有關的事情，就交給班諾先生決定吧。」

我知道聽了我的意見，班諾肯定也做了讓步。所以，就全權交給他吧。

「茶泡好了。」

路茲端來泡好的茶，神色緊張地將茶杯放在我和班諾面前。班諾一邊檢查一邊拿起茶杯，看向杯裡的茶水，喝了一口。

「……還要再加強。」

「確實還需要再加強，但也慢慢在進步了呢……路茲，下次要不要請法藍教你？法藍好像很會教人，吉魯和戴莉雅都進步了很多喔。」

「這個主意不錯……唉。」

路茲也在馬克的指導下努力學習，但泡出的茶水還不到可以端給其他客人喝的地步，目前正以我為練習對象。

「再來就是魔法契約……」

「簽魔法契約比較好嗎？」

雖然關係到鉅額交易，但只要與貴族沒有牽連，通常不會選擇使用魔法契約。我目前為止和班諾簽過兩次魔法契約，但兩次都是因為班諾想藉此牽制貴族。但這次要簽約的墨水協會，應該不會與貴族有所關聯才對。

「這次是因為可以獲利的範圍太大了，期限又長，加上我個人並不信任墨水協會會長，還是簽訂魔法契約比較保險。而且不是與個人，是與墨水協會簽約。」

「與墨水協會簽約嗎？」

這裡也有所謂法人的概念嗎？我偏過腦袋，班諾點點頭。

「沒錯。即使會長換人了，契約的效力仍能繼續維持，所以必須是和協會簽約。」

班諾說如果是與個人簽約，等到會長換了人，有些人會厚顏無恥地表示當初簽約的人不是自己。因為至今已經多次發生過這種情況，這裡才有了法人的概念。

「墨水的做法就賣給協會，但梅茵工坊自己做的墨水不予追究。為了和植物紙一起推廣，價格要盡量壓低。我們再從獲利中抽取三成佣金，抽成的比例每十年更改遞減。以上沒有問題吧？」

「記得也要告訴協會，這種墨水因為不會被吸收，不適合用在羊皮紙上喔。」

我和班諾以及路茲一起確認著己方要提出的要求，不久聽見敲門聲，馬克走進辦公室。

「老爺，墨水協會的兩位訪客到了。」

「等我搖鈴再讓他們進來。」

「是。」

馬克應聲後暫且離開。同時，班諾表情嚴肅地起身，把我從椅子上抱下來。接著朝路茲揚起下巴，路茲不語地點頭，打開通往內部樓梯的房門。

「梅茵，由我和墨水協會進行談判，妳最好別露面，去珂琳娜那裡待著吧。之後我會讓路茲拿魔法契約書上去，到時妳再簽名就好。」

「……為什麼？」

簽約時要簽名的本人卻不在，未免太不應該了。我眨著眼睛，班諾瞪著訪客所在的店鋪方向，低聲說道：

「先不說工坊的師傅，但墨水協會長因為做生意的關係，和貴族有所往來，經常傳出不好的傳聞，所以妳最好別與他接觸。」

「我明白了，就照班諾先生說的做吧。」

雖然對班諾這般警戒的墨水協會長感到好奇，但我馬上和路茲一起前往珂琳娜家。路茲帶我來到珂琳娜家後，因為等一下還要負責拿魔法契約書來，再度下樓。

「路茲，之後要告訴我墨水協會長是什麼樣子的人喔。」

「嗯，我知道。」

目送路茲離開後，我轉向珂琳娜。

「珂琳娜夫人，不好意思這麼突然來打擾。」

「沒關係。梅茵，妳來得正好，順便讓我試裝吧。」

「好的。真是對不起，臨時委託妳立刻趕出來，一定很辛苦吧。」

珂琳娜掛著溫柔的微笑，帶我走向接待室。歐托大概和父親一樣，今天也休息不用工作，站在走廊上對我輕輕揮手。

「就是說啊，梅茵。珂琳娜現在有孕在身，上級貴族居然還丟了這麼辛苦的工作給她。」

「歐托，我已經說過好幾遍，不喜歡你干涉我的工作吧？」

「珂琳娜，我是擔心妳啊。」

在珂琳娜兇悍的瞪視下，歐托一點也沒有學乖的樣子，照舊是肉麻兮兮。珂琳娜就像在教導講不聽的孩子，還叮嚀說「不可以來打擾我們」，把歐托趕出了房間。看她這樣，我不禁擔心搞不好歐托才是珂琳娜頭痛的來源。

「我也很擔心珂琳娜夫人呢。歐托先生會不會太不受控制了？在大門那裡，爸爸和歐托先生可是出了名的愛家，連失控的樣子也一模一樣喔。因為是第一個孩子，歐托先生這麼興奮，珂琳娜夫人一定很辛苦吧……」

「哎呀，別人都這麼說嗎？那梅茵的媽媽也很辛苦呢。」

珂琳娜呵呵笑著，拿來藍色布料，攤在偌大的桌子上。

「儀式服趕得出來嗎？我想應該很趕吧……」

「確實很趕，工坊現在正忙得人仰馬翻呢。不過，因為現在接得到的上級貴族委託還不多，所以裁縫師們都幹勁十足，而且費用也提高了不少。」

珂琳娜說之前製作儀式服在染色的時候，順便多染了幾塊布，好用來製作其他客人委託的禮服，所以現在是先挪用禮服的布料，動員工坊的所有人加上刺繡。

「那件禮服會先用其他布料縫好試裝服，再進入正式的縫製流程，所以時間還綽綽有餘，現在再染布也來得及。但梅茵的儀式服要盡快趕出來，沒有時間用其他布料做試裝服了，幸好前陣子剛做過，體型都沒有變化吧？」

珂琳娜一邊說著，一邊為我穿上到處都穿有珠針的藍色布料。捧著一顆大肚子，看起來很吃力。

「梅茵，不好意思喔。我先叫女傭過來，一個人有點吃力。」

「珂琳娜夫人的肚子已經很大了呢，就快要生了嗎？」

「是啊，預計在冬季中旬。這孩子很有活力，老是亂踢，說不定是男孩子。」

珂琳娜「叮鈴」地搖響呼喚女傭的鈴鐺，輕輕摸著大肚子。聽到鈴聲，結果卻是歐托一臉喜孜孜地走進來，「珂琳娜，妳在呼喚我嗎？」看見珂琳娜啼笑皆非的表情，我忍不住噗哧笑了出來。

「哎呀，因為現在梅茵都把班諾拐走了，我覺得自己也該來縫製衣服的現場觀摩一下。」

「歐托先生，你說我把班諾先生拐走了是什麼意思？」

像我這樣手無縛雞之力的小孩子，哪裡拐得動班諾那種成年男性。

「就是字面上的意思。身為妳的監護人，班諾打算今後繼續擴大事業的版圖。所以，我現在正忙著學習奇爾博塔商會的業務。」

歐托說完聳聳肩，開始協助珂琳娜。幫起忙來有模有樣，可以看出歐托努力過的痕跡。

「歐托先生，你的動作好熟練，真看不出來你其實是士兵呢。照這樣下去，說不定再過不久，歐托先生就能和珂琳娜夫人一起管理這家店了。」

「嗯，但大概要再花上幾年的時間吧。為了珂琳娜和孩子，我會加油。」

「是、是，別光動嘴，快點動手吧。」

由珂琳娜向歐托下達指示，很快完成了試裝。尺寸沒有問題，縫法也和上次一樣，討論便宣告結束。

珂琳娜再度把歐托趕出去，幫我整理好在試裝時弄亂的頭髮，我也穿上外衣。這時內部樓梯的方向傳來「叩叩」敲門聲，接著是說話聲：「我是馬克。」然後是走向樓梯為馬克開門的腳步聲。

我急忙整理好服裝儀容，點一點頭，幾乎同時有人敲響接待室的房門。

「請進。」

「珂琳娜夫人、梅茵，打擾了。」

馬克拿著契約書，路茲拿著墨水壺，兩人一同走進來。

馬克把魔法契約書攤在圓桌上，讓我一條條確認契約書上的內容。內容和我與班諾討論過的幾乎一樣。至於看起來顯然對我們十分有利的數字，是班諾談判成功的結果吧。不過，只有一條內容讓我感到陌生，就是「此一契約內容須載入墨水協會的規章」。

「馬克先生，這裡……契約內容須載入墨水協會的規章是什麼意思？」

「協會的規章，指的是隸屬協會的所有工坊都必須遵守的規定。所以一旦把契約內容載入墨水協會的規章裡，接著也會載進其他城市墨水協會的規章，屆時那裡的工坊也必須遵守這項規定。」

契約魔法本身有效的範圍僅限於這座城市，但如果是協會的規章，也適用於其他城市。所有協會在規章上都是統一的，只是每座城市和每間工坊在詳細的規定上，會有些微不同。我想規章就像憲法一樣是全國統一，而規定就像是條例，每個地區會有細微的差異。

「可是，要怎麼做才能載入其他城市墨水協會的規章呢？有傳達的方法嗎？」

「墨水協會是因為能夠獲利，才會買下新墨水的配方，所以當然是由此處的墨水協會，把配方傳達給鄰近的墨水協會。傳達配方的同時，也會更改規章。」

聽完馬克的說明，我點點頭，拿起墨水。契約書上已經簽好了班諾的名字，還有墨水協會的簽名，而不是會長的名字。我在最下方簽下自己的名字。

「路茲，墨水協會長是什麼樣子的人？」

「……他的眼神讓人很不舒服，而且在找梅茵。」

「咦？」

路茲握緊拳頭，壓低音量告訴我說：

「那個大叔對老爺說，在墨水工坊說她知道其他種墨水做法的是個小孩子，在的話就叫她出來。真是幸好讓梅茵躲在這裡。我覺得他給人的感覺比公會長更討厭。」

連路茲都說「比公會長更討厭」，看來墨水協會長給人的感覺真的非常不舒服。既然班諾和路茲都對他這麼警戒，那我也小心一點比較好。

「不說這個了，梅茵，快把手伸出來。」

路茲拿著小刀，要我伸手。眼看又要為魔法契約流血，我「嗚」地不敢說話，伸出掌心。指尖立即傳來灼熱的刺痛，血珠往上鼓起。把血珠蓋在契約書上後，契約書便在金色火焰的包圍下燃燒殆盡，契約也宣告簽訂完成。每次看都覺得這個現象好神奇。

「梅茵大人，那直到老爺下達指示之前，請妳待在這裡不要移動。」

「馬克先生，我知道。」

後來，歐托為了今年冬天不能請我去幫忙計算預算而長吁短嘆，我也為了接下來要出生的小寶寶，和珂琳娜展開熱烈的討論。就在吃午飯的時候，班諾臉色大變地衝上樓來。

「梅茵，我讓馬克送路茲回家，去叫妳的父親和姊姊過來。直到他們來接妳之前，妳絕對不能離開這裡！」

「居然還讓馬克先生送路茲回家，到底發生什麼事了?!」

我站起來衝向班諾。班諾大力皺眉，看向窗外。

「我派路茲去商業公會辦事情，卻有一群奇怪的男人找上他，問他奇爾博塔商會的小姐長什麼樣子？說他既然是能拿契約書上樓的都帕里，應該知道她是誰。」

「能拿契約書上樓……」

我說，班諾也慢慢點頭。

「應該是墨水協會的人。但我不明白為什麼已經簽完契約了，才在蒐集情報。」

如果是想在有利的條件下簽約，或者是為了能與對方簽約而查探對方的情報，這麼做還可以理解。但是，如今雙方都簽好契約了，也明知道我們十分警戒，卻還特意找上路茲追問，真讓人匪夷所思。未知的事情令人害怕。

「……背後不知道有什麼目的，所以妳最好提高十二萬分的警覺。」

「是。」

「梅茵，我們來接妳了。」

「爸爸、多莉！」

今天因為不用工作，父親和多莉想必是立刻趕來接我，兩人都氣喘吁吁。

「抱歉把你們叫過來。」

接到通報的班諾上樓來，對父親這麼說。

「哪裡，我才感謝你這麼盡心盡力保護我女兒。方便告訴我到底發生了什麼事嗎？」

「現在只知道墨水協會採取了行動，但目前我還不清楚背後的目的是什麼。都簽完約了才查探消息，又找上路茲追問，這些舉動都很不自然。」

聽完班諾的解釋，父親的眼神變得嚴肅。多莉不安地看著我，將我緊緊抱住。

「為了確保安全，我認為最好馬上讓梅茵住進神殿。雖然也要由家人來判斷，但至少待在神殿的時候，他們就無法出手，我這邊也能爭取到時間蒐集情報。」

「……嗯。」

父親對班諾的建議重重點頭，眉頭深鎖，把我抱起來。

「梅茵，妳覺得呢？要去神殿還是回家？」

只要我說我不想自己一個人，父親會帶我回家吧。但是，來路不明的人很有可能因此找上路茲和家人。

「……雖然我不想跟家人分開，但更不想看到路茲和家人發生任何意外，所以我去神殿吧。反正也快要下雪了。」

話雖這麼說，要住進神殿還是讓我有些不安，用力抓緊了父親的外衣。

於是從這一天起，我開始了在神殿過冬的生活。

過冬與冬天手工活

父親和多莉一路送我到神殿的院長室，出來迎接的法藍張大了雙眼。他來回看著我和家人，眨了眨眼睛。

「梅茵大人，發生什麼事了嗎？」

「法藍，不好意思突然跑來。」

然後我說著「我不想讓戴莉雅聽到」，制止要邀請我們入內的法藍，在門口簡單說明了情況。像是墨水協會長正在打聽我的消息，路茲還被一群陌生男子抓住追問，所以為了安全起見，雖然提早了些，但決定開始住進神殿過冬。

此外，我也說了目前還不知道墨水協會長的目的是什麼，我自己甚至也不知道他叫什麼名字，又聽說與貴族有往來的協會長有些不好的傳聞，所以要小心別讓戴莉雅知道這些事。法藍神色凝重地聽著我一連串的說明，緩慢點頭。

「遵命。稍後我也會向神官長稟報。」

「法藍，我們也會努力探聽消息，梅茵就拜託你了。我們會常來看她。」

父親放在我肩膀上的手稍微往下重壓。法藍筆直回望父親說：

「自當盡力。梅茵大人想必也會十分不安，請各位務必過來探望。」

「梅茵，不可以任性給大家造成困擾。還有，這件事一定要向神官長報告清楚。和上司的溝通若不夠確實，只會造成不必要的麻煩。」

父親的提醒十分有士兵的風格，我一邊苦笑，一邊用右拳在左胸上敲了兩下。父親的表情忽地放鬆下來，也做了相同的動作回應。多莉張手緊抱著我，藍色眼珠不安地晃動，看著我說：

「梅茵，那我下次休息的時候會過來看妳。在那之前要乖乖的喔。」

「嗯，我等妳。」

目送父親和多莉離開後，我才走進院長室。雖說是自己的房間，但這還是第一次要在神殿過夜，所以有點緊張。看到我在晚餐前夕突然出現，侍從們大吃一驚。

「梅茵大人，您怎麼來了？」

「因為有點事情，所以我從今天開始會住進神殿。」

「是有什麼事情呢？」

戴莉雅歪過頭問，我「唔……」地閃爍其詞。

「因為可能和貴族有關，所以詳細情況我不能說。」

戴莉雅本要幫我換上青衣，但我制止她說：「不用了，因為今天不會再出去。」然後環顧四周。由於平常這個時間我早就回家了，一時之間想不到自己可以做什麼。

「這個時間大家都在做什麼呢？」

羅吉娜倒是一目了然，在彈飛蘇平琴。因為規定只能彈到第七鐘，羅吉娜總是彈到鐘響前的最後一秒。戴莉雅在為沐浴做準備，從廚房搬來熱水。她說沐浴是能讓女孩子變得更漂亮的寶貴時光。對於戴莉雅如此努力提升自己女性的魅力，我真該向她看齊。

吉魯把在梅茵工坊做了哪些事情、做好了哪些商品，都寫在石板上做紀錄。這個做法來自於奇爾博塔商會的商品管理方法，所以吉魯正在路茲的指導下學習。法藍在統計孤兒院和院長室所消耗食材與日常用品的數量，準備加購補充。每天都有各式各樣的文書工作，所以法藍非常忙碌。但他說有些已經分配給了羅吉娜和葳瑪，所以現在算是比較輕鬆了。

「……那我來寫要給神官長的會面邀請函吧。」

我在辦公桌上寫起要求與神官長面談的邀請函。因為要等上好幾天的時間才會收到回覆，不知道什麼時候才能真的討論。

寫好信，我參考了芙麗妲的意見，開始構思下一本繪本，決定來整理與每個季節有關的五神眷屬神的故事。

然後，自己一個人在侍奉下吃了豪華的晚餐，再於戴莉雅的協助下，奢侈地用了大量熱水洗澡，再一個人鑽進軟綿綿的被窩裡。床很大，可以盡情伸展四肢。一翻過身，就看見床邊的架子上擺著水壺、水杯和呼喚侍從用的鈴鐺。

「請您好好歇息，梅茵大人。」

「戴莉雅、羅吉娜，晚安。」

從頂蓋垂落下來的布幔被拉上後，在一片漆黑的大床上，只剩下了我一個人。雖然吃了美味的大餐、洗了添加了大量熱水也不會被罵的澡，還躺在柔軟又舒適的寬敞大床上，我卻覺得和家人一邊吃飯一邊聊天，和多莉一邊嬉鬧一邊洗澡，最後躺在狹窄的床舖上一家人緊緊挨在一起取暖，這些事情更讓我想念。

……一天都還沒有結束就想家，我真是太沒用了。

雖然有侍從在，但他們都謹守著主人與僕從的分際，和我相處時態度十分恭敬，卻不會縱容寵愛我。偏偏此刻又有不認識的人盯上了我，內心正感到不安，卻要自己一個人獨處，讓我寂寞得不知如何是好。

神殿的早晨很慢才到來。

說得確切點，是侍從們很早起。但是，直到侍從們做好準備、早餐煮好之前，身為主人的我都不能下床。要是坐起來，戴莉雅還會對我怒吼：「討厭啦！直到叫您之前請繼續躺著！」貴族的大小姐們直到侍從做完工作之前，都得躺在床上假裝還在睡覺，這種事我還是生平頭一次聽說。要是偷偷起來看書會被罵嗎？

「那麼，我們馬上開始練琴吧。」

簡單吃完早餐，和羅吉娜一起練飛蘇平琴。羅吉娜帶著非常燦爛的笑容準備飛蘇平琴，「梅茵大人在這裡生活以後，就不需要等到您來再開始，真是太好了呢。」

我開始練琴的時候，戴莉雅和吉魯也開始打掃房間和汲水，法藍拿著會面邀請函去找神官長，並且說明現在的情況。法藍回來後，說神官長嚴加囑咐直到打聽到消息為止，不准我離開房間。看來別說在神殿裡走動，暫時每天都要關在房間裡頭了。

第三鐘響，音樂課宣告結束。因為不能離開院長室，所以我繼續構思下一本繪本，偶爾也教戴莉雅寫字和計算。

「想不到梅茵大人很擅長教人呢。教得比吉魯還容易了解。」

「真的嗎？那我應該可以擔任神殿教室的老師囉？」

戴莉雅平常很少稱讚我，所以我有些害羞。但法藍露出了納悶的表情，指出他感到好奇的地方：「梅茵大人，您說的神殿教室是什麼？」

「就是教導不識字的孩子們識字，讓他們學會讀書寫字的一種活動。」

「……這是已經決定好的事情嗎？」

「對啊，這已經列進冬天要做的預定計畫裡了。」

法藍眨了眨眼睛，然後緩緩搖頭。

「梅茵大人，我並沒有聽您說過這件事。請您說明究竟是打算做什麼，又打算怎麼進行。」

「咦？可是，我已經寫在這裡了吧？」

我拿出冬天的計畫表，遞給法藍。法藍看完計畫表後，垂下目光嘀咕道：「原來這個是神殿教室嗎？」看來只寫「孩子們的教育」，沒能讓法藍明白我的意思。他以為多莉開設的裁縫教室，和教孩子們怎麼做冬天手工活，就是孩子們的教育。

「可是，雖然說要教孤兒院的孩子們識字，但現在已經有梅茵大人送的歌牌和繪本，大家應該多少都算識字了吧？」

吉魯歪過頭說，我「唔」地語塞。

「但、但我希望大家也會寫字啊。只要學會讀寫，等以後成為侍從，或是去貴族家工作，做起事來會更輕鬆吧。而且如果能夠學會算數和計算，也可以自己管理工坊和孤兒院。我覺得先學起來，會比完全都不知道要好。」

我提到昨天吉魯為了管理工坊所寫的報告，大家都感到贊同地點頭。吉魯因為還看不懂大數字，聽說都是在灰衣神官的協助下寫報告。

「梅茵大人，那您打算在哪裡召開神殿教室？」

「地點會設在男女都能出入的孤兒院食堂喔。我會負責當老師。」

「教導這件事請交給灰衣神官，梅茵大人不能當老師。」

法藍和羅吉娜異口同聲表示反對。看來我果然不能隨便拋頭露面。

結果，決定等擬好了教學進度表後，由我先在院長室裡擔任戴莉雅的老師。法藍和羅吉娜觀摩過後，再前往食堂擔任老師。之後再把曾是侍從的灰衣神官們指導為老師，法藍與羅吉娜便可以適時退出——分成這幾個階段開設神殿教室。

唔……難得被人稱讚，好想上臺當老師喔。

至於神殿教室冬季期間的目標，是讓所有孩子都學會書寫字母，並學會個位數的加法和減法。我已經準備好了大量的石板和石筆，還有當教科書用的兒童版聖典。

大概決定好了各個階段的內容後，第四鐘也響了。吃完午餐喝著茶，路茲在這時候出現了。

「梅茵，妳沒事吧？」

聽說班諾先是檢查了路茲周遭的情況和有無可疑人物後，才終於答應可以外出，所以路茲才能來探望我。我奔下樓梯，跑向在客廳揮手的路茲。

「路茲，我要抱抱！」

「嗚哇?!」

我飛也似地撲向路茲，要求擁抱。一直渴望著體溫的我，希望路茲能給予我溫暖。不知道是不是被小孩子的感覺影響，還是習慣了家人間常有肢體接觸的互動，和麗乃有書萬事足的那時候不一樣，現在的我非常渴望人的體溫。

「不在家人身邊我好寂寞喔，我已經想回家了。」

「才過一晚而已耶？」

聽了我的抱怨，路茲露出傷腦筋的笑容。但就算只有一晚，寂寞就是寂寞。

「不久就會習慣了，但現在是最寂寞的時候嘛。」

「那可不一定，搞不好接下來會更寂寞喔。」

「……要是再寂寞下去，我可能會寂寞得死掉。」

明明不去圖書室就看不到書，我卻只能關在院長室裡頭。眼下這個房間裡，書就只有自己做的兒童版聖典而已。在這種狀態下，要是再因為家人不在而一直感到寂寞，我恐怕會失去活下去的動力。

「妳這傢伙不看著妳，本來就很容易有生命危險了，這個玩笑可不好笑。」

「那我會忍耐寂寞，路茲也忍耐我一下，不要嫌我煩。」

「唉，真拿妳沒辦法。」

於是我直到心滿意足為止，都緊抱著路茲不放。路茲任由我抱著，拿著吉魯昨天寫的石板和自己寫的紀錄進行比對，指出算錯的地方。

我抱著路茲尋求心靈的安定，對此侍從們紛紛表達自己的意見，諸如「這樣成何體統！」、「淑女就應該要……」、「討厭啦！既然要抱至少要選有錢的貴族呀！」、「梅茵大人老是只依賴路茲」。但是，我全部予以無視。接下來的日子還很長，當然是先尋求我精神上的安定更重要。

「啊，對了。梅茵，工坊那邊已經沒有事情可以做了，接下來要怎麼辦？要開始做冬天的手工活嗎？」

因為第二次印的兒童版聖典已經做完了，雖然還剩下做紙版用的厚紙，但能做繪本的紙張已經用完了，所以也無法再做繪本。現在河水又冷得快要結冰，造紙工作也不得不中斷。最近雖然都忙著準備過冬和製作墨水，但過冬準備也差不多完成了，墨水的原料煙灰聽說也快用完了。

「那我來說明怎麼做手工活，可以去工坊拿來做黑白翻轉棋的木板和工具嗎？」

「知道了。吉魯，走吧。」

「是！」

然後路茲和吉魯帶回來了木板和工具。圍在小客廳的桌子旁，我開始說明要怎麼做黑白翻轉棋。

「這塊比較厚的木板要用來做棋盤，然後用煙灰鉛筆，拿尺對準後畫下直線。總共要畫出縱橫各八格。」

我拿著自己的煙灰鉛筆在木板上畫線。

「畫好線以後，就用這個工具刻線。」

我指著像是雕刻用三角刀的工具說。這個三角刀是問過工藝師後，向鍛造工坊訂做的工具。

「沿著線雕刻完以後，再沿著溝槽塗上墨水。因為是沿著刻好的線描上墨水，所以應該不太容易跑出去，但還是要小心不要畫歪了。」

「知道了。」

「然後這些比較薄的木板要配合棋盤上棋格的大小，切成六十四塊，再用銼刀磨到觸感變得光滑為止。這些棋子只要其中一面塗上墨水，就算是完成了，所以切好以後就很簡單。還有……」

其實我也不知道接著算是將棋還是西洋棋，總之我說明先和黑白棋一樣把木板切作小片，然後在上頭寫字。但是，路茲聽了卻皺起眉。

「梅茵，這個不能採用像印刷那樣的做法嗎？」

「為什麼？」

「因為現在會寫字的人還不多，就算會寫字，也不一定能寫得漂亮吧？既然要寫在這麼小的木板上，要是看的人看不懂就糟了。」

「嗯，說得也是……那像幾何圖形板一樣先做紙版吧。」

路茲在寫字板上一一寫下步驟，我也在自己的寫字板寫下該改良和該重新考慮的事情。

我們就和平常一樣進行討論。吉魯在旁邊看著，一雙紫色眼睛忽然瞪向路茲。

「……路茲平常都是像現在這樣，先請梅茵大人教自己怎麼做嗎？」

「因為青衣巫女在工坊不能做事，如果不請梅茵先在家裡教我，工坊的工作就無法進行了吧？」

「我還以為路茲很厲害，什麼都知道，原來厲害的根本是梅茵大人嘛。」

吉魯沒好氣地鼓起腮幫子，我戳了戳他的臉頰。

「吉魯，路茲很厲害喔。像這樣只教一遍，他就能在工坊向大家說明，然後順利做出來。像吉魯現在也一起聽，但你有辦法教大家嗎？」

「……沒辦法。」

依然鼓著臉頰的吉魯先是低頭，接著猛然抬頭，指向我和路茲手上的寫字板。

「可是，是因為我沒有寫字板才沒辦法教大家！只要我有寫字板，一定也很厲害！」

「啊，吉魯現在也識字了嘛。還在練習寫工坊的報告書，說不定也需要寫字板了呢。現在因為不能出去，那等到了春天，我再為你準備一份吧。」

「真的嗎?!好耶，我一定會贏過路茲！」

吉魯扠腰挺起胸膛，向路茲下了挑戰書。對此路茲只是輕快應道：「那麻煩你在春天之前贏過我吧。」春天一到，路茲便會陪著班諾一起去巡視鄰近城鎮的植物紙工坊。他說希望以後能把工坊完全交給吉魯管理。

「啊，對了。下次我會從店裡帶一名學徒來工坊……但雖然說是學徒，其實也快成年了。」

「為什麼？你不在的時候代替你嗎？」

我歪過頭問，路茲的表情有些沉重。

「表面上是和我一樣來工坊幫忙，但其實是老爺要他來這裡學習侍從們的言行舉止。」

「對喔，班諾先生說過要培訓義大利餐廳的侍者。」

這個也要列進計畫表裡才行——我在寫字板上補充了這一項。

「……梅茵，黑白翻轉棋我懂了，但這個撲克牌妳要怎麼做？」

「其實我很希望墨水的顏色能有更多種，但現在沒有也沒辦法，總之先全用黑色製作吧。」

我在石板寫下花色和數字，在一個大四角形裡面，畫了方塊三做為例子。

「就像這樣，每張牌都會畫上數字和相等數量的符號，總共要做四種。」

「數量還不少嘛。」

「啊，這個符號跟神的神具有點像耶。」

吉魯得意地指著石板上的方塊說。

「這個有點像是萊登薛夫特的長槍，這邊這個像是芙琉朵蕾妮的法杖。」

吉魯說方塊的形狀像是火神的長槍，黑桃則像是水之女神的法杖。經他這麼一說，神具長槍的槍尖，和法杖裝飾了魔石的那一部分，看起來是滿像的。

「吉魯，那風之女神舒翠莉婭呢？」

「舒翠莉婭的盾牌是圓形的，這裡面沒有。土之女神蓋朵莉希的神具是聖杯，所以形狀比較像是這樣……」

依吉魯來看，他說圓形代表風之女神的盾牌，倒三角形則可以代表土之女神的聖杯，如此一來正好湊成四種。那麼對於神殿裡的人們來說，熟悉的圖案應該更容易接受吧。於是我參考了吉魯的意見，重新把撲克牌的花色畫成黑桃、方塊、圓形和倒三角形這四種。

「那麼J、Q、K也用神的象徵吧。畢竟那三張圖很不好畫。」

於是J用了象徵生命之神的長劍，Q是象徵太陽女神的王冠，K是象徵黑暗之神的披風。重點在於圖案要盡量簡單明瞭。至於鬼牌，我決定採用象徵了混沌女神的扭曲之環，相傳她對黑暗之神懷有愛慕之心，還慫恿生命之神去當跟蹤狂。

「嗯，感覺還不錯嘛。撲克牌好有神殿的感覺了呢。」

「對啊，而且在歌牌裡面也出現過，大家馬上就能看懂吧？」

決定好了所有圖案後，我和吉魯十分開心。路茲看著石板一臉肅穆。

「梅茵，這個更應該要用紙版印刷。用畫的絕對會每張都不一樣。」

「……說得也是。那紙版由我來做吧。」

和印書一樣，決定先用厚紙做紙版，再印刷於木板上。反正時間多的是。不過是做撲克牌的紙版而已，小事一樁。

「梅茵，那我今天該回去了。」

雖然不希望路茲回去，但我開不了口這麼說。我點頭小聲應道：「……嗯。」路茲露出了傷腦筋的笑容，捏了我的臉頰。「好痛喔。」我捂著臉頰，沒好氣地瞪路茲。

「明天我會和多莉一起過來，別露出那種表情啦。」

「我會忍耐寂寞的，你們一定要來喔。」

送路茲離開後，吉魯一臉擔心地低頭看我。

「梅茵大人，妳很寂寞嗎？」

「嗯，因為平常都和家人在一起，所以現在不在了，我很寂寞。」

雖然知道我待在神殿，對所有人來說都是最安全的，卻還是很想回家。明明是自己選擇要來神殿，我卻覺得只有自己一個人被拋在了神殿裡。

「那我也像路茲那樣讓妳撒嬌吧？」

吉魯體貼地歪過頭這麼說。但下一秒，背後突然傳來嚴厲的喝斥聲：「萬萬不可！」我嚇了一跳回過頭，只見法藍表情非常可怕地站在那裡。法藍走到吉魯面前，用平靜的語氣教誨道：

「吉魯，梅茵大人是主人。讓梅茵大人對自己撒嬌，並不是侍從份內的工作。路茲對梅茵大人來說既是朋友，也等同是家人，但你和他不一樣。」

「……我知道了。」

吉魯不甘心地咬著牙，慢慢點頭。見狀，法藍才稍微放鬆表情。接著他在我面前跪下，讓視線與我同高，又變回了嚴肅的表情。

「梅茵大人，發生了那麼多事情，我明白您的內心十分不安。因此路茲與您的家人來訪時，在院長室裡若要對他們撒嬌，我也會不予過問。但是，和侍從之間，請您一定要保持合乎禮節的距離。」

聽到法藍要我和侍從保持距離，不要太過親近，我再一次看向路茲離開的方向。現在路茲的身影已經消失，只有冷風颼颼吹過。凍人的寒意讓臉頰感到刺痛，但是比起寒冷，內心的寂寞好像更是進入了嚴寒的冬季。

三方會談

住進神殿的第三天，神官長捎信來問：「委託奇爾博塔商會製作的儀式服預計何時完成？」居然不是來通知什麼時候要會面嗎？我大失所望，請羅吉娜去叫來路茲。在孤兒院教大家怎麼做冬天手工活的路茲立刻趕來了。

「梅茵，怎麼了嗎？」

「神官長寫信來問，儀式服什麼時候會完成。所以不好意思，你回店裡吃午飯的時候，能幫我問問班諾先生嗎？」

路茲回去問完，得到的答覆是再快至少也還要三天的時間。於是我多抓了一點時間，下午回信給神官長寫道：「商會表示只要努力趕工，應可在五天後完成。」這樣一來就算催促商會趕工，應該也不會變得太緊湊。

法藍帶了回信去見神官長後，結果又帶了決定會面日期的回信回來，同時還有要給班諾的邀請函。

「路茲，神官長說他七天後還會邀請卡斯泰德大人過來，要班諾先生到時候帶著完成的儀式服來神殿。」

路茲為了在回去前打聲招呼，順便報告今天的進度，來到院長室。我一邊抱著他盡情撒嬌，一邊遞給他邀請函。

「知道了。回去路上經過商會時，我會拿給老爺……不過，梅茵，妳的情況完全沒有變好耶。沒問題嗎？」

「很有問題。我好想在下雪之前回家一趟喔。」

結果我非但沒有習慣寂寞，想家的程度還越來越嚴重。當路茲和多莉造訪院長室時，我抱著他們撒嬌的時間也等比增加中。現在因為母親懷孕了，不能過來，無法對母親撒嬌好像又更助長了我的寂寞。

「唉，一旦開始下雪，我也沒辦法每天過來喔。」

路茲一臉為難地摸著我的頭說。這陣子都值中班的父親一週能來一次，多莉約略是兩天能來一次。而為了察看工坊和手工活的情況，路茲幾乎每天都過來，要是連他也不來了，一定會更寂寞。

「真希望不要下雪。」

一想到現在外面的天氣冷得隨時有可能下雪，我抱著路茲的雙手更是用力了。

會談當天，在第三鐘響前不久，終於開始飄起了細碎的雪花。雖然雪並沒有大到會很快積雪，但任誰看了，都明白冬天已經正式到來。

「外面會積雪嗎？」

「梅茵大人，不會那麼快的。今天的會談也不會因此取消喔。」

練習完飛蘇平琴，接著不得不練習要怎麼向卡斯泰德寒暄。現階段光是走路時要怎麼讓裙襬優美擺動，羅吉娜就沒有止盡地要求我重來。

……通往優雅的路途真是步步血淚。

「梅茵大人，班諾大人下午將會來訪，所以沒有多少練習時間了唷。」

這天的會談時間訂在第五鐘，但班諾在那之前會先來院長室，聲稱是因為我居中介紹了上級貴族，要先過來問候。所以我必須在那之前，把寒暄練習到在卡斯泰德面前不會出糗才行。我重新打起精神，繼續練習。

「午安，班諾先生、馬克先生……咦？路茲沒來嗎？」

因為要與貴族見面，班諾穿著袖子很長的冬季衣著，馬克捧著箱子走進來。我還以為路茲一定會一起來，此刻卻沒有看到他，不滿地噘起嘴巴。

「今天開始下雪了，所以我讓路茲優先去處理梅茵工坊的工作。等一下他應該會各拿一份做好的冬天手工活過來，會談時由妳帶過去。」

「冬天的手工活嗎？為什麼？」

今天的會談還有神官長和上級貴族在，不是由身為商人的班諾，而是由我帶過去嗎？我無法理解地偏過頭。

「如果要開始販賣那些手工活，我總覺得會帶來莫大的影響，所以想聽聽神官長和上級貴族的意見。」

「嗯……如果以前都沒有過類似的東西，那影響應該會很大喔。」

我依據麗乃那時候撲克牌和黑白棋已經很普及的記憶來回答。班諾露出了非常不高興的臭臉，瞪著我說：

「……影響會很大？連紙和印刷會帶來什麼影響都沒有考慮過，只想著要推廣開來的妳，都能斷言影響會很巨大嗎？」

「呃……我也知道紙和印刷造成的影響，甚至能夠改變歷史喔。雖然我只是因為自己想要才做出來……」

我也知道印刷對文明和文化的進步帶來了多少貢獻，又造成了多大的影響。雖然知道，但我就是想要看書，所以這點我也沒辦法。

「班諾先生，你怎麼了？臉色很難看耶。」

「壓力好大……等一下談話可是神官長和上級貴族都在。」

班諾按著腹部說，想不到他也有這麼敏感的一面。我還以為班諾的個性很好戰，不管對誰都不肯輕易服輸，現在看到他這麼緊張，感到很不可思議。

「之前不管面對公會長還是既得利益者，班諾先生都還興高采烈地向他們挑釁，現在卻會緊張嗎？但他們兩位都是好人，所以不用擔心喔。」

「別把上級貴族和公會長混為一談！妳以為現在這種狀況是誰害的?!」

怒聲咆哮完，班諾只差沒趴在桌上地垮下腦袋。用髮蠟那類的理髮用品固定住的奶茶色劉海隨即往下掉。

「老爺，請您不要低頭。劉海會變亂。」

馬克苦笑著提醒，班諾才悻悻然地撥起劉海，赤褐色雙眼睨著我說：

「……可惡！我今天特別希望妳能把那悠哉的個性分給我一點。」

「咦？可是，今天只是要提交做好的儀式服吧？之前班諾先生不是還很高興，可以和上級貴族攀上關係嗎？」

「妳這個不帶大腦出門的ㄚ頭！如果只是要提交儀式服，會特地把我叫來神殿嗎？當然是為了蒐集和妳有關的消息！」

班諾煩躁地瞪著我，我忍不住指著自己。

「我嗎？但現在還有什麼該蒐集的消息嗎？」

「今天會談上，應該會互相分享彼此調查到的關於墨水協會長的消息，還有決定今後對妳的處置。平民區的情報由我提供，貴族那邊的情報由上級貴族提供，再和想要兩邊消息的神官長一起討論。」

這樣一說，神官長也說過他要蒐集情報，要我在那之前別踏出院長室半步。意思是現在已經打探到消息了嗎？

「班諾先生，墨水協會長那邊有什麼新進展嗎？」

「不，目前完全沒有。現在因為天氣變冷了，路上行人減少很多，若有陌生人在商會四周徘徊會很醒目……如果不是因為不想引人注目，表示他們早已經蒐集完了必要的情報，不然就是打算在冬季的社交活動上再蒐集。」

冬天整座城市會被大雪籠罩，散布於各地農村的貴族會在收穫祭結束後回到貴族區。領主從春天至夏天必須前往中央，而冬季在領地間是貴族們的社交季節。他們會藉著這段時間與各地的領主碰面，互相交換資訊。

「梅茵大人、班諾大人，時間到了。」

「法藍，謝謝你。那我們走吧。」

對班諾說完，我讓法藍幫忙帶著路茲拿來的冬天手工活。確認馬克拿好了裝有儀式服的箱子，一行人走出院長室。通往神官長室的走廊冷得要命。現在已經冷得讓人捨不得離開房間。

來到神官長室門前，法藍搖了鈴鐺後，房門逕自敞開。卡斯泰德已經到了，正坐在接待用的桌前雍容閒適地喝茶。

「神官長、卡斯泰德大人，久疏問候了。近來已開始緬懷土之女神蓋朵莉希的溫暖，不知兩位是否一切安好？」

之前只看過卡斯泰德穿著鎧甲的模樣，但今天的他穿著貴族服裝，紅褐色頭髮和班諾一樣用髮蠟往上梳抹固定，所以可以清楚看出他的額頭有點寬。質料像是天鵝絨的外衣充滿光澤，袖子一樣長得有如和服的振袖，還能看見袖口底下是疊加了好幾層精緻蕾絲的布料。因為日積月累的鍛鍊，卡斯泰德的肩膀很寬，全身有著厚實的肌肉，散發出了無比的威嚴。但是，比起穿著鎧甲的時候，那種剽悍的感覺已經減緩了不少，淡藍色的雙眸今天也顯得比較柔和。

「很高興看到妳也一切安好，見習巫女梅茵。」

「在此為卡斯泰德大人獻上由衷的祝福。」

沒有出錯地打完招呼後，接著是班諾向兩人問安。

神官長請我們坐下後，隨從紛紛站在我們身後。坐在最上座的人是神官長，左手邊是卡斯泰德，右手邊是我，末座坐著班諾。

「感謝各位聚集前來。那麼，先提交儀式服吧。」

神官長說，馬克便上前一步，把手上的木箱交給班諾。班諾輕輕點頭，動作恭敬地打開箱子，再遞到卡斯泰德面前。木箱裡鋪著布，上頭躺著顏色宛如深沉大海的藍色儀式服。在已經點亮了幾盞燭臺的昏暗房間裡，流水紋路的刺繡粼粼地反射燭光。

「這件便是梅茵大人的儀式服，還請查收。」

卡斯泰德簡單地做了確認，問我：「是這件沒有錯吧？」因為我已經在試裝時比對過尺寸，也看過成品，所以檢查了服裝和腰帶後，點頭說：「是的，沒有問題。」

「那麼，就在此交給見習巫女梅茵了……請妳收下。」

「衷心感謝，那我就收下了。」

確認我收下後，卡斯泰德努努下巴。直到此刻我才發現，像侍從般跟在卡斯泰德身邊，我還以為是隨從的人，原來是那時候的護衛騎士達穆爾。達穆爾將裝了錢的皮袋交給班諾。清點了袋內的金額，班諾再交給馬克。

「班諾，這次要你十萬火急趕出來，真是有勞了。卡斯泰德、達穆爾，你們的懲處也就此告一段落。」

神官長自始至終在旁靜靜看著，在最後開口這麼說道。於是不只班諾，卡斯泰德和達穆爾也吐了口氣，顯得不再那麼緊張。我請法藍接下裝了儀式服的木箱。法藍心領神會，幫我拿著木箱。

「侍從先退下吧。」

神官長讓侍從們退下後，設置了防止竊聽用的魔導具。那是指定範圍，而非指定人物的魔導具，好讓沒有魔力的班諾也能使用。神官長放了四顆魔石，唸了什麼後，淡藍色光芒呈四角柱形的空間籠罩住我們。

可以看見侍從們都在淡淡的光芒外待命，但聽不見他們的聲音。同樣地，我們這裡的聲音應該也傳不出去。

原來還有這種魔導具啊——我正感到佩服時，發現右手邊班諾的臉頰在微微抽動。雖然我最近開始習慣了，但平民區的人親眼看見這樣的魔法，當然都會大吃一驚吧。但是，班諾不愧是大店的老闆，即便感到吃驚，也只是臉部表情有些抽搐，不像我一樣會大叫出聲，還來回東張西望。

「那麼班諾，我有問題想問你。」

「……請儘管吩咐。」

神官長說，班諾在胸前交叉雙手回答。

「我聽說你與墨水協會簽完魔法契約後，他們卻開始打探梅茵的消息，還找上了路茲問話，這些全部屬實嗎？」

「是的。按理說，為了在更有利的條件下簽約，一般都是在簽約之前打聽消息。墨水協會卻是簽完約後才開始打探，讓人無法釐清他們的意圖。」

神官長聽了點點頭，接著看向我。

「梅茵，妳認識那個人嗎？」

「不，班諾大人為了不讓我與對方見到面，簽約的時候還把我藏起來，所以長相和名字我都不知道。」

「墨水協會長與貴族素有往來，更時常傳出不好的傳聞。所以我判定最好別讓他與梅茵大人有所接觸，簽約時才讓梅茵大人在另一間房間等候。」

班諾說明了不讓我與墨水協會長碰面的理由，神官長彎起嘴角。

「嗯，很明智的決定。墨水協會長的名字是沃爾夫沒錯吧？」

「你聽到了什麼傳聞？是以什麼為根據，認為他對見習巫女有害？」

神官長和卡斯泰德相繼向班諾發問。我因為不認識墨水協會長，只能安靜傾聽。

「墨水協會長的名字確實正是沃爾夫……據說為了在貴族面前得到特別優待，不惜動用非法的手段。但是關於傳聞，因為尚不確定真偽，所以詳細情況請容我日後再作稟報。」

卡斯泰德皺眉摸著下巴，「哦……」地低吟。

「如果是這樣，那他會在簽完約後才大動作地蒐集情報，可能是因為都已經簽了約，不在乎關係是否會惡化吧。」

聽了卡斯泰德的分析，班諾睜大雙眼。魔法契約無法輕易毀約。正因如此，事前準備才非常重要。但是反過來想，這也表示和墨水協會的關係再怎麼惡化，舉例來說即使加害於我，只要沒有所有人的同意，就無法解除魔法契約。被卡斯泰德指出對方可能就是利用了這一點，班諾瞬間露出了懊悔的表情。

「班諾，你認為沃爾夫得到梅茵的消息後，打算要做什麼？我想知道商人，尤其是平民區人們的想法。」

神官長問道，班諾緩慢地說出回答。

「對我們商人而言，梅茵大人的價值在於她接連創造出的商品，和能夠想出那些商品的知識。但是，能夠正確衡量其價值的人並不多。倘若沃爾夫認為梅茵大人的商品和知識具有價值，可能會希望她加入墨水協會吧。但是，如今梅茵大人已經加入了奇爾博塔商會和商業公會。那麼，能夠採取的做法便有三種。一是不惜花錢只要能買下知識，二是綁架後威脅她說出來，三是擄走梅茵大人身邊的人當作人質，再要求她提供知識。」

卡斯泰德用懷疑的眼神看著我。看著外表像是還未受洗過的我，心裡肯定在想我怎麼可能接二連三創造出新商品吧。

「但是，就算綁架梅茵大人並威脅她，我認為也無法從她口中問出所有知識。因為如果想無窮無盡地賺進更多錢，就必須讓梅茵大人活著，並且在無人能發現的地方把她關起來，但這點是極度不可能辦到的事。」

聽完班諾說的我可能遭到的境遇，我不禁打了個寒顫。我從沒想過可能有人會為了賺錢，就把我擄走並關起來。我更是深刻明白到了班諾身為大店的老闆，對我有多麼禮遇，突然覺得別人都好可怕。

「為什麼把梅茵關起來是不可能辦到的事？只要有平常未在使用的房間和宅邸，要囚禁一個人很容易吧？反而要掩人耳目擄人還比較困難。」

卡斯泰德說得泰然自若。能夠斷然說要囚禁一個人很容易，未免太恐怖了。

「因為對方若不清楚梅茵大人的虛弱程度，梅茵大人很有可能不知不覺間便離開人世。比起綁架，要囚禁梅茵大人是更加困難的事情。」

「嗯，的確。只是把她關進反省室半天而已，她就發燒病倒了好幾天。要是當成一般的俘虜關起來，在問出知識前就死了吧。」

神官長馬上點頭同意班諾的見解。看來反省室那件事，真的在神官長心裡留下了陰影。其實那點發燒只是家常便飯，神官長若能忘記，心情會比較輕鬆吧。要是能順便忘記我是唯一一個被關進反省室的青衣巫女就更好了。

「那麼，沃爾夫也有可能在得到一定程度的知識後，再把梅茵賣給貴族吧，斐迪南大人。」

「……我知道梅茵大人是身蝕，但除了身蝕這點之外，還有其他理由會被貴族盯上嗎？」

班諾不能理解地皺眉。神官長和卡斯泰德先是對望，神官長再轉向班諾點點頭。

「詳情我不打算多說……但確實還有其他理由。目前最有可能的，是沃爾夫在擄走梅茵、問出知識後，再把她賣給貴族。也有可能是貴族指使沃爾夫擄走梅茵，再安排時機讓沃爾夫救她出來，藉此施恩。也有可能擄走梅茵後，宣稱她其實是自己的孩子。此外，也有可能單純只是報復……所以也有遭到暗殺的危險。」

……啊嗚！我好像聽到班諾先生在痛罵：「妳這白痴，妳又幹了什麼好事！」

在神官長扳著手指逐一舉出這些可能性之前，對於有陌生人在打聽自己的消息，我只覺得很不舒服而已，怎麼也想不到自己的處境竟然危險到了這種地步。難怪要我待在孤兒院長室裡別出來。

「班諾，那你接著繼續從商人那邊蒐集情報，並且隱瞞梅茵的存在。冬季期間，我不會讓梅茵離開神殿。就算要移動，也只會在院長室、儀式廳和孤兒院之間往返。不論去哪裡，都會有灰衣神官跟著她，所以應該不用擔心。問題在於春天過後。」
神官長說完，班諾和卡斯泰德點點頭。
「對方也是冬季期間才能蒐集消息，召集到人手吧。」
「必須盡早想出對策。班諾，你知道有什麼方法能讓這個安分守己嗎？」
神官長說著指向我。所有人的視線往我集中。
班諾瞥了我一眼後，神情極度疲憊地緩緩搖頭。
「不，我也不知道。每次都是等到察覺的時候，她就已經把事情鬧大，甚至一不留神就瀕臨死亡邊緣。我要是知道，早就付諸實行了。」
「我想也是。果然要讓她待在自己的視線範圍內才是上策吧。」
神官長和班諾一同看著我，深深地長嘆口氣。接著再互相對望，各自露出了苦笑。怎麼兩人有種惺惺相惜的感覺？
「梅茵，每次不管妳做什麼，常常會連帶引發不少問題，所以今後不管要採取什麼行動，或是要製作新商品，一定要先取得我和班諾的同意。」
聽到神官長這麼說，我才想起自己帶了孤兒院的冬天手工活過來。班諾果然未卜先知。我拿起法藍剛才放在腳邊的手工活。
「那麼，這個也需要徵得同意嗎？是孤兒院冬天在做的手工活。」
「記得妳之前就說過要做什麼東西吧。讓我看看。」
我拿出了這個世界版本的撲克牌、黑白棋和西洋棋，擺在桌上。先前雖然聽過說明，但班諾也是第一次看到成品，同樣往前傾身，看得目不轉睛。

「這個是什麼？」

「這個是撲克牌。雖然玩法有很多種，但在孤兒院我打算玩『神經衰弱』。先像這樣把牌混在一起，再把畫了圖的那一面翻到背面。只要找到相同的數字翻過來，就可以把牌拿走。能拿到最多牌的人就贏了。」

因為孩子們的手太小，還拿不動木板做的撲克牌，所以我打算先玩神經衰弱。教了玩法後，卡斯泰德興致勃勃地開始試玩。因為不想占用太多時間，一開始就先抽走了一半的撲克牌。神經衰弱由擁有出色記憶力的神官長大獲全勝。

「其他還有很多種玩法。如果可以做出更加堅硬的紙張，那麼用紙做的撲克牌，玩起來會比木板做的撲克牌更簡便喔。」

我也教了二十一點、梭哈、傷心小棧等幾種玩法，卡斯泰德的反應都不錯。

「雖然看過灌注了魔力的占卜卡片，但還沒看過僅供娛樂的卡片呢。最主要是一副卡片就能有多種玩法，這點真不錯。這在貴族間應該能流行起來。」

「而且也能用來學習數字喔。我是為了讓孤兒院的孩子們學習數字才做的。」

我說，神官長點頭應著「原來如此」，指向黑白棋的棋盤。

「梅茵，這又是什麼？」

「這個叫做黑白翻轉棋。彼此互相下子，像這樣包圍住以後，這部分的棋子就必須翻面，最終數量較多的人便獲勝。」

神官長對黑白棋表現出了興趣。於是我當他的對手，一邊說明一邊開始玩黑白棋。放下棋子，然後翻面。等下完所有棋子，整面棋盤上幾乎都是白色，是我贏了。

「……我輸了？」

「因為神官長還沒有理解規則，所以輸了也是正常的。再比幾次，我就贏不了神官長了吧。」

神官長愕然地看著棋盤，我聳肩回道。因為神官長還不知道玩法，所以第一次玩我才能贏他，但他那麼聰明，肯定三兩下就能理解規則。就是因為知道只有現在能贏，我才毫不客氣地卯足了全力應戰。

「那再比一次，我接下來一定會贏。」

「神官長，下次再比吧。只要神官長願意買下來，我之後隨時奉陪。」

「好，我買了。」

看到神官長立即決定，班諾的肩膀瞬間一動。他在桌子底下悄悄向我比出「幹得好」的手勢。

「咳！那麼，這又是什麼？」

「呃……這個是『西洋棋』，一樣是在黑白棋的棋盤上玩。每個棋子都有固定的行走方式，只要吃掉國王就算贏了。」

我收走黑白棋的棋子，說明西洋棋的下棋方式。卡斯泰德「嗯……」地沉吟，瞪著棋盤說：

「……這個遊戲倒是和加芬納很類似。」

「哎呀，已經有類似的遊戲了嗎？那就依據現有的遊戲，稍作改造比較好吧？」

記得在麗乃的世界，棋盤遊戲也是很久以前便存在，所以這裡有類似的遊戲也不奇怪。

「不，貴族間進行的遊戲需要魔力，而且會搶走領地，所以對戰方式完全不同。但這個如果要在平民區販賣，應該是沒問題。」

「但貴族們要是不買，大概也賣不太出去吧……」

平民區能花錢購買娛樂用品的富人並不多，絕大多數家庭為了每天的生活就已經分身乏術。看來只能和黑白棋一起成套販售，並說明和加芬納是不同的遊戲，也許久而久之能在貴族之間流行開來。

結束了生意上關於孤兒院手工活的討論後，神官長便解除防止竊聽的結界。神官長和卡斯泰德喚來各自的侍從，買了黑白棋和撲克牌。因為原本預計春天之後才要開始販售，所以額外加價，變成了四枚大銀幣。想到之前討論的時候，還決定價格要訂為五到七枚小銀幣，簡直是超級敲竹槓。

「班諾，今天辛苦你了。願守護土之女神蓋朵莉希的眷屬神庇佑予你。」

「神官長、卡斯泰德大人、梅茵大人，非常感謝今日與三位共度了如此有意義的時光。那我先行告退了。」

班諾在胸前交叉雙手，跪下行禮。身後的馬克也同樣下跪行禮，接著兩人退出神官長室。我也看向神官長，打算接著離開。

「神官長、卡斯泰德大人，那麼我也……」

「我們還有話要跟妳說。拿好這個。」

桌上放了四個平常使用的防止竊聽用魔導具。神官長、卡斯泰德和我分別拿起了一個，達穆爾伸手拿起了最後一個。

騎士團的處分和今後的對策

班諾離開後，達穆爾走向空出來的位置。那裡是末座，應該由平民的我來坐才對——於是我站起來，但神官長立刻制止我。

「梅茵，繼續坐著吧。」

「咦？可是……」

我瞥向達穆爾，但達穆爾只是稍微瞇起灰色眼眸，露出和善的微笑，直接坐下。要特別請他起身，自己再坐過去也很奇怪，所以我聽了神官長的話重新坐好。

確認所有人都落座，神官長才環顧在場所有人。

「那我接著說了。梅茵，關於先前騎士們在討伐陀龍布時對妳做出的無禮行為，領主已經下達處分，因此接下來要向妳說明。」

「處分……嗎？」

我知道會處罰當時護衛我的騎士，但並不想知道詳細內容。只要往後不會再有機會接觸就好了。彷彿看穿了我的心思，神官長垂下目光說了：

「……我想妳多半不想知道，其實我也十分猶豫，該不該把貴族的這些事情告訴妳。但是，也許往後妳會需要這些消息。」

緩緩呼出氣息後，神官長看向卡斯泰德和達穆爾。

「先前討伐陀龍布之際，擔任護衛的騎士竟然危害應該護衛的見習巫女，致使現場情況更加混亂，領主對此十分震怒。首先，身為騎士團長的卡斯泰德不僅日後要更加嚴格教育新人，更予以減薪三個月的處分，還要負擔妳儀式服四分之一的費用。然後是斯基科薩……」

神官長用平淡的語氣開始說明。神官長說戰場上若不聽從上司的命令，將會妨礙到作戰計畫順利進行，況且被指派為護衛，卻傷害了護衛對象，更是騎士絕不該有的行為。因此領主判定在騎士團中，不僅違反命令還擅離職守，可算是重罪。

「領主對斯基科薩下達的判決是處刑。原本還會牽連一族，但考慮到這樣一來對妳產生的恨意與憤怒會太過巨大，所以領主給了斯基科薩的父親兩個選擇。一是就此由全族共同承擔斯基科薩的過錯，二是發誓今後絕不與妳有所牽扯，並且支付罰金。只要發誓並支付罰金，便不株連全族，還能以殉職的名義處決斯基科薩，保住名譽……」

我不由得吞口口水。雖然已經聽說過處分會由領主日後宣判，但沒想到會出現處刑這種結果。畢竟斯基科薩是貴族，我是平民，我還以為會從輕發落。

「最後斯基科薩的父親付了罰金，發誓今後絕不與妳有所牽扯。他所付的罰金正好負擔了妳儀式服的一半費用。而斯基科薩已對外宣稱在騎士團出任務時殉職了。」

發現意思是已經行刑了，我忍不住看向達穆爾。既然現在坐在這裡，表示達穆爾免於遭到處刑。但是，說不定他也受到了嚴厲的懲罰。大概是注意到了我的視線，神官長也看向達穆爾。

「達穆爾的處分是必須負擔妳儀式服四分之一的費用，並且接下來一年的期間降級為見習騎士。處分之所以與斯基科薩不同，是因為妳為達穆爾做了辯護。」

「我嗎？」

我不記得自己特別幫他說過什麼話啊。我納悶歪頭，達穆爾突然對我綻開笑容。

「見習巫女向斐迪南大人為我做了辯護吧？妳說了我對妳很親切，也打算救妳，還開口勸了斯基科薩。多虧了妳幫我說話，我才能免於與斯基科薩同罪，只受到了輕微的處分。」

原本因為身為護衛，卻沒能保護好護衛對象，該以同罪論處。但神官長他們採納了我的證言，相信達穆爾當初確實想要阻止斯基科薩，卻礙於身分的差異無能為力，因此予以減刑。好不容易成年後終於獨當一面，現在卻再度被降級為見習騎士，但比起遭到處刑的斯基科薩，這樣的懲處算是相當輕微了。

「我家在下級貴族之間，地位也算相當低，所以每次遇到身分差異上的不公，都只能忍氣吞聲，至今從來沒有人對我伸出援手。所以，聽到妳為我向斐迪南大人請求減刑，我真的很高興。」

達穆爾高興的程度好像有點太誇張了，但身處在那種差別待遇隨處可見的社會裡，看來就算有著貴族的頭銜，下級貴族也很辛苦。

「此外，達穆爾在降級為見習騎士的這一年裡，要擔任妳的護衛。」

「咦？當我的護衛嗎?!」

「妳現在的處境是真的非常危險。」

神官長說，淡金色的眼眸注視著我。「為了讓毫無戒心的妳也能明白，由你來說明吧。」然後神官長看向卡斯泰德，這麼說道。卡斯泰德點了點頭，從正前方直視我，淡藍色的雙眼變得有些嚴肅。

「如今在上級貴族之間，已經有越來越多人意識到妳具有利用價值。妳雖是平民，卻被授予青衣，還與騎士團同行，完美達成了任務，騎士們也親眼見識到了妳擁有的魔力量。很大部分也是因為授予妳青衣一事，還取得了領主的同意。」

騎士團是由貴族集結而成。倘若輕蔑我是平民就隨意對待，結果卻像斯基科薩那樣殃及一族的話，就必須改掉這種態度。而一旦告訴其他人自己見到的魔力量和神官長說過的話，卡斯泰德說一般貴族都會開始盤算起能否利用我。

「同時，大家也知道了妳身為擁有身蝕的平民，尚未與任何人簽下契約，但目前是在斐迪南大人的庇護之下。為了討好、親近斐迪南大人和領主，一定會有不少貴族想接近並利用妳。」

假使這種貴族與墨水協會的沃爾夫聯手，有可能發生哪些事情，卡斯泰德列舉出了他設想到的可能性。

「如果只是想利用妳，有可能會指使沃爾夫擄走妳，再把妳救出來，對妳施以恩惠。這種貴族基本上只想著要利用妳，只要不發生預料外的事態，應該不會有什麼生命危險。但是，妳身邊的人就不敢保證。」

卡斯泰德說完，輪到神官長開口：

「但假使是與我敵對的勢力唆使沃爾夫把妳擄走，便有可能把妳賣給敵對領地的領主，或者聲稱妳其實是自己的孩子……倘若要聲稱妳是自己的孩子，那麼妳原本的家人就會變成阻礙，恐將遭到滅口。」

神官長的預想太過陰險殘忍，讓我倒吸了口氣。一想到有可能讓家人身陷險境，冷汗便沿著背部淌下。我握緊了交疊在大腿上的雙手，但還是忍不住發抖。

緊接著，達穆爾又從下級貴族的觀點，發表了貴族對我的看法。

「現在在下級貴族之間，對見習巫女的輕蔑依然非常強烈。我想是因為不想承認見習巫女分明是平民，卻擁有強大的魔力吧。事實上我在自己親眼看到之前，也沒想過平民的身蝕竟能擁有那般強大的魔力。」

看來下級貴族比起為了自己的好處利用我，更會先對我感到羨慕、嫉妒與仇視。

「但是，下級貴族不可能明目張膽地與斐迪南大人為敵。如果有上級貴族採取行動，只會跟著搭順風車吧。在我看來，對見習巫女來說最危險的對象，是對她懷有私人恩怨的人。」

達穆爾神色緊張地看著神官長和卡斯泰德，接著又說：

「雖然斯基科薩的父親和繼承人以保護一族為首要順位，但斯基科薩的母親並非如此。因為斯基科薩在一族中魔力偏低，又基於許多緣由，不得不送進神殿。好不容易因為中央的政變而回來，他的母親對此非常高興……所以，聽說她對見習巫女十分懷恨在心。」

我不禁毛骨悚然。失去家人的憤怒與怨恨，我非常可以理解。我要是失去了家人，連我也無法想像自己對於害死了家人的兇手，會產生多麼強烈的恨意。如今，有人正對我抱著這樣的恨意。失去家人以後，如果對方的憤怒和怨恨只針對我一個人，那還沒關係，但我更害怕會針對我身邊的人。

「甚至有策劃暗殺的危險性嗎……會有貴族愚蠢到不惜連累一族嗎？」

神官長說，我緊握著大腿上的拳頭，等著達穆爾回答。他的表情顯得有些哀傷，低喃說著「我也不知道」。

「如果真的做出了傷害見習巫女的行為，這次恐怕難逃株連全族的命運。但是，女性會為了私怨做出什麼事情來，這部分我也無法預料。」

「如果不惜連累一族人也想報仇雪恨，看來情況比我想的還嚴重……」

卡斯泰德按著眉心說。貴族普遍認為只要有家族這樣的枷鎖在，其他人應該不至於太過胡作非為。

「不光斯基科薩的母親，我也沒想到墨水協會的沃爾夫竟是那麼危險的人物。」

原來前往貴族區販售墨水的人一向是沃爾夫。因為最常購買、使用墨水的客群便是貴族，所以貴族多半聽過他的名字。但是，沒想到沃爾夫會有為了與貴族攀上關係，不惜動用非法手段的傳聞——在場的貴族們如是說。

「我本來打算繼續教育妳為青衣見習巫女，將來再讓妳和貴族結婚，但看樣子必須更改預定計畫了。」

「什麼？」

……讓我和貴族結婚是什麼意思？別說同意了，我甚至從來沒聽說過這件事喔?!

我把頭一歪，一時間無法理解神官長的意思。請不要擅自決定我未來的人生，尤其還是結婚這麼重要的事情！要是神官長動用自己的權力決定對象，那無法拒絕的男方也太可憐了。

「我從沒聽神官長說過這種打算喔。」

「我先前應該就說過了，即使妳無意與貴族簽約，未來多半也得生下貴族的孩子。本想先提升妳的教養，累積巫女的經驗，再盡可能為妳找到一門好親事，但現在的情況不一樣了。」

之前在討論要不要收羅吉娜為侍從的時候，神官長確實提醒過我類似的事情。看來在那個時候，神官長就已經打算要當我的媒人了。神官長到底有多喜歡把麻煩的事都攬到自己身上啊？對於神官長富有責任感，又過度一板一眼的個性，我已經超越驚訝，甚至是感到佩服了。神官長瞥向卡斯泰德，又說：

「梅茵，不只是妳，妳身邊的人也很有可能身陷險境。必須盡快讓妳成為貴族的養女。」

若要盡快成為貴族的養女，就表示我必須和家人斷絕關係，和其他人成為家人，前往貴族區生活。

……又要和家人分開嗎？

內心開始惶惶不安。隨著待在神殿裡的日子越久，我總覺得與家人間的聯繫變得越來越薄弱，本來就已經很不安了，現在更是一鼓作氣膨脹。

「只要成為卡斯泰德的養女，應該多少可以保護妳吧。他的人品我可以保證。卡斯泰德，這件事能拜託你嗎？」

「既是斐迪南大人的請求，當然是樂意之至。」

我還在茫然發呆時，他們已經自顧自討論出了結論。

卡斯泰德稍微往前傾身，雙眼與我對視。眼前的上級貴族有著感覺就很可靠的體格，雙眼還溫柔瞇起。再考慮到神官長對他十分信任，我也知道沒有比他更理想的養父人選。

「梅茵，妳要成為我的養女嗎？」

「不可能。」

但是，我想也不想就回絕了這樣的大好機會。在場眾人都不敢置信地瞪大雙眼，直盯著我瞧。

「見習巫女，這麼好的機會可是絕無僅有?!竟然拒絕斐迪南大人和卡斯泰德大人的好意，妳到底在想什麼?!」

「達穆爾，你冷靜一點。梅茵，妳說不可能是什麼意思？」

在神官長平靜的話聲中，聽得出來同樣含有怒氣。但是，我還是無法答應。

「我做不到。現在光是冬天住在神殿裡面，我就寂寞又不安得無法保持平靜，沒有辦法再和家人分開了。我絕對不要！」

我瘋狂搖頭，隨著情感劇烈起伏，感覺到了魔力也開始失去控制。壓抑在體內深處的魔力隨著激動的情緒往上翻出。

「我想回家，我不想再和家人分開了！」

「梅茵，快點冷靜下來！」

神官長大喊著霍然起身，把一顆拇指大的透明石頭壓在我的額頭上。石頭眨眼間就

變成了淡黃色。神官長看到魔石瞬間變色，臉色跟著不變。

「卡斯泰德、達穆爾，你們還有空的魔石嗎?!」

「是！」

卡斯泰德和達穆爾慌忙拿出魔石，神官長一把拿走後，把我扛起來，大步走向秘密房間。

「為了把影響壓到最小，我帶她進工坊！」

一進到秘密房間，神官長便往長椅坐下，讓我站在他前面，和剛才一樣把魔石壓在我的額頭上。魔石接連變了顏色，搖曳不定的魔力也接連遭到吸收。

「妳這笨蛋，雖然奉獻儀式就快到了，但妳的魔力也累積太多了。」

「……因為最近都關在房間裡，也沒有進行奉獻吧。」

魔力得到宣洩出口的同時，情感好像也有了宣洩的出口。我擦掉眼角的淚水，吐了一大口氣。但是，在體內幾欲失控的熱意還是沒有完全消退，我也沒有力氣可以把它們壓下去。

「不過，妳的精神狀態未免太不穩定了。發生什麼事了嗎？」

「都是神官長不好，把我的記憶挖出來……」

因為神官長使用了窺看記憶的魔導具，讓我感受非常真實地回憶起了再也回不去的那段時光。看到了麗乃那時候的母親，和她說了話，切身感受到自己失去了這個家人。由於在這裡的生活十分忙碌，所以我平常都不怎麼去思考，現在卻因此想起了從前的家人。從那之後，內心一直有開了大洞的感覺。

所以，這次為了不失去自己的家人，我才下定決心要好好珍惜他們，還要孝順父母，結果卻沒過多久就住進神殿。內心的大洞都還沒填補起來，我就和家人分開了，所以始終有著揮之不去的失落感。

「……是因為這個原因嗎？」

神官長的表情顯得難受，眉頭也在顫抖，稍微別開目光。其實神官長也不是自願使用那個魔導具，還被迫與我的感情同步。想起了這些事，我對自己不經大腦就說話感到後悔。

「對不起，我只是在遷怒。神官長是為了確認我有沒有危險性，才不得不那麼做，我也因此保住了性命，所以根本沒有資格抱怨。這些我都知道。」

神官長繼續把魔石按在我的額頭上，我伸手抓住他的袖子。

「可是，一想到再也見不到以前的家人，我更不想和現在的家人分開……現在整個冬天，都要自己一個人住在神殿，我真的真的很寂寞。可是，要是從此以後再也見不到他們了，我……」

吐出了心聲後，心情跟著難過起來，淚水湧上眼眶。在搖晃不定的視野中，神官長焦急的臉部表情也跟著扭曲。

「梅茵，快點壓抑下來！」

「要是成為貴族的養女，我就再也見不到家人了！」

「梅茵！」

神官長倏地抬高音量，抓著我的手臂把我拉向他。下一秒，我整個人被包覆在神官長飄逸柔軟的長袖裡。一時間搞不懂發生了什麼事，我眨了眨眼睛，抬頭看向神官長，對上了他極度不情願的雙眼。

「像這樣給妳抱抱，妳稍微能冷靜下來了吧？」

「……是。」

現在的情況，正好和使用完魔導具那時相反。從神官長嘴裡說出來的「抱抱」有點可愛，我輕聲笑了起來。因為站著抱很不舒服，所以我「嘿咻」地爬上神官長的大腿，開始調整可以安穩坐定的姿勢。

「……梅茵，其實妳已經冷靜下來了吧？」

「還沒有呢。」

和路茲及多莉不一樣，抱著神官長時，手無法環抱到他的背。我和抱著父親時一樣，跨坐在神官長的大腿上，然後靠在他的胸前。

「這樣就好了。請給我抱抱吧。」

「我一點也不好。」

神官長板著非常不悅的臭臉說，但沒有把我推開，任我為所欲為。感受著體溫和呼吸聲，慌亂的心神開始平靜下來。

大概是看準了我真的已經冷靜下來，神官長才無奈至極地嘆氣說：「真是受不了妳……」然後，像面對著不懂事的孩子，以淺顯易懂的解釋，開始說明我為什麼非得成為貴族的養女不可。

「和一般的身蝕不同，妳的魔力太強大了。」

「……我的魔力那麼多嗎？」

執行治癒儀式時，看到騎士團的反應，我也猜得到自己的魔力算是偏多，但沒想過竟然到了神官長會說太過強大的地步。

神官長板起正經的表情，低頭看著我說：

「就算簽下契約，一般貴族也駕馭不了妳的魔力。更別說隨著妳長大，魔力也會繼續成長。妳必須學會怎麼操控強大的魔力，運用在有益的事情上。」

為此我必須成為貴族的養女，前往貴族院，學習魔力與魔法。一旦和我簽約，該名貴族就必須準備好能夠使用我魔力的魔導具，才能不對身邊的人造成危險。但是，神官長說了，這一帶並沒有貴族擁有需要如此強大魔力的魔導具。

「妳擁有的魔力量，不該只由一名貴族獨占，必須為領土、為國家所用。」

「……我不明白。」

一直以來我聽到的說法，都是貴族只會剝削身蝕的魔力，而身蝕為了活下去只能和貴族簽約。現在突然告訴我這麼宏偉的目標，我完全沒有真實感，也不覺得和自己有什麼關係。

「梅茵，妳不能再如此事不關己。妳要知道，光是妳的情感有劇烈起伏，就會為身邊的人帶來危險。現在妳甚至無法控制自己的感情，也有可能波及重要的家人。」

「……只、只要跟家人在一起，就會沒事的。就是因為寂寞，我才會這麼不安嘛。」

因為家人不在身邊，我才會這麼危險。只要和家人在一起，我就能安心過日子。

「所以，請不要讓我和家人分開。」

聞言，神官長緊皺著眉，閉上眼睛。看到神官長像在強忍著頭痛的表情，心裡升起了些許罪惡感。我也知道自己是強人所難，但家人若不在身邊，我整個人就會惶惶不安。這一點連我也拿自己沒辦法。

「……十歲。」

神官長突然低聲指定了年齡。我偏頭不解，神官長一臉無奈，把我從大腿上抱下來。

「十歲妳非去貴族院不可。在那之前，妳可以繼續往返住家和神殿，奉獻魔力，享受家人的寵愛。但是……」

神官長的表情變得嚴肅，訂下了絕對不會退讓的期限。

「十歲之後，我再也不會徵詢妳的意見。一旦判定妳很危險而且具有危害，妳連同妳的家人，都會遭到處分。這點妳要牢記在心。」

「……是。」

看來在神官長心裡，我一到十歲就必須成為貴族的養女，已是不容推翻的決定。想到與家人相處的時間有限，我默默地捂住胸口。

冬天的生活

有了達穆爾擔任我的護衛後，我總算可以在神殿內移動了。雖然每天都要從貴族區來到神殿的達穆爾很辛苦，但他可以騎乘魔石變幻而成的天馬，所以不同於路茲和多莉，不會被大雪困住，無法外出。

……哇噢，魔法真是太方便了。

達穆爾來了以後，我也能夠前往孤兒院和圖書室，藉此分散我的注意力。現在整座神殿都籠罩在紛飛大雪底下，家人也變得比較少來看我，但只要可以窩進圖書室，寂寞就可以稍微緩解。只有在讀書的時候，我可以不感到寂寞。但是，圖書室冷得要命。就算穿了再多的衣服，還是無法長時間待在裡頭，達穆爾和法藍也不喜歡去圖書室。

「見習巫女，妳不要成天都待在圖書室，乾脆拜託斐迪南大人，能不能讓妳把書帶回院長室吧。」

「達穆爾大人說得沒錯，梅茵大人。頻繁前往圖書室，只怕您又會病倒。」

法藍和達穆爾意外地處得很好。不知道是因為觀念相近，還是因為法藍習慣了貴族的應對處事，所以意氣相投，總之相處得很融洽。

「……所以就是這樣。神官長，我可以從圖書室拿書出來嗎？」

「如果是我帶來神殿的私有書籍倒無妨。畢竟奉獻儀式快到了，不能讓妳感冒……

哼，這次是我贏了。」

果不其然，神官長三兩下就學會了黑白棋的玩法，看著我揚起嘴角微笑。居然對外表還是小女孩的我卯足全力，神官長真是不成熟的大人。

「居然對小孩子這麼認真，神官長真過分。」

「之前妳才對第一次下棋的我全力以赴，可沒資格說我。不服氣嗎？」

雖然神官長有時候很幼稚，但是個好人。不僅願意把書借給我，當我真的寂寞到受不了的時候，就算不請自來，只要幫忙整理文書和計算大量的資料做為交換，神官長就能接受我稍微對他撒嬌。雖然大多時候他都露出了非常不情願的表情，但我根本沒有餘力去在乎四周旁人的眼光，所以先不說神官長，個人倒是不覺得有任何問題。

「梅茵，早安。妳這幾天還好嗎？」

「有沒有又昏睡好幾天？」

暴風雪轉小的日子，多莉和路茲會一起來看我。這陣子多莉正在努力學習文字。她會帶著神殿教室的教科書兒童版聖典，還有石板和石筆，和孤兒院的孩子們一起學習。至於現在已經可以流暢書寫和計算的路茲，會幫忙確認手工活的進度，和灰衣神官他們一起教孩子們寫字，也會教吉魯怎麼寫報告書。

「見習巫女，他們是誰？」

「達穆爾大人，這位是我的姊姊多莉，和我的朋友路茲。他們會經常過來這裡，所以請記住他們的長相喔。」

我向達穆爾介紹多莉和路茲。多莉和路茲愣愣地抬頭看著達穆爾，我再為兩人介紹達穆爾。

「多莉、路茲，這位是今後擔任我護衛的達穆爾。他是騎士團的團員喔。」

「騎士團嗎？好厲害喔！」

「貴族大人要當梅茵的護衛嗎?!」

兩人都用充滿了期待和羨慕的閃亮大眼看著達穆爾，達穆爾有些不知所措。

「見習巫女，我這時候該作何反應才好？」

「只要面帶微笑就可以了喔。」

於是達穆爾露出了僵硬的微笑回應兩人。

事後才聽達穆爾說，他因為出生到現在從未踏出過貴族區，也沒有和平民接觸過，再加上在貴族社會又處於金字塔的底層，所以從來沒有人會對他投以欣羡的眼光。而且他雖然有哥哥，但沒有弟弟妹妹，所以也不知道該怎麼和小孩子相處。

「梅茵，那我和路茲一起去孤兒院了喔。」

多莉說，輕拍了拍我緊巴在她身上的雙手。但是，我今天在緊抱著多莉的手上使力，左右搖頭。

「今天我也要一起去。神官長說達穆爾大人在的時候，我可以在神殿裡移動，而且我也很好奇神殿教室的進展。」

在這之前，即使兩人來了，我還是只能待在院長室裡頭，但今天有達穆爾在，我可以一起去孤兒院。於是在羅吉娜和達穆爾的陪同下，我和兩人一道前往孤兒院的食堂。

「見習巫女還兼任孤兒院的院長嗎？……現在神殿的人手果真短缺。」

「是啊，人手真的嚴重缺乏喔。神官長的工作量也非常龐大，忙得焦頭爛額，所以我算是稍微分憂解勞。而且我雖然是孤兒院長，也只是掛個頭銜而已。」

至於其實是自己要多管閒事，大舉進行了改革這件事，就沒有必要特別說明了。事實上孤兒院發生了什麼重大事情時，都要由神官長在文件上簽名。我不過是負責管理孤兒院日常生活的中間管理階層。

「妳另外不是還會幫忙斐迪南大人的文書工作嗎？見習巫女真是優秀。」

達穆爾重重嘆一口氣。他說神官長還在騎士團的時候，稱得上是魔鬼上司，格外討厭不肯努力的無能之輩，對於能力較不出色的人，會給予比他人多上兩倍的任務，不努力的人便悉數剔除。之前我才聽說一旦成為神官長的侍從，再不願意也會變得很優秀，由此可知神官長不管人到了哪裡，都對教育非常熱心。

「但我聽法藍說過，神官長不會給予再怎麼努力也無法達成的任務喔。」

「能夠完成斐迪南大人賦予的任務，正是優秀的證明。我甚至沒有接到過斐迪南大人親自下達的任務。因為當時我還只是見習下級騎士，根本沒有注意到我吧。」

聽到達穆爾嘀咕說著想要神官長出任務給自己，不如下次我就拜託神官長，請他指派任務給達穆爾吧。神官長肯定會欣然答應。

「路茲、多莉，你們來啦。哎呀，羅吉娜，今天梅茵大人也一起過來嗎？」

葳瑪帶著和煦的笑容迎上前來，但是目光一觸及達穆爾，整個人便僵住不動。接著她微微發抖，用泫然欲泣的雙眼看向我。

「梅茵大人，這位高大挺拔的男士是哪位呢？」

「他是擔任我護衛的騎士。為人非常親切，也很盡忠職守，絕對不會對孤兒院的孩子們和女性做出無禮的行為。對吧，達穆爾大人？」

「嗯，我絕不會做出無禮行為，況且這有違騎士的誓言。」

但是，葳瑪因為只見過蠻橫霸道的青衣神官，和為了捧花而來的貴族，所以還是對達穆爾保持著警戒，並邀請我們入內。

「裡面還真溫暖。」

達穆爾吃驚得瞪大眼睛說。因為過冬準備做得很齊全，孤兒院食堂裡的暖爐才能燃燒著熊熊的烈火，非常溫暖。而且為了節省木柴，男舍裡頭一個人都沒有，白天大家都待在食堂裡度過。人口密度增加後，必然也變得更是溫暖。

「因為我們很努力準備了過冬的用品，這裡人又很多。」

食堂一角正召開著教人寫字的神殿教室，已經學會寫字的見習生們則待在另一個角落，努力做著冬天的手工活。

「啊，已經開始上課了。梅茵，那我過去了。」

「我也去那邊看看。」

多莉走向神殿教室，路茲走向在做手工活的區塊。我為了方便參觀神殿教室的上課情況，保持著不會影響到大家的距離，在一張桌旁坐下。

「見習巫女，他們究竟在做什麼？」

達穆爾滿臉不解，指向正召開著神殿教室的那處角落。

「他們在教孩子們寫字喔。」

「……教孤兒寫字？這是為什麼？」

在這裡，能夠讀書識字的只有特權階級。對於孤兒居然識字，大概很不敢置信吧。但是，孤兒院的孩子們將來都有可能成為青衣神官的侍從，比起平民區的工匠，必須學會文字的機率更高。所以比起教工匠的孩子們識字，從可能需要學會文字的地方開始提升識字率，我想效率會更好。

「神殿的孤兒們將來都會成為侍從，或是前往貴族區做打雜的工作，所以我只是現在就先教他們認識文字和數字，以後工作起來也會比較順利。」

「原來如此，可以省下教育他們的時間吧。」

擔任老師的灰衣神官正唸著兒童版聖典，讓孩子們在石板逐一寫下字母。我一邊在旁參觀，一邊和葳瑪討論下一本繪本。為了製作每個季節眷屬神的繪本，我先從厚厚的聖典裡頭節錄出了相關的記述，再整理寫成繪本內文，然後讓葳瑪檢查。不少地方都經過了葳瑪的修改，還加進了富有詩意的辭藻。

「見習巫女，這是什麼？」

「是用來讓大家學習文字的兒童版聖典，方便記住神的名字和神具。」

「哦……」

達穆爾興致勃勃地翻閱起兒童版聖典。

「現在的兒童版聖典只寫到關於最高神祇和五柱大神，接下來打算做和眷屬神有關的繪本。因為給予祝福時，都需要唸到神的名字。」
「有這種繪本確實很方便。我在背誦時也吃了不少苦頭。」
達穆爾偷偷告訴我，施展魔法的時候，也是知道越多神的名字越有利。既然如此，如果做本等同是神明辭典的簡單繪本，一定可以在貴族間大賣。有了達穆爾從貴族角度提供的寶貴意見，我立即在腦海裡計算起利益，呵呵直笑。
「葳瑪，一起玩歌牌吧。」
「梅茵大人，您要一起玩嗎？」
看來讀完聖典以後，一起玩歌牌已經成了慣例，歌牌正散亂地擺在地板上。我發現多莉愁眉苦臉地瞪著歌牌。
「多莉，妳的表情真可怕呢。」
離開院長室時，即便對象是路茲和多莉，也必須維持在神殿的遣詞用字──因為法藍和羅吉娜這麼吩咐過我，所以雖然內心感到很不自在，我還是用拘謹的語氣向多莉攀談。
多莉垂下眉尾，難為情地小聲嘟囔說：
「……玩歌牌的時候，我是這些人裡面最弱的。」
因為孤兒院的孩子們都是邊玩邊學，而且從我送給吉魯的那時候就開始一起玩，所以很多孩子即使不識字，看到圖案也能馬上搶牌。但是，多莉字還沒有背全，對於神祇也還十分陌生，所以對她來說難度很高。孩子們每天都玩歌牌，多莉卻只有雪變小時才能過來，基礎完全不同。
「只要習慣就好了，所以也只能不停挑戰。可以先訂個目標，像是努力搶到教科書上出現過的神祇。」

歌牌和繪本都是由葳瑪畫圖，所以神的五官和特徵一模一樣。玩歌牌必須記住所有詠唱牌和奪取牌才能贏，所以現在只能先朝自己記得住的卡片下手。

「我試試看。」

我之前也試著玩了歌牌，但每天都玩的孩子們太強了，我根本不是他們的對手。而且，玩的人裡頭還有幾近成年的見習生，手臂長度完全不一樣，太奸詐啦。

下午則是多莉的縫紉教室。縫紉教室以女孩子為主，教大家怎麼簡單地縫補衣物。因為已經教過幾次了，現在多莉當起老師也有模有樣，孤兒們也能夠自行修補脫線的衣襬。雖然依然是二手衣，但看起來整齊清爽多了。

「啊，吉魯。你怎麼穿著禦寒大衣，要去哪裡嗎？」

我看到男孩子們在路茲的指揮下，都穿上了禦寒裝備。現在雖然外面沒在下暴風雪了，但還是飄著細雪。

「路茲說要去工坊做採帕露的準備。」

冬天遇上放晴的日子，當然要去採帕露。但是，因為放晴當天一大早才準備會來不及，所以他們要現在先去做準備。

「那你們好好準備，去採帕露的當天要採很多回來喔。」

「是！」

孤兒院的孩子們當然也是第一次採帕露。但因為人數眾多，一定可以採到很多帕露。我不禁從現在就開始期待，不知道可以採到多少。我看著男孩子們衝往工坊去做準備，多莉大嘆了一口氣。

「今年媽媽不能出門，大概沒辦法採帕露了。」

往年我都幫不上忙，現在母親又懷孕，不可能爬得了樹。父親又很有可能要工作，沒辦法指望他幫忙。今年可能採不到冬天的甜食了——多莉對此咳聲嘆氣。

「多莉，妳不能幫忙帶孤兒院的孩子們去森林嗎？我本來還打算回來後拿一些給妳，當作是謝禮呢……」

只有路茲一個人，要率領這麼多孩子太吃力了。我之前就打算請多莉幫忙，再給她一些當作謝禮，並確保家人的份。多莉聽了，雙眼立即發光。

「這個主意不錯！太好了，我還以為今年吃不到帕露煎餅了呢。」

採了帕露回家後，先取果汁，接著榨油，最後用果渣煎帕露煎餅，已經成了我們家的傳統。今年我打算在孤兒院實施一樣的流程，也為此買好了大尺寸的鐵板。

「見習巫女，帕露是什麼？」

達穆爾好像聽也沒有聽過，滿臉納悶。貴族他們多半從沒採過帕露吧。想像了貴族爬上樹木的情景，我忍不住暗暗竊笑。又長又飄逸的袖子一定很礙事，怎麼可能爬得了樹呢。

「是一種只有在晴朗冬日上午才能採到的果實，味道非常甘甜喔。」

「梅茵大人，帕露是甜的嗎？」

簇擁在葳瑪四周的孩子聽到了我說的話，雙眼紛紛亮起期待的光芒，往我靠過來。孤兒院因為人數眾多，平常在生活中很難吃到甜食。聽到甜食的話題，所有人嘴邊的口水都快流下來了。

「是的，很甜又很好吃喔。是我最喜歡的食物。」

「哇啊，好期待喔！」

「多莉，請一定要帶我們去！」

在孩子們心中，都已經認定是多莉和路茲會帶他們去森林。在幾個孩子的包圍下，多莉開心微笑。

「嗯，到時候一起去吧。不過，採帕露必須要一大早去森林，所以放晴的日子，要很早就起床做準備。你們做得到嗎？」

「可以！」

於是幾天過後，翹首期盼的短暫天晴終於來臨了。一早隔著從頂蓋垂落下來的布幔，也能感覺到明亮的日光灑進室內，空氣裡的塵埃也反射著雪光晶燦發亮。

在戴莉雅來叫我起床之前，我就自己一骨碌跳下床鋪，扶著欄杆往一樓傾身，朝樓下大喊：

「吉魯！吉魯！今天要去採帕露！快點去通知孤兒院的孩子們，要他們做好準備！」

已經起床換好衣服的吉魯聽了，立即「好！」地大聲回應，飛也似地衝出院長室。正在整理房間的戴莉雅怒氣沖沖地走過來，抓住我的手臂。

「梅茵大人！在我去叫您之前，都不能下床！還有，怎麼可以穿著睡衣就往一樓探出身子呢！討厭啦！不要讓我講這麼多遍！」

「戴莉雅，今天要去採帕露，路茲跟多莉一定會很早就過來，要快點換衣服！」

配合第二鐘的開門時間，平民區的人們為了採帕露都開始行動了。路茲和多莉也一定會比平常還早來孤兒院。我說完，戴莉雅馬上又橫眉豎目，提高分貝說：

「我才沒有收到這種通知！」

「暴風雪何時會停，都要看生命之神埃維里貝的旨意嘛。誰也無法預測。」

我急忙換好衣服，等著多莉和路茲趕來。早餐等送大家出門之後再吃吧。大概是察覺到了我們在二樓手忙腳亂，法藍也做起了迎接客人的準備。

我的預想果然沒有出錯，在平常還在吃早餐的時間，多莉就衝進來了。後頭還跟著父親。

「梅茵，早安！今天爸爸不用工作，可以一起去森林喔！」

「爸爸，好久不見了！」

一看見走進客廳的父親，我立刻衝下樓梯，「喝！」地飛撲上去。父親先牢牢抱住了我，接著用力將我舉高。我摸著父親刺刺的鬍子，和父親等高地互相對望。

「梅茵，妳看來精神不錯嘛。沒有發燒嗎？」

「嗯，身體感覺不太舒服的時候，法藍會馬上讓我躺到床上，一開始昏睡，還會被迫喝下很苦的藥，根本來不及發燒呢。」

「是嘛。」

父親笑咪咪地聽著我報告近況，我也盡情向他撒嬌。多莉從懷裡拿出一個瓶子。

「梅茵，妳說過這個用完了吧？」

請父親把我放下來，我伸出手去。瓶裡裝的是天然酵母。多莉代替不在家的我，一直在幫忙照顧天然酵母。我接過有些溫暖的瓶子，摟在懷裡。

「多莉，謝謝妳。」

「我只是想把這個拿給妳，再順便過來看看妳，等一下馬上要去採帕露了。路茲也已經先去孤兒院了。」

「嗯，要採很多回來喔！我中午會準備剛出爐的鬆軟麵包等你們。」

目送兩人離開後，我不禁捧住咧開了笑容的臉頰。雖然時間很短暫，但可以和家人相處，讓我非常開心。而且，今天下午還要對帕露進行加工、煎帕露煎餅。

「法藍，幫我把這個拿給艾拉。還有，幫我跟她說，今天中午爸爸、多莉和路茲也會一起吃，請烤好鬆軟麵包。」

「遵命。」

把裝了天然酵母的瓶子交給法藍後，我再轉頭吩咐羅吉娜：

「羅吉娜，等練完飛蘇平琴，請去通知葳瑪開始為帕露煎餅做準備吧。」

「遵命。」

後來，練琴練到第三鐘為止，接著是幫神官長處理公務。幫忙的時候，神官長居然還說：「妳的心情未免好到教人發毛。」因為今天等父親、多莉和路茲採完帕露，要和他們一起吃午飯，光是想到這件事，心情就好像要飛上雲端。

很快地第四鐘響了，到了午餐時間。護送我回到院長室後，達穆爾要再度前往神官長室。

「那麼我去用餐了。在我回來之前，切勿離開院長室。」
「我知道了，達穆爾大人。」
達穆爾的午餐由神官長室提供。因為依院長室的食物儲量，並不足以應付成年男子一人份的食量。接到艾拉準備好了午飯的通知，我沉不住氣地等著大家回來。
「梅茵，我們回來了！摘到了好多帕露喔！」
「你們回來啦。」
中午過後，三個人都帶著非常滿足的笑容回來。人海戰術果然強大，他們說摘到了很多帕露。然後，大家一起吃著用多莉帶來的天然酵母做的鬆軟麵包，一邊討論下午的計畫。
「梅茵，下午要對帕露進行加工，妳想過要去哪裡嗎？要在工坊還是食堂？」
「我覺得可以在食堂取果汁，但榨油的話，去工坊用壓榨器會比較快吧？」
工坊有擠出紙張水分用的壓榨器。若能請父親和灰衣神官幫忙，並不需要拿榔頭慢慢敲。對於我的提議，路茲「嗯……」地面露難色。
「氣溫一降低，帕露就會變硬，我覺得還是在溫暖的食堂用榔頭敲會比較簡單。」
「反正人手很多，只要榔頭夠用，在食堂榨油就好了吧？」
在路茲和父親的建議下，決定在食堂對帕露進行加工。比起帕露的加工，多莉似乎更在意之後的事情，興沖沖地問我：
「梅茵，妳要在哪裡煎帕露煎餅？在女舍的底樓？還是這裡的廚房？」

「我打算在女舍的底樓……因為要是在廚房煎，做法若從艾拉往城裡流傳開來，會對那些把果渣當作家畜飼料的人造成困擾吧？」

「那倒是。」

家裡也在飼養雞隻的路茲皺眉同意。帕露果渣是冬天的絕佳飼料。要是等同免費的果渣之後換不到了，飼養家畜的人恐怕會傷透腦筋。帕露煎餅我們自己私底下享用就好了。只要在孤兒院的底樓做，應該不會在城裡傳開。

「下午先依我們家、路茲和孤兒院，把帕露分成三份，再到食堂進行加工吧。」

「那我去女舍的底樓，教女孩子們怎麼煎帕露煎餅。」

吃完午餐，三個人火速前往孤兒院準備動工。我則是等到達穆爾回來，才往孤兒院移動。留在院長室裡的，依然只有表示她不想去孤兒院的戴莉雅。

「見習巫女，這究竟是怎麼回事？」

看見孤兒院裡的光景，達穆爾的臉頰抽搐抖動。食堂一角，有群孩子正拿著戳出了破洞的果實，把濃稠的白色果汁倒進杯子裡。然後在另外一邊，好幾名灰衣神官舉著榔頭在敲碎果實，製造出了「磅磅磅」的巨響。沒看過帕露的人見了，可能會覺得這幅景象有些詭異吧。

「這邊正在收集帕露果實的果汁，那邊在敲碎取完果汁的果實榨油。最後剩下來的果渣，還可以做成非常美味的點心，女孩子們正在底樓努力中喔。」

多莉想必很認真在當指導老師，果渣被送下去後，底樓很快就飄來了濃郁迷人的香氣。我拜託過葳瑪上午要把羊乳留下來，所以現在正把羊乳、雞蛋、果渣和帕露果汁攪拌在一起，用奶油煎出帕露煎餅吧。我輕輕閉上眼睛，用力吸了一大口讓人心蕩神馳的香氣。

拜託羅吉娜和法藍準備好盤子，不一會兒後，多莉端著堆有帕露煎餅的盤子從底樓走上來。

「啊，梅茵妳來啦？真是剛好。現在開始煎帕露煎餅了喔。」

多莉身後還跟著一名見習生，同樣端著堆有帕露煎餅的盤子。兩人把盤子放在我面前。

「梅茵，那就由妳負責監督，別讓人偷吃喔。」

多莉叮嚀道，我輕笑著點頭。好歹我也是青衣見習巫女，應該沒有好奇寶寶敢當著我的面偷吃，不怕以後都不准他吃吧。

「哇，好香喔！」

「看起來好好吃～」

看見伴隨著甜香出現的帕露煎餅，收集著果汁的孩子們都丟下工作跑過來。

「工作做完才可以吃喔。不勞動者不得食。」

聽到我這麼說，孩子們急急忙忙回到自己的工作崗位上。夾雜在慌忙的腳步聲之間，背後傳來了吞嚥口水的聲音。我忍不住回過頭，發現達穆爾的視線牢牢固定在帕露煎餅上。

「……見習巫女，這是什麼？」

達穆爾臉上明明白白寫著「好想吃」。還以為貴族都能買到砂糖，對於甜食應該不覺得稀奇，但可能是因為第一次看到，才這麼感興趣吧。

「這是用帕露做的帕露煎餅。達穆爾大人以前好像都不知道帕露，第一次看到，覺得很新奇吧。要不要和大家一起享用呢？」

「咳！也是。既然以後會常來孤兒院，我是有些好奇這裡的食物。」

處理完了為數不少的帕露後，女孩子和孩子們負責把帕露果汁、油和果渣搬到女舍的地下室，男生們負責把加工用的工具搬回男舍。

法藍和羅吉娜將帕露煎餅切片，發給拿著盤子開始排隊的孩子們。我再拜託吉魯，送一份帕露煎餅去給在院長室留守的戴莉雅，並要他為在院長室廚房擔任艾拉助手的那兩個人，預先把她們的份留下來。

然後，所有人都聚集在了食堂，每個人前面也都擺著盤子。法藍把他從院長室拿過來的餐具，放在我和達穆爾面前。

「那我們先祈禱吧。」

我說完，孩子們在胸前交叉雙手，唸出飯前的祈禱文。

「感謝司掌浩浩青空的最高神祇與分掌瀚瀚大地的五柱大神，惠予萬千事物成為我們的食糧，在此為諸神的旨意獻上感謝與祈禱，必不浪費這些食物。」

父親和多莉目瞪口呆地看著流暢唸出祈禱文的大家。我在神殿吃飯以後，也學會了要唸祈禱文。偷偷往旁一瞥，只見達穆爾也一派理所當然地唸著祈禱文。看來貴族也一樣會飯前祈禱。

祈禱完後，孩子們爭先恐後地吃起帕露煎餅。我看著他們，也吃了一口。

「好香喔！好好吃！」

「好甜喔！」

孩子們開心得大呼小叫，一旁吃著煎餅的達穆爾也瞪大雙眼，動也不動。

「見習巫女，這是平民們平常就在吃的食物嗎？」

「並不是喔，這是我們自己私底下偷偷享用的美食。還合你的口味嗎？」

我問，達穆爾緩緩地吐出大氣。

「太好吃了……孩子們在這裡的生活，簡直和貴族相差無幾吧？不僅要學習讀書識字，還能吃到這樣的甜食。」

「這裡是孤兒院，恐怕和貴族的生活截然不同喔。這些帕露也是一大早就要起床，去積雪很深的森林裡自己親手採回來。因為帕露是只有冬天的晴朗早晨才能採到的水果，所以市面上並沒有在販售。」

達穆爾吃著帕露煎餅，依然一臉無法釋懷，但日後遇到冬季放晴的日子，都會催促我來孤兒院。看來是非常喜歡吃帕露煎餅。

愛上帕露煎餅的不只達穆爾，孤兒院的眾人也是。

「梅茵大人，這個好好吃喔。」

「下次什麼時候會放晴呢？」

「帕露果渣還有很多，下次再做吧。果渣還能用來做其他料理，敬請期待。」

我把告訴了路茲家的食譜，也公開給了在孤兒院負責煮飯的葳瑪她們以後，孤兒們的帕露爭奪戰更是火熱了。

奉獻儀式

這天提早結束了文書工作，和神官長對戰黑白棋時，他冷不防拿出防止竊聽用的魔導具放在桌上。我伸出手，握住魔導具的同時，神官長放下黑子說了：

「梅茵，奉獻儀式從下個土之日開始。」

「是。」

我瞪著神官長放下的黑子，認真思考著下一步，神官長又低聲嘀咕說了：

「……記得保留實力。」

一時間無法理解神官長的意思，我愣愣地抬頭看向神官長。「往下看，別露出那麼痴呆的表情。」這麼提醒我後，神官長開始說明奉獻儀式時一天該消耗的魔力量。

「妳要小心，別注入過多的魔力。我已經向神殿長報告過，因為妳平常就會進行奉獻，剩餘的魔力量約莫是七到八顆小魔石。所以不管再怎麼努力奉獻，超過二十顆就會暈倒。」

其實妳就算二十顆也還綽綽有餘……神官長說著，拿起其中一面塗成黑色，當作黑白棋使用的小木板。期間，視線完全沒有離開過棋盤。

「若隨便展現妳擁有的魔力量，神殿長可能會以為妳至今都在隱藏實力，或者以前都欺騙了他，所以這次的奉獻儀式，最多往聖杯注入約二十顆小魔石的魔力即可。要回院長室的時候，最好還假裝身體有點不太舒服。」

「要我這麼做當然沒問題，可是，這樣不就等於是在欺騙神殿長嗎？」

要壓抑奉獻時的魔力當然可以，但這樣一來，神殿長認為「我們意圖欺騙他」的想法就不再只是猜測，而是事實了。我說完，神官長馬上勾起嘴角。

「既然欺騙他是事實，那就構不成是猜測吧？雖然受人猜忌很不愉快，但既是事實，事後只要回答『沒錯』就好了。更何況，與其展現出真正的魔力量，預先保留實力對往後更有益處，所以不需要老實地全部展現出來。面對敵人，應該要時時保留餘力和王牌。」

「……原來如此。」

我表示理解，同時也想像了神殿長和神官長的對話：「你騙了我嗎?!」「沒錯。」

……壞人絕對是神官長呢。

土之日是開始奉獻儀式的日子。

戴莉雅一大早就協助我沐浴淨身，再為我穿上嶄新的藍色儀式服。藍色儀式服的衣襬鑲著金線，還以同色的藍色絲線繡了流水紋和花卉，束起腰部的腰帶則為銀色。除此之外的飾品全是紅色，象徵冬天的貴色。紅色代表緩和冷意，帶來希望的爐火。

「戴莉雅，今天要戴新的髮簪喔。」

我制止了要從衣櫃拿來髮簪的戴莉雅，從辦公桌的抽屜裡，拿出幾天前多莉才拿給我的小布包遞給她。

「討厭啦！髮簪怎麼可以放在桌子的抽屜裡！要是壓壞了怎麼辦?!」

戴莉雅氣呼呼地大發牢騷，但動作十分小心地打開布包。

為了能在冬天和春天的儀式上佩戴，用色選擇了紅綠兩色，但款式其實還是和之前洗禮儀式上戴的髮簪差不多。有三朵像是紅色玫瑰的大花，然後代替了原先如紫藤花般搖曳的小花，用綠線織成了幾串精巧的葉子。因為之前的髮簪在回應騎士團的請求時，被壓到有些變形，發現我看著髮簪無精打采，家人便為我做了新的儀式用髮簪。冬天感到寂寞的時候，新髮簪也發揮了很大的安慰效果。

「雖然這個髮簪也很適合梅茵大人，但之前的髮簪更能襯托出梅茵大人的髮色呢。」

我用新髮簪把頭髮盤起來，羅吉娜站在幾步之外為整體做最後確認，語氣有些惋惜地這麼說。

「因為這次我請家人使用貴色，才能在冬天和春天的儀式上佩戴，所以也沒辦法。」

用新髮簪整理好了頭髮，便等著達穆爾到來，再前往神官長室。

因為只有我的房間不在貴族區域內，神官長的侍從得辛苦跑到大老遠來叫我，所以神官長要我直接前往神官長室待命。儀式服使用了最高級的布料，很輕卻很溫暖，走起路來還會有沙沙沙的悅耳摩擦聲。

「這件儀式服真是精美，怪不得價格那麼高昂。」

做為懲罰，達穆爾必須負擔儀式服四分之一的費用，現在看見了我身上的儀式服，忍不住讚嘆說道。

因為我之前是手邊已經有布料，要珂琳娜以現有的布料縫製儀式服，但這次不一樣，不僅得從布料開始準備，還得支付額外的急件費用。我偷偷請達穆爾向我透露，原來新的儀式服居然比我之前付的還貴了三倍以上。達穆爾是下級貴族，家境也不富裕，他說他當初聽到金額的時候，臉色都發白了，然後跑去找家人商量。最後，是請身為繼承人的哥哥的愛人老家先代為支付。

「見習巫女，妳之前是自己出錢訂做的吧？竟然能擁有那麼多資金。」

「我只是提供了別人送我的布料，再請奇爾博塔商會縫製，所以沒有花到那麼多錢喔。」

「話雖如此……」

聊著聊著，不久抵達了神官長室。房間的主人神官長不在，而是在儀式廳，只有幾名受神官長之命負責接待我的侍從留下來。

「梅茵大人，早安。等到其他青衣神官的奉獻儀式結束，阿爾諾會前來呼喚您，在那之前請在此稍候。」

儀式結束之前禁止飲食，所以我只能乾坐著。依著指引坐下後，法藍和達穆爾都站到我的身後。讓身為貴族的達穆爾站著，自己卻坐著，這種狀況讓我坐立難安，忍不住回頭，仰頭看向達穆爾。

「達穆爾大人，你不坐下來嗎？」

「見習巫女，護衛要是坐著，遇到緊急情況該如何應對？」

達穆爾說得一派理所當然，即使如坐針氈，我也只能繼續坐著了。

乖乖坐在神官長室裡待命後，阿爾諾前來呼叫我。

「梅茵大人，請盡快前往。」

由阿爾諾帶路，我帶著法藍和達穆爾，趕往位於貴族區域深處的儀式廳。步出神官長室後，先經過好幾扇門扉，再經過神殿長室門前，彎過轉角。和總是配合我走路速度的侍從們不一樣，阿爾諾的步伐很快。看到我拚了命地在跟上他的腳步，法藍再也忍不住開口。

「阿爾諾，十分抱歉，但請你速度稍微放慢一些。」

「啊，這對梅茵大人來說太快了吧。失禮了。」

阿爾諾開始放慢速度時，正好站在走廊上的灰衣神官慢慢打開了盡頭的那一扇門。並不是為了迎接我才開門，應該是為了要讓裡面的人出來，因為灰衣神官們的目光都向著房內。

從敞開門後走出來的人有著圓胖的體型，身穿白衣，繫著金色腰帶，斜揹著金色長帶。之前在自己的洗禮儀式上就看過了，再加上服裝與神官不同的只有一個人，所以是誰顯而易見。

「……神殿長。」

我不由得低聲喊道。因為進入神殿以後，從來沒有見過面，我對神殿長早已經沒有什麼印象，但對方好像還是非常敵視我。一看見我，神殿長便露出了厭惡的表情，往我這邊走來。應該是正準備要回神殿長室吧，時機真是太不湊巧了。要是能等到神殿長回到房間以後再過來，彼此就不會打到照面，心情也不會變差了。

我後退到走廊牆邊，在胸前交叉雙手跪下。阿爾諾、法藍、達穆爾也跟著我照做。隨著沙沙的衣服摩擦聲，腳步聲也逐漸靠近。因為清楚知道神殿長討厭自己，所以此刻遇見了神殿長，真不知道會發生什麼事情——我的心臟撲通狂跳，靜靜等著神殿長經過。即便臉龐低垂，還是能在視野中看見移動的白色長袍。我緊張得全身僵硬，屏息等待，但神殿長除了走到我前面時「哼」了一聲以外，什麼也沒有發生，直接揚長而去。

直到房門傳來關上的啪噹聲為止，我都低著頭跪在地上，這才安心地吁口氣站起來。接著在阿爾諾的指示下，邁步走向大門依然敞開著的儀式廳。

「達穆爾大人，請您在此稍候。能夠進入儀式廳的，只有要舉行儀式的神官和巫女。」

聽到阿爾諾這麼說，我忍不住回頭。阿爾諾卻催促我進入儀式廳，「神官長正在裡頭等您。」雖然我一頭霧水，但阿爾諾說得沒錯。儀式廳裡，只有神官長一個人站在祭壇前方。

儀式廳是間較小的禮拜堂。天花板比神官長室高一些，縱深頗深。牆壁和柱子也是隨處用黃金加上裝飾之外，清一色為白色。

儀式廳的兩側牆邊，也並排著和禮拜堂一樣有著複雜雕刻的圓柱。柱子之間的窗戶依著一定間隔排開，柱前都燃燒著篝火。

正前方的牆壁從天花板直到地板，以五顏六色的馬賽克磁磚拼成了繁複的圖紋，色彩鮮豔繽紛。前方備好了祭壇，祭壇兩側也焚燒著篝火。房間正中央鋪著類似於地毯的紅色布匹，一路連向了祭壇。祭壇也鋪了紅布，雖然沒有神像，但裝飾著神具。

最上層放著最高神祇光之女神的王冠和黑暗之神的黑色披風，第二層中心擺著偌大的黃金聖杯，兩側則是許多小聖杯。小聖杯是青衣神官們在收穫祭時從農村拿回來的物品，必須在奉獻儀式上盈滿魔力，春天的祈福儀式時再送回農村。第三層裝飾著神具，有法杖、長槍、盾牌和劍。

最底層是獻給神的供品。有象徵生命呼息的草木、慶賀結果的果實、象徵平穩的香，以及代表信仰之心的布匹。

「梅茵，妳動作還真快。」

神官長轉過身來。身上同樣穿著儀式服，但和平常穿的青衣完全不同。這件青衣上頭滿布著葉子圖案的細小織紋，繫著成年人才繫的金色腰帶。飾品同樣統一為象徵冬天貴色的紅色。

「其他青衣神官都不在呢。」

「因為魔力量相差太多了。」

神官長說。我猜是因為他們向來都嘲笑我是平民，但若是可以奉獻的魔力量大不相同，會很傷他們的自尊心吧。見到他們，我也不覺得可以度過一段愉快的時光，所以完全不介意被隔離開來。

「不只是為了保住他們的自尊心。」

神官長彷彿看穿了我的想法說，我不由得抬頭。

「帶著相同的目的在此集結時，若又獻上同樣的祈禱釋出魔力，在相乘效果下，魔力很容易向外釋出。萬一被妳釋出的魔力量影響，其他人跟著不停釋出魔力，有可能會對他們帶來危險。」

「……這樣啊。」

「能和妳一起舉行儀式的人只有我而已……開始吧。」

神官長揮開衣袖，跪在祭壇前，雙手貼在紅布上。我也在神官長的一步後方跪下，雙手貼著紅布，低下頭去。

奉獻儀式在神殿一整年的活動中，是最重要的儀式。因為儀式上要注入魔力的神具，會影響到隔年能否豐收。通往祭壇的紅布是用具有魔力的絲線編織而成，只要把手貼在布上，獻上祈禱，魔力就會流向神具。

「創世諸神，吾等在此敬獻祈禱與感謝。」

神官長低沉又不疾不徐的話聲在儀式廳裡朗朗迴盪。我也跟著複述。

「司掌浩浩青空的最高神祇，暗與光的夫婦神；分掌瀚瀚大地的五柱大神，水之女神芙琉朵蕾妮、火神萊登薛夫特、風之女神舒翠莉婭、土之女神蓋朵莉希、生命之神埃維里貝。感謝諸神賜予萬千生命的恩惠，聖恩崇潔，謹此獻上敬意，並虔心予以回報。」

隨著唸出祈禱文，可以感覺到魔力從自己的體內往外流出。紅布發出了絢爛光芒，只見魔力形成了光的波動，流往祭壇的方向。

「梅茵，可以停下來了。」

神官長迅速抬起手說。我也跟著舉起貼在紅布上的手，中斷了魔力的釋出。然後靜靜看著流動的魔力在最後閃爍著光芒，被吸進了小聖杯裡。

「今天奉獻這樣就夠了。已經釋放得比我預期中要多。」

神官長注視著祭壇上的小聖杯說。今天一天就盈滿了七個小聖杯。簡單來算，若要用魔力注滿所有的小聖杯，大概要花上八天的時間。

「幸好有妳在，否則這些聖杯都要靠我一個人注滿。明明我在貴族區那邊還有其他職責……」

神官長難得筋疲力竭地嘆氣。我看著擺在祭壇上的小聖杯，聳了聳肩。怪不得神官長從一開始就對我那麼親切。如果要自己一個人盈滿這麼多聖杯，不難想像會感到厭煩。我至今一直很納悶，神官長明明也擁有強大的魔力，平常奉獻時卻老是在放水，原來是和我不一樣，在貴族區還有其他任務在身。真是太辛苦了。

之後，每天都會進行奉獻儀式。我始終沒有和其他青衣神官打到照面，都是和神官長一起奉獻魔力。幾乎所有小聖杯都注滿了魔力時，神官長又拿來了十個新的小聖杯。

「梅茵，儀式的時間得延長了，能請妳幫個忙嗎？」

「怎麼了嗎？」

原來是交情良好的隔壁領地也因為魔力嚴重不足，表示若有餘力，希望可以提供協助。

「這也是賣人情給對方，讓自己占有優勢的好機會。就算有些吃力也該答應。」
「呃……兩邊交情不是很好嗎？」
「是啊，關係十分良好。所以為了繼續保持良好的關係，必須時常禮尚往來。」
……政治的世界，好可怕。
不過，如果是一邊要守住自己的領地，一邊又要保持良好的關係，那領主之間的交情很好，跟我以為的交情很好，應該是完全不同的情況吧。雖然大腦能夠理解，感覺卻無法適應。儘管完全不懂政治上的事情，但既然是領主的要求，自然可以鼎力相助。反正我的魔力還多得很，因為我並沒有自己的魔石和魔導具，無法自由運用。
「創世諸神，吾等在此敬獻祈禱與感謝。」
我和神官長一起往他領寄放的小聖杯裡注入魔力。儀式進行途中，大門無預警地發出嘰嘰聲打開。
「兩位祈禱得非常虔誠嘛。」
眼前的神官長立即站起來，轉過身去，我也跟著起身回頭。之前完全沒有出現過的神殿長，居然在這時走進了儀式廳。神殿長捧著得張手環抱的大袋子，從容自若地慢步走來祭壇前。
「神殿長，有什麼事嗎？」
神殿長沒有回答神官長的問題，不作聲地逐一放下從袋子裡拿出來的小聖杯。等擺好了十個小聖杯，神殿長一骨碌轉過來，臉上擠出了還不知道我是貧民那時的老好爺爺笑容。

「來，梅茵，也為這些聖杯注入魔力吧。這些也是領主的要求。」

「這件事我可從來沒有聽說。」

神官長用懷疑的眼神看著神殿長，但神殿長依然掛著老好爺爺的和善笑容，只有眼神變得犀利。

「我命令的人是梅茵，可不是你。難不成可以聽從神官長的命令，卻不能聽從我身為神殿長的命令嗎？」

我可以拒絕，也可以保住神殿長的顏面。但是，因為我早已經徹底觸怒了神殿長，若是現在還拒絕神殿長親口說出的命令，我認為不是明智之舉。感覺只會為以後帶來莫大的麻煩，所以我瞄了眼神官長，請他作出判斷。明白了我視線的意思，神官長的表情雖然變得有些冷峻，但也緩緩點頭。

「今天的儀式已經結束了。如果不介意從明天才開始，是沒有問題。」

「可別忘了你答應了啊。」

神殿長邪邪一笑，和走進來時一樣，慢條斯理地步出儀式廳。當大門關上，儀式廳內恢復寂靜，神官長才如釋重負地吐氣。

「我剛才可是心驚膽跳，擔心妳會不會再度失控……不過，這些額外增加的小聖杯，我不認為是領主的命令。」

「但是都已經答應了，該怎麼辦才好呢？我是不介意偶爾幫神殿長保點面子。」

神官長面色凝重，沉思了半晌。

「儀式就繼續進行吧。我會詢問領主，查探這些聖杯背後的來歷，但現在雪這麼大，很難馬上打探到消息吧。為了暗中打聽，暫時最好還是服從命令。能麻煩妳嗎？」

「是。」

就這樣，我便在用魔力盈滿慢慢增加的小聖杯中度過了冬天。

羅吉娜的成年禮

「梅茵大人，成年禮您打算怎麼辦呢？」

就在冬季即將過半的某一天，結束了奉獻儀式，在返回院長室的半路上，法藍突然這麼說。我不明所以地眨眨眼睛。

「成年禮？我才剛結束洗禮儀式喔？」

「不是梅茵大人的，而是羅吉娜的成年禮。」

法藍好像是忍不住笑了，急忙摀住嘴角訂正。意料之外的提醒讓我瞪大眼睛，愣愣地張著嘴巴。

「……羅吉娜的、成年禮？」

「是。在今年冬末的成年禮上，羅吉娜便成年了。」

「我、我都不知道……」

可說是自己侍從大日子的活動，我卻什麼也不知道，對於自己身為主人這麼失職，我不禁大受打擊。

「成年之際，神殿會發予平常可穿的灰衣巫女服。如果是孤兒院的見習巫女，除此之外不會再有其他，但有些成了侍從的灰衣巫女，也會收到主人的贈禮。」

法藍說完，為我說明了孤兒院的成年禮。一大清早沐浴淨身後，要穿上新領到的衣服，前往禮拜堂獻上祈禱和感謝。而這些事情，會在平民區開始成年禮的第三鐘之前結束。換句話說，之前在我練習飛蘇平琴的時候，孤兒院孩子們的洗禮儀式和成年禮也就結束了。

「我、我從來沒有為孤兒院的孩子們慶祝過……」

身為孤兒院長，這樣太糟糕了吧？雖然自從來到神殿以後太忙碌了，但這好像不能當作藉口。見我臉都白了，法藍微微一笑。

「梅茵大人還是見習巫女，不能出席神殿的儀式，不知道也是情有可原。夏季的成年禮和秋季的洗禮儀式，都在梅茵大人昏睡時便結束了，秋天的成年禮那時則是忙著準備過冬。再者，先前都沒有為大家慶祝過，要是突然開始幫大家慶祝，只怕會形成差別待遇。」

孤兒院的孩子們講究人人平等。法藍說倘若因此形成落差，並不是件好事。但是，就算不能送東西，我覺得至少也該說聲恭喜。

「梅茵大人，請您別再思考要送給孤兒院禮物了。因為可能會對日後帶來嚴重的影響。」

我還在當孤兒院長時，自然可以送禮物給大家，但院長一旦換人，可能就會沒有禮物。既然我已經確定年滿十歲就要前往貴族院，能當孤兒院長的時間其實不長。法藍勸我要把目光放得更遠。

「此外，關於送給侍從的禮物，因為梅茵大人平常就會贈送物品給侍從當作獎勵，所以我只是心想也許您遇到節日也會贈送，但並不是非送不可。」

法藍是因為看我好像完全沒有發現，才特別提醒我。法藍真是英明。我確實根本不知道自己侍從出生的季節。雖然早就知道羅吉娜快成年了，卻完全不知道她的成年禮在什麼時候。

「法藍，謝謝你提醒我。我會想想要送羅吉娜什麼禮物……那法藍成年禮的時候，神官長有沒有送禮物給你呢？」

「神官長送了我筆和墨水。一直到現在，我都還珍惜地使用著筆。當時的感覺就好像是神官長認同了我已能獨當一面，所以非常高興。」

法藍綻開了燦爛的笑容說。就是因為有過這麼開心的回憶，法藍才會好意向我提醒羅吉娜的成年禮吧。身為主人，該來想想羅吉娜收到什麼樣的禮物會很開心了。因為我的感覺常常和別人不太一樣，所以關於成年禮該送什麼禮物，最好需要調查一番。就從身邊的人開始問起吧。首先是路茲……但直到暴風雪停之前，路茲都不能過來。至於神殿裡比較熟的人，就只有神官長了。

「神官長，我的侍從即將成年，請問一般都是送什麼東西當作成年禮物呢？」

我在幫完公務後發問，神官長微微瞠大了眼，接著嘀咕說出了非常失禮的話：

「……難得妳會提出這麼有意義的問題。」然後假咳一聲。

「如果要送禮，最好送對方能夠長久使用的東西吧。畢竟是要祝賀對方成年，可以送她平常工作就會用到的東西。我都送筆和墨水。」

「羅吉娜平常工作上會用到的東西……樂器嗎？」

我沉吟著回想羅吉娜平常的生活，說出想到的禮物後，神官長立刻冷眼看我。

「妳這笨蛋，要給侍從的成年禮物，怎麼能送連自己也沒有的昂貴樂器。在送給侍從之前，自己先買一把吧。」

因為惹了神官長生氣，我決定火速撤退。

「……我想也是呢。感謝神官長的意見，那我再想想其他東西。」

挨了神官長罵的幾天後，暴風雪總算平息了些的某一天，多莉、路茲和班諾一同造訪了院長室。

「梅茵，妳還好嗎？」

「多莉、路茲！……啊，班諾先生也來了。」

「我要去孤兒院上課了，他們說有話要跟妳說。」

多莉只是打了聲招呼，便趕往孤兒院上課，路茲和班諾走進屋內。察覺到了達穆爾的存在，班諾很快正色。

「梅茵大人，我想請您收留敝店一名即將成年的都帕里，在此學習怎麼服侍貴族大人用餐。」

班諾希望能讓名為萊昂的都帕里，來我這裡接受教育。我看向會負責教導服侍方式的法藍。

「法藍，這件事可以答應嗎？」

「近來已經可以把事務工作交給羅吉娜和葳瑪處理，所以如果只是午餐之際，教人怎麼服侍用餐，應該是沒有問題。」

發現法藍的表情有一絲僵硬，我再看向班諾說：

「我明白了……班諾大人，我們這裡只負責教導服侍方式，請送來其他方面都已經受過教育的人吧。」

「其他方面的教育？」

班諾滿臉納悶。奇爾博塔商會的教育非常徹底，店員面對客人一定都是彬彬有禮。在我和路茲開始出入商會的時候，店員的態度也是如此。因為班諾視我們為座上賓，都讓我們直接進入店內的辦公室，所以店員對我們也不敢怠慢。因此，班諾才認為不管派誰來都沒有問題吧。

「屆時將由法藍擔任指導員，但他是灰衣神官，也是孤兒。如果送來的人教育還不夠充分，會輕蔑、看輕指導員，恕我無法接受。」

事後我透過法藍才知道，雖然店員對客人的態度無可挑剔，但面對隨從也能保持禮貌的店員，只有一半而已。我在辦公室談論生意時，待在店裡頭等候的法藍，說他不時會感受到店員投來令人不快的眼光。

「哦……敝店竟然有這種情況嗎？看來確實是敝店的教育還不夠充分，在此致上十二萬分的歉意。倘若萊昂也是如此失禮的人，我會即刻中止與他的都帕里契約，還望馬上告知。」

「法藍，這樣子可以嗎？還有沒有其他要先要求的呢？」

「是啊……雖然可以在午餐時讓萊昂服侍梅茵大人用餐，但院長室無法為他提供伙食。因為這裡的食材，都是為了梅茵大人所準備。」

「關於伙食，就和路茲一樣都由我提供，請不必擔心。」
於是班諾和法藍開始討論起了侍者的詳細教育內容，我便向路茲招招手，悄聲問他：
「路茲，我有事情想跟你商量。」
「幹嘛？妳又想惹什麼麻煩了？」
路茲的表情立刻有些警戒。聽到他這句話，班諾和法藍也停下討論，往我看過來。
「過分，怎麼可以說我又想惹麻煩了。是羅吉娜的成年禮快到了。你知道如果要送成年禮物，都是送什麼東西嗎？札薩哥哥也快成年了吧？」
「我想應該會送工作用具給札薩大哥吧。因為洗禮儀式時送他的東西是給小孩子用的，現在已經太小了。」
洗禮儀式時贈送的工具，為了讓小孩子也便於操作，都會比較小且輕便。因此長大之後，用起來就會變得很不順手。有人會在成年前就先買新的，也有人是收下別人轉讓的工具。如果都沒有，成年時便會收到象徵獨當一面的工作用具。
「工匠是送工作用具嗎……班諾大人，商人在成年禮時都送什麼呢？」
「我的話會送給家人飾品，另外會送衣服給簽了契約的都帕里。這些都是與貴族見面時需要用到的東西。」
「不會送給都盧亞嗎？」
「沒錯。」
因為往後店家需要仰賴都帕里的協助，所以會送給都帕里成年禮物，日後面見貴族時，更會一起帶去打聲招呼。但是，通常都盧亞一旦契約到期，緣分便結束了，所以不會特別贈送賀禮。

「雖然飾品和衣服都不錯……但羅吉娜平常用不到呢。」

「但是等她成年，以後也要把頭髮盤起來，送梳子或絲帶都是不錯的選擇吧？」

那加了小巧裝飾的髮飾好像也不錯。我先在寫字板寫下裝扮用品。

「倘若需要禮物，只要透過路茲及早下訂，敝店便能幫忙準備。」

「謝謝班諾大人。」

班諾和法藍討論完後，便回店裡去了，路茲說他要去孤兒院。我也決定在法藍和達穆爾的陪同下，去孤兒院看看多莉。

「多莉學得很認真喔。梅茵，妳下次用簡單的單字寫封信給她吧。」

「好，就這麼辦。路茲，謝謝你。」

聽說路茲現在不時也會當多莉的老師。他說只是因為去年我教過他，所以今年才換他教多莉而已。但多虧了路茲，多莉才沒有完全被孤兒院的孩子們拋在後頭，可以跟上學習的進度。

「那現在算算看這題吧。」

今天的神殿教室在練習計算。多莉面對著眼前的計算機一臉嚴肅。我一邊斜眼偷瞄她，一邊走向葳瑪。葳瑪和羅吉娜曾經侍奉過同一個主人。問問葳瑪在成年時收到過什麼禮物，也許能夠做為參考。

「啊，這麼說來，今年冬天羅吉娜就要成年了呢。」

「是啊，所以我很煩惱要送她什麼禮物。可以告訴我葳瑪成年的時候，克莉絲汀妮大人送了什麼禮物給妳嗎？」

我問，葳瑪露出了五味雜陳的笑容。

「我成年時，剛好是在克莉絲汀妮大人離開神殿之後，所以並沒有收到禮物。」

「咦？那、那我也準備禮物給葳瑪……」

完全沒料到葳瑪竟然沒有收到禮物，我慌忙開口說，葳瑪咯咯笑了起來。

「梅茵大人，還請您不用介意。不然連其他侍從的禮物都要準備了唷。」

因為先前還在孤兒院的戴莉雅和吉魯，洗禮儀式時也沒有禮物啊——葳瑪說。

「如果不只是我，也送給吉魯和戴莉雅禮物，那麼原本是要慶祝羅吉娜成年，恐怕會模糊焦點吧？屆時若又只有法藍什麼也沒有，他的心情或許也會很複雜。」

「嗯……」

……明明只是想讓大家都開心，真難。

葳瑪露出了平日溫婉的笑容，低頭看著陷入沉思的我。

「只要是主人送的東西，我們都會很高興的。而且，羅吉娜想要的東西，向來都和音樂有關呀……對了，送她新的樂譜如何呢？」

「新的樂譜！這真是好主意！」

「……不過，因為克莉絲汀妮大人當時擁有許多樂譜，若不是非常罕見的樂譜，恐怕很難滿足羅吉娜呢。」

要準備少見的樂譜太簡單了。隔天，我馬上拜訪神官長。

「神官長，我想送新的樂譜給羅吉娜當成年禮物，請教我寫樂譜！」

「妳究竟想寫什麼樂曲的樂譜？」

「當然是我記得的樂曲啊！」

如果在這裡很難找到藝術巫女克莉絲汀妮沒有的曲子，那把我記得的歌曲寫成樂譜就好了。只要知道怎麼編寫樂譜，要準備樂譜不是什麼難事。應該吧。

「樂曲？妳是指夢中的嗎？」

「是的。因為除了夢裡的歌，我想不到有哪些樂曲是羅吉娜不知道的了。」

「法藍，去院長室拿飛蘇平琴來。」

「遵命。」

趁著法藍回院長室拿琴，我請神官長教我怎麼編寫樂譜。想當然耳，這裡的樂譜編法和我記憶中的並不一樣。如果只要寫出音階，照著至今拿到的樂譜，勉強還寫得出來，但此外的記號和既定用法我完全不曉得。

「讓兩位久等了。」

「法藍，謝謝你。」

接過法藍拿來的小飛蘇平琴，我撥下琴弦，尋找自己記憶中的音。

「咦？好像不太對。是這邊嗎？啊，對了對了，就是這個……呵呵呵……」

抓出了大約一小節的音，我邊問神官長怎麼寫，邊寫成樂譜。

「神官長，像我這裡這樣寫，有寫錯嗎？」

「……夠了，把飛蘇平琴給我。」

就在寫好了五小節的時候，大概是對於我的方法再也忍無可忍，神官長一臉不耐地搶過飛蘇平琴。神官長拿好孩童用的小飛蘇平琴，瞪著我說：

「妳唱，我來找音。與其教妳怎麼寫樂譜，我來寫還比較快。」

在神官長銳利的目光催促下，我開始哼起旋律。哼到一半，神官長輕舉起手來，我跟著停下。緊接著，神官長用飛蘇平琴彈奏到了那個部分。聽見神官長毫不遲疑彈出的一連串音色，我吃驚得下巴差點要掉下來。神官長彈了幾次後，還加進了非常適合以飛蘇平琴來彈奏的改編，然後寫成樂譜。

……神官長果然無所不能。

沒過多久，樂譜就完成了。不光我哼出來的古典樂曲主旋律，還添加了專為飛蘇平琴設計的改編。

「梅茵，妳還記得其他曲子嗎？」

「……可以自己彈出來的曲子並不多，但如果神官長不介意只是用哼的，那我倒是記得很多歌喔。」

我說完，神官長滿意點頭。

「好，那唱吧。」

「咦？」

「我正好也想要一些新的樂曲。最好能有三首。」

神官長不只幫我寫了樂譜，還加了改編，再唱三首歌當然沒問題。趁著大好機會，我還偷偷混了一首動漫歌曲。看著神官長為了找音和加入改編，彈奏著動漫歌曲，我暗暗看得樂不可支。

「那妳抄寫完後，再送給她吧。」

「衷心感謝神官長。」

我把神官長的手寫樂譜放進辦公桌的抽屜裡，趁著羅吉娜和法藍一起處理文書工作的時候，開始偷偷摸摸抄寫。

抄好了四首樂曲後，再拜託路茲在上面鑽洞，穿上繩子，樂譜就完成了。

「做好了！」

於是，到了冬季最後的土之日，也就是成年禮當天。

戴莉雅和吉魯一大早就辛勤搬水，羅吉娜也忙著沐浴淨身。然後，換上神殿發配的新灰衣巫女服。原先裙子的長度長及小腿，現在只能看見鞋尖，頭髮也要盤起來。

「想到羅吉娜的頭髮要盤起來了，我總覺得有點可惜呢。」

羅吉娜有著一頭波浪般的栗色鬈髮，看起來優雅高貴。一想到再也看不見她把頭髮放下來的樣子，不禁覺得有些失落。

戴莉雅倒是羨慕地看著盤起頭髮的羅吉娜。

「才不可惜呢！我也想要可以快點盤起頭髮。」

和把頭髮盤得一絲不苟的葳瑪不一樣，羅吉娜保留了女性的柔美，盤得比較寬鬆。原本羅吉娜的長相就比較成熟，盤起頭髮後，看起來就真的是一名成年女性了。雪白纖細的脖頸裸露在空氣中，髮鬢兩撮無法盤起的短髮閃耀著光澤，更是顯得嫵媚動人。

「羅吉娜真的好漂亮喔。」

我忍不住感嘆地大口吐氣，望著羅吉娜成年的打扮。羅吉娜有些害羞地微笑。

「討厭啦！等我長大了，一定會更漂亮！」

「是啊，戴莉雅一定也會變成大美人喔。」

看到對羅吉娜產生了對抗意識的戴莉雅，我不禁苦笑，然後對羅吉娜說：「恭喜妳成年了。」送她前往將在禮拜堂舉行的成年禮。

「羅吉娜，路上小心喔。」

「是的，那我過去了，梅茵大人。」

今天因為青衣神官和灰衣神官都要去舉辦成年儀式，所以我不需要去神官長那邊幫忙。而羅吉娜不在，也不用練琴。因為太閒了，我便帶著法藍和達穆爾前往孤兒院，拜託葳瑪製作帕露煎餅的麵糊。雖然不打算把做法教給艾拉，但要是在女舍底樓煎餅，孩子們多半會被味道吸引過來，所以我決定在女舍做麵糊，再回到院長室的廚房煎帕露煎餅。

「葳瑪，為了羅吉娜，妳能來院長室一趟嗎？雖然有男性在，但都是認識的人，妳應該已經不要緊了吧？妳們長年來都生活在一起，如果葳瑪也能過來為她慶祝，羅吉娜一定會更開心的。」

「……梅茵大人說得是。現在我也稍微習慣了會在食堂和工坊遇到灰衣神官，那就過去打擾片刻了。」

葳瑪捧著裝有麵糊的大碗，和我一同走回院長室。法藍和達穆爾都驚訝地瞪大眼睛，隨即貼心地保持了葳瑪不會感到緊張的距離。

「梅茵大人，我回來了。」

「羅吉娜，妳回來啦。我們都在等妳喔。」

成年禮在第三鐘響前結束了，羅吉娜也回到院長室。羅吉娜一上二樓，我便輕輕牽起她的手，要她坐下來。

「梅茵大人？」

「羅吉娜，快點坐下來吧。」

「但是，我不能夠不顧主人，自己坐下。」

羅吉娜堅決不肯。我抬頭看著她，感到不知所措。法藍無奈地嘆口氣，為我拉開椅子。

「梅茵大人，羅吉娜說得沒錯。如果想要羅吉娜坐下，梅茵大人必須先落座。」

於是我乖乖坐下，羅吉娜也誠惶誠恐地坐下來。這時，馥郁的香氣一路從廚房往二樓逼近。

「葳瑪?!」

羅吉娜吃驚地瞪圓了雙眼。葳瑪看著她，笑得更是燦爛，把盛有帕露煎餅的盤子放在羅吉娜面前。戴莉雅在一旁開始泡茶，眼神無比認真。

「今天大家要一起為羅吉娜慶祝。是梅茵大人的提議，由我親手煎的喔。」

「……看起來真是美味。」

羅吉娜注視著帕露煎餅和細心泡好的茶，再環顧聚集於桌邊的所有人，藍色雙眼有

些淚光。我拜託法藍去辦公桌拿來樂譜。

「這是我送給羅吉娜的成年賀禮。不介意的話，練好以後再彈給我聽吧。」

「……全是我沒聽過的曲子呢。您究竟是怎麼……真是太感謝您了，梅茵大人。今天大家還特地聚集於此為我慶祝，我真的、真的好高興。」

羅吉娜把我寫好的樂譜抱在胸前，綻開了耀眼的笑容。

「羅吉娜，恭喜妳成年了。願諸神的祝福與妳將要啟程的未來同在。」

酒漬水果和鞋子

季節已經進入了春天。但是，不過是颳起暴風雪的次數減少了，天氣還是冷得感受不太到春天的氣息。但暴風雪的次數減少，多莉來玩的天數也就增加了。這也代表可以回家的日子越來越近，我的心情好得不得了。

某天，多莉來的時候抱著一個小罐子。

「梅茵，妳說過這個要在冬天吃吧？這要怎麼吃？因為妳不在家，我們一直放著沒動，媽媽要我來問妳這個該怎麼辦。」

多莉把小罐子放在桌上，打開蓋子。瞬間，刺鼻的酒味一股腦衝進鼻子。只見浸在滿滿的酒裡面，水果全都變成了褐色，而且非常黏稠。是把家裡的酒漬水果分裝到了這個小罐子裡。我從夏天就不停往裡面添加水果，結果現在卻徹底忘了，忍不住倒抽一大口氣。

「啊——！因為孤兒院長室有蜂蜜和砂糖，還做了果醬，我都忘記了！」

「……我就知道。」

把各種水果浸在酒裡醃漬的酒漬水果，看起來已經完成了。切成塊狀的水果不再帶有稜角，有著圓圓的弧度，酒也顯得濃稠，應該馬上就可以吃了，但要想想怎麼吃才會更好吃。

「怎麼辦？我一開始本來想加在『冰淇淋』和『布丁』上面吃，但現在家裡能做的點心，最簡單的就是帕露煎餅了吧？」

夏天開始做酒漬水果時，我壓根沒想到冬天會住進神殿，所以當時是打算帶著砂糖和酒漬水果去路茲家，請他的家人幫忙製作。用點心的新食譜，換取雞蛋、牛奶和勞動人力，製作冰淇淋和布丁，再把酒漬水果切作小塊，淋在上面一起吃。但是，既然現在我不能去路茲家，這個計畫也就泡湯了。必須想想有什麼方法，能讓家人在家裡簡單地享用酒漬水果。

「可以做帕露煎餅，再把這個淋在上面一起吃嗎？」

「要把酒漬水果切成小塊再撒上去喔。多莉和媽媽負責吃水果，剩下來的酒再給爸爸，他一定會很高興。除了帕露煎餅……我們之前一起做過好幾次法國吐司吧？淋在那上面也很好吃喔。還有、還有……」

「梅茵，妳冷靜一點。妳在這裡會做什麼來吃呢？帕露煎餅應該不行吧？」

固定會用到酒漬水果的點心都是史多倫聖誕麵包，但家裡沒有烤爐，無法製作。

「……嗯。」

我想避免讓艾拉知道帕露煎餅的做法。所以，如果想請廚師艾拉幫忙，就不能夠做帕露煎餅。但如果要請孤兒院的孩子們幫忙，在女舍煎帕露煎餅，酒漬水果的量又不夠。

「該做什麼好呢？雖然一般都是做『史多倫聖誕麵包』，但今天現在才開始做的話，太花時間了。嗯……不然請艾拉做『可麗餅』吧。」

「……但這個的做法可以公開嗎？」

多莉知道我的食譜以後都會在義大利餐廳製作，不然就是賣給尹勒絲和芙麗妲，關係到了金錢，所以表情有些戒備。

「應該可以吧。因為這裡也有類似『可麗餅』的食物……我想應該沒問題。」

我在城裡見過的不是可麗餅，而是一種使用蕎麥粉，像是法式鹹薄餅的食物。餅裡會加進蛋和火腿，或者香菇和起司，然後拿去烤。飯館都做來當作是簡單的小吃。但教人意外的是，至今我從沒看過有人把法式薄餅做成甜點來吃。或許有些地方會吧，但至少我從來沒看過。因為平民區都是以填飽肚子為優先，飲食生活方面並不注重甜食，所以或許也算是很正常的現象。

「法藍，現在可以馬上準備好奶油嗎？」

「現在天氣還很寒冷，很快就能準備好。請問需要多少呢？」

我回過頭，法藍已經拿著寫字板，準備要做筆記了。沒有經過任何處理的牛奶只要放在寒冷的地方，脂肪便會自行分離，所以只要有大量的牛奶，要做鮮奶油並不難。但要是去除掉過多的水分，會變得像是凝脂奶油，所以這點要小心。

「那麻煩準備一杯份的奶油和一杯牛奶吧。」

糧食庫裡面也有蕎麥粉，所以也能做法式薄餅，但基於個人的喜好，這次我想用麵粉做可麗餅。會用到砂糖的點心，基本上都是貴族大人在吃的。既然要在院長室的廚房製作，比起大家在平民區平常會吃到的食物，還是加點貴族的風格比較好吧。那就請艾拉煎可麗餅，再放上發泡鮮奶油和切成小塊的酒漬水果一起吃。

為了拿奶油，法藍前往據說位於貴族區域的冰窖，我馬上開始寫可麗餅的食譜。寫好後要交給艾拉，請她幫忙做可麗餅。

「呃，多莉，有種食物是在蕎麥粉裡面加水跟鹽，揉成麵皮後，再撒上火腿和起司拿去烤，這種食物叫做什麼啊？」

「啊，是布夫雷餅吧。」

「對，就是那個！」

知道了這裡的法式薄餅怎麼稱呼以後，我在步驟旁邊，補上一句「請像布夫雷餅那樣煎得薄薄的」。寫完做法時，法藍也拿著外形像水壺，有著把手的牛奶罐回來了，裡面裝著牛奶和奶油。

法藍先把牛奶罐放進廚房，接著走上二樓，我向他說明木板上的內容。

「法藍，請艾拉做出我寫在這上面的東西吧。幫我告訴她，要像煎布夫雷餅那樣，什麼也不用加，只煎麵皮就好了。艾拉應該聽了就能明白。煎好以後，再請她盛在盤子上端過來。」

「遵命。」

把食譜交給法藍後，多莉抱著酒漬水果的罐子也站起來。

「法藍，我也會幫忙，可以在旁邊參觀嗎？」

看得出來多莉對專業廚師做的料理很感興趣，我也開口拜託法藍。

「法藍，多莉很習慣做我提供的食譜了，應該也不會妨礙到大家，幫我拜託看看艾拉吧。其實我也很想一起去，但我在的話，大家會緊張得沒辦法做事吧？我會在這邊等，多莉就拜託你們了。」

可以一起做點心真好，很像是女孩子間會有的活動。過冬期間，廚房裡就只有艾拉，和擔任她助手的妮可拉及莫妮卡，所以每到休息時間，傳出來的聊天聲感覺都很歡樂又開心。現在又加上了多莉，我也好想一起去，但身為青衣見習巫女，我也只能忍耐。

「想不到當貴族千金這麼辛苦呢。」

連待在自己的房間裡也無法隨心所欲，多莉朝我投來同情的目光。因為平民區的常識在這裡不管用，反而我才是怪人。對於多莉能夠和我有一樣的想法，我開心地用力點頭。

「對啊，要一直注意形象。」

「……妳說注意形象，像是襪子嗎？」

多莉和我不約而同看向我的雙腳。接著互相對望，聳肩露出苦笑。要當個貴族千金，真的很不輕鬆。

「梅茵大人，剛才提到襪子是在說什麼呢？」

多莉和法藍一起往廚房移動後，戴莉雅雙眼亮起好奇的光芒，往我走過來。一提到衣服和髮飾的話題，戴莉雅就會急忙湊上來，我忍不住輕笑出聲。

「我們是在說我身上的襪子太冷了。」

我身上的襪子長到了半截大腿，布料很薄。這裡沒有橡膠，所以襪子都附有長長的繩子。在神殿每天早上要穿衣服，首先要繫起布製腰帶，接著穿上襪子，再把連接著襪子的長繩綁在腰帶上。類似於簡易的吊襪帶。

然後，穿上長到了膝蓋以下，又薄又寬鬆像是褲裙的下身衣物。膝蓋附近穿有繩子，可以束起來。是讓人感到非常不安的內褲。和麗乃那時候比起來，屁股完全是涼颼颼。之後再穿上襯衫。但是這樣一來，便絕對無法讓人看見自己的雙腳。

富豪和貴族階級都認為被人看見自己的赤腳是件丟臉的事，所以不管男女一定會穿襪子。這算是一種禮節和對儀容的注重，所以不穿襪子是非常不知檢點的行為。我是從訂做了奇爾博塔商會學徒制服的那時起，才開始會穿襪子，在神殿，即使是灰衣神官和巫女也一定要穿襪子。

「……梅茵大人，襪子會冷是什麼意思？」

「因為平民區的襪子和神殿不一樣，比較重視實用性。」

對平民們而言，襪子是禦寒裝備，夏天並不穿。到了冬天，會用毛線織成像束口袋一樣的袋狀襪子，把腳塞進去，再用繩子綁起來。但袋狀襪只到腳踝，上面會再套上長到膝蓋的襪套，一樣是用毛線織成。因為注重保暖，穿了好幾件褲子以後再套上襪套，就會非常溫暖。

「但是，多莉穿的襪子並不美觀呢。」

「嗯，是啊。但有時候比起美觀，更想穿得暖和一點嘛。」

「……既然想要保暖，梅茵大人之前為什麼不準備長靴呢？」

注重外觀的貴族大人不可能穿著用毛線織成的襪套，都是穿長到膝蓋，內裡有刷毛的靴子。如果能穿那種靴子，一定很溫暖吧。但是，我先前並不知道不能在神殿裡穿襪套，也就沒有在已經沒錢的時期特意訂做內裡有刷毛的長靴。我現在穿的鞋子，是奇爾博塔商會的學徒在穿的，重視輕便性的皮製短靴。

「要是已經成年了，至少還可以用裙子遮起來呢……」

在神殿裡移動，只穿薄布做成的襪子實在太冷了，我想用襪套的時候，卻遭到了羅吉娜的制止。因為我的裙子只長到膝下，要是套了襪套，會被人一覽無遺。我感到萬分可惜地嘆氣，戴莉雅又豎起柳眉。

「討厭啦！就算是別人看不到的地方，打扮上還是不能鬆懈大意！」

……戴莉雅果然是超級像女孩子的女孩子。

比起打扮，我更想以禦寒為優先，但既然身在神殿，身邊的人不會讓我這麼做。

「明年冬天我會記得訂做長靴的。因為實在太冷了。」

「這樣才對嘛。」

「梅茵大人，您近期內必須訂做幾雙短靴才行。因為連加了飾品、像是淑女會有的鞋子，您一雙都沒有。是不是該拜託班諾大人，叫鞋匠過來一趟呢？」

似乎是文書工作告一段落，羅吉娜插嘴說道。她提醒春天前往祈福儀式時，只有一雙鞋子可能會不夠用。

「現在訂做，應該能在祈福儀式前趕上，請您盡早下訂吧。」

「羅吉娜，這種需要時間準備的重要事情，以後要早點提醒我喔。」

「是的，我往後會小心。因為我也還沒有完全掌握清楚，梅茵大人究竟缺少了哪些東西。」

羅吉娜說她沒想到我居然只有一雙鞋子。還以為我是同樣的鞋子有好幾雙，但冬天住進神殿以後，她才發覺我事實上真的只有一雙鞋子，感到十分震驚。

平民區能看到的鞋子只有兩種。一種是窮人穿的木鞋，一種是有錢人穿的皮鞋。如果連木鞋也穿不起，還有人會直接光著腳丫，或者只用破布把腳捲起來，這種情況也是隨處可見。我在訂做奇爾博塔商會的學徒制服之前，一直都是穿木鞋。而且在穿壞之前，也絕不敢妄想要做新鞋。雖然麗乃那時候會因應用途，理所當然地擁有好幾雙鞋子，但環境果然會改變一個人的思考。

我打開寫字板，寫下要向班諾訂做靴子。

「梅茵大人，您要用哪種皮革做靴子呢？馬皮？還是豬皮？也訂做一雙布靴怎麼樣呢？」

戴莉雅的雙眼閃閃發亮，開始滔滔不絕。真的一提到打扮的話題就非常激動呢。看戴莉雅這麼興奮，對她真是過意不去，但我完全沒有這方面的知識。在這裡都流行什麼款式的鞋子，在什麼樣的場合下又要穿什麼鞋子，這些我一概不知，自然也不知道該買什麼鞋子。這次我決定先看羅吉娜怎麼選，在旁邊觀摩學習。

「要訂做什麼樣的靴子，都交給羅吉娜決定吧。請訂做我現在最需要的鞋子吧。要是由我來訂，很可能會訂做出跟現在一樣的鞋子。」

「遵命，請交給我吧。」

羅吉娜向我說明了在什麼樣的場合下，需要穿什麼樣的鞋子。過不了多久，法藍和多莉端著盤子從廚房上樓來。兩人把盤子擺在桌上，上頭分別盛著細心打發的雪白奶油，和切作小塊的酒漬水果。

「戴莉雅，麻煩妳泡茶了。」
「是。」
法藍說，戴莉雅便走向廚房。多莉和法藍擺完餐具後，再度回到廚房，這次端來了盛有熱騰騰圓形可麗餅的盤子。因為多莉要和我一起吃，共是兩人份。
「梅茵大人，讓您久等了。」
盤子咚地擺在我眼前。上頭的可麗餅和我記憶中的一模一樣。香味在鼻腔內縈繞不去，我不由得陶醉地咧開笑容。
「這個是我切的喔。」
多莉得意洋洋地說，指著盛有酒漬水果的盤子。接著多莉又告訴我艾拉的手藝有多精湛，擔任助手的女孩子們也很努力幫忙。
「法藍，不好意思，請再拿蜂蜜過來吧。還有，如果可以，能讓艾拉到這裡來嗎？」
「這是為什麼呢？」
「我想讓她看看這款點心最後完成的樣子。因為我希望以後能交給廚房做到最後一個步驟。」
我知道法藍不喜歡讓廚師上二樓。但是，我不希望艾拉以為可麗餅只是煎好餅皮就算完成了。
「那麼做法由我教給艾拉，梅茵大人只要教我怎麼做就夠了。」
「好，那就麻煩法藍了。」

我在大家的注視之下，用湯匙挖起鮮奶油，在餅皮中間偏下的地方塗成約六分之一大的扇形。再用湯匙舀起切成小塊的酒漬水果，撒在鮮奶油上。

「奶油要塗在中間偏下這邊，像這樣子塗成三角形。奶油放少一點會比較剛好，上面再撒上大量的酒漬水果。季節不同，也可以換成當季的水果，所以就算沒有酒漬水果，還是可以做可麗餅。」

我一邊說明，一邊往酒漬水果淋上少許蜂蜜。接著把餅皮對折，捲成圓筒狀。

「像這樣子捲起來，也可以直接拿在手上吃。但如果要像貴族那樣用刀叉吃，就不需要捲起來，請像這樣子對折吧。然後，再加上鮮奶油、水果、蜂蜜當作裝飾，就大功告成了。」

我把捲好的可麗餅重新在盤子上對折，並在旁邊點綴上鮮奶油，再用酒漬水果和蜂蜜在盤子上裝飾出可愛的圖案。看著做好的可麗餅，法藍眨了眨眼睛。

「……這樣的擺盤若端到貴族面前，確實也十分有面子呢。」

「哇啊，好可愛喔！梅茵，看起來真好吃！」

多莉興高采烈，開始裝飾起自己盤裡的可麗餅。

戴莉雅雖然在旁邊興致勃勃地看著，但必須等我吃完以後才能吃。其實不能和侍從們一起吃，讓我覺得很寂寞，但既然是規定，也無可奈何。

「完成了！」

多莉非常滿意地大喊，看著自己的盤子。多莉應該並不習慣裝飾盤子，但成果十分出色。

「感謝司掌浩浩青空的最高神祇與分掌瀚瀚大地的五柱大神，惠予萬千事物成為我們的食糧，在此為諸神的旨意獻上感謝與祈禱，必不浪費這些食物。」

我先切下一口大小的餅皮，放進嘴裡。可麗餅皮非常綿軟，只有邊緣有些脆脆的，本身略帶一點甜味。接著我切了口包有鮮奶油的部分，張大嘴巴吃下。帶有些許嚼勁的餅皮包裹著滑順的鮮奶油，雖然鮮奶油本身沒有添加任何糖分，但和鮮奶油一起加在可麗餅裡的蜂蜜卻帶來了幸福的甜蜜滋味。

接著咬了幾口後，終於吃到了酒漬水果。一咬下去，軟爛的水果幾乎要化開來，同時感受到了強烈的酒味和甜意。

「多莉，好吃嗎？」

「梅茵，好好吃喔。」

多莉笑容滿面地回道，往我轉過來，嘴邊都是黏答答的鮮奶油。

「多莉，妳滿嘴都是鮮奶油了。」

「因為這個好難用嘛。」

用刀叉吃可麗餅需要訣竅。看著和可麗餅奮戰，嘴邊都沾滿了鮮奶油的多莉，能和她一起邊吃邊大笑，吃起來更是美味了。

「呼，好幸福喔。下次我想吃『布丁』。那下次多莉來的時候再請艾拉做吧？」

「是新的點心嗎？哇啊，好期待喔！」

真想和家人一起分享這些美味和幸福，好想早點回家——我不禁在心裡殷切地期盼著。

金屬活字完成了

詢問過了神官長能否讓鞋匠進入院長室後，我再拜託班諾，請他盡快帶著鞋匠前來神殿。

不久班諾就帶著兩名鞋匠過來，說著祝賀春天的問候語向我寒暄。我坐在客廳的椅子上，迎接鞋匠們的到來。

「為融雪獻上祝福。願春之女神偉大的恩澤照耀於您。」

「願水之女神芙琉朵蕾妮與其眷屬神的祝福與諸位同在。」

在護衛達穆爾充滿威嚴的注視下，和班諾年紀相仿的那名鞋匠與助手迅速地為我測量雙腳尺寸，接著詢問要做什麼樣的款式，鞋子又要使用何種皮革。

「嗯……因為要最優先訂做祈福儀式時的靴子，應該需要一雙馬皮長靴吧。」

「那顏色就選白色的吧。」

「戴莉雅，妳要仔細想想。去祈福儀式時需要在農村裡頭行走喔。應該要選擇深色比較妥當。」

用不著我回答，羅吉娜和戴莉雅便一一幫我作了決定。法藍繃著表情，聽著兩人的討論。因為我拜託他要監督這兩個人。

戴莉雅本來就非常喜歡豪華、漂亮又可愛的東西，每次要買東西，她的情緒都會非常激動，根本無法冷靜下來。這次又是量身訂做，鞋子肯定會越變越豪華。羅吉娜因為曾是克莉絲汀妮大人的侍從，所以品味很好，也清楚知道需要哪些東西，但必要數量的基準和常人有些不一樣。因為當時克莉絲汀妮大人在金錢上不虞匱乏，又都隨著自己的喜好和心情，想買什麼就買什麼。要是羅吉娜以為我也和克莉絲汀妮大人一樣，我會破產。不出所料，鞋子上的裝飾和訂單越來越多，「那個也好棒喔！」「難得要訂鞋子，這個也訂一雙吧？」法藍用一句話厲聲反駁了兩人的提議。

「戴莉雅，鞋子上不需要再有更多的裝飾了。羅吉娜，梅茵大人很快又會長大，應該不需要訂這麼多雙。等梅茵大人長大，再買新鞋即可。」

法藍因為曾在討厭無謂浪費的神官長身邊當過侍從，知道既能維持禮節，又能控制在最小必要限度下的服裝是什麼樣子。但是，也因為神官長和法藍都是男性，在可愛和漂亮事物上的品味，都比不上羅吉娜。所以我的工作，就是一邊要拿捏法藍的底線，一邊也採納羅吉娜和戴莉雅的意見，最終由我下訂單。

「梅茵大人，這樣子如何呢？」

「嗯，那就訂做這三雙吧。」

最終訂了三雙鞋子。因為之後會前往農村，所以訂做了一雙穩固且及膝的馬皮長靴，和一雙柔軟的豬皮短靴。另外為了在神殿內部和貴族區走動，訂了一雙布製的華麗鞋子。

下好訂單，鞋匠們也做好了要回去的準備，班諾往我瞥來一眼。

「抱歉，我有重要的事情要和梅茵大人商量。法藍，能麻煩你帶他們去大門嗎？」

「是。戴莉雅，那麻煩妳送兩位鞋匠前往大門吧。羅吉娜，麻煩妳準備茶水。」

法藍對班諾的請求點點頭，接著卻吩咐戴莉雅送鞋匠們到大門。戴莉雅因為買東西心情很好，眉飛色舞地帶著鞋匠們走出院長室。

「那麼，是什麼事情呢？」

「梅茵大人，前些天約翰來了店裡，表示您指定的作業已經完成了。」

聽到指定的作業，我眨了眨眼睛。我是在秋天尾聲成為了鍛造工匠約翰的資助者，然後在約翰能否成為獨當一面的都帕里這項重要考試上，委託了他製作金屬活字。

「咦？呃，班諾大人，你所謂我指定的作業……是指金屬活字吧？咦？現在就完成不會太快了嗎？」

同樣發音的三十五個字母有兩種寫法，所以要準備共五十個母音，和二十個子音的活字，這便是我出給約翰的作業。但是，我完全沒料到會在冬季期間全部完成。

「然後，他想請身為資助者的梅茵大人給予評價。」

考試內容是客人訂做的物品。首先要讓下訂的客人看過，得到評價。

「如果方便，我認為請梅茵大人來店裡一趟比較恰當，但倘若梅茵大人不能外出，能允許我帶約翰和鍛造工坊的師傅過來嗎？」

「……我會問問神官長。」

「遵命。」

對於要出入院長室的人，神官長和達穆爾都非常敏感。如果不先問過他們，我什麼也無法回答。

「我已經先告知約翰，梅茵大人要等到雪融以後才能來店裡，所以請您務必要在取得神官長的同意之後，再審慎採取行動。」

一定要跟神官長商量──班諾言下之意非常明顯地提醒我。

於是我立即向神官長請求會面。大概是趁著過冬期間，解決了堆積如山的工作，現在比較有空，神官長很快就敲定了會面時間。

「神官長，可以邀請鍛造工坊的師傅和約翰來院長室嗎？」

「……既然妳直接稱呼名字，是妳認識的人嗎？」

「是的。我是約翰的資助者，要對他做的東西進行評價。」

神官長「嗯」地輕敲了敲太陽穴。

「梅茵，約翰這名鍛造工匠，知道妳是青衣見習巫女嗎？」

「不，我並沒有提過這件事。約翰甚至還以為我是奇爾博塔商會的小姐，我想班諾大人應該也沒有告訴過他。」

「是嘛。那麼，別邀請他們來神殿，還是妳跑一趟商會吧。」

「為什麼鞋匠可以，約翰卻不行呢？」

我歪頭表示不解。神官長輕嘆口氣，告訴我說：

「鞋匠是在奇爾博塔商會的介紹下，來到青衣見習巫女的房間，為見習巫女製作鞋子。但是，約翰進來神殿，卻是為了讓奇爾博塔商會的梅茵察看成品。」

「……啊。」

我摀住嘴角，神官長又眯起眼睛說：

「趁著冬季期間，我從不少地方都打探了消息，但關於妳的消息，班諾隱藏得很好。很少有人知道和奇爾博塔商會有往來的小女孩，與青衣見習巫女其實是同一個人，知道妳來歷的人意外不多。」

這麼說來，班諾說過他會盡量不讓我出現在檯面上。連神官長在調查之後，都能斷言說很少人知道我的消息，表示班諾在這方面真的非常努力。

「還是由妳去一趟商會比較妥當。我不想讓太多人知道妳是青衣見習巫女。」

「我明白了。那我會去奇爾博塔商會。」

暌違已久的外出！總算能夠離開神殿，感覺得出我的嘴角在忍不住上揚，但為了不表現出情感，我拚命地繃緊臉部表情。然而，神官長卻一口否決了我的努力，「妳只有嘴角在蠕動的樣子真令人發毛。」

「達穆爾，你要保護好梅茵。梅茵，前往商會時務必搭乘馬車，絕對不能在外走動。至於馬車，就聯絡班諾做好準備。還有，兩人要小心絕不能在外露面。」

「是！」

「我會小心的。」

聽著神官長滔滔不絕的叮嚀提醒，我兀自在心裡呵呵直笑。

……我的金屬活字們，再等一下下！我馬上去見你們！

但就算下定了決心，當然不可能馬上出門。要先叫來在孤兒院工作的路茲，拜託他傳話給班諾，請班諾幫忙準備馬車。

接著由班諾聯絡鍛造工坊，決定好會面日期。倘若天氣不好，颳起暴風雪，無法派出馬車，會面日期便有可能延期。

「要是這次活字做得很成功，接下來也會需要空白和符號的金屬活字。那先寫好接下來的訂單吧。」

為了趕上會面日期，我勤奮地寫著接下來的訂單。與之同時，也沒忘記做好前往商會的準備。我希望可以順便實際印刷看看。

「最好先準備一下墨水、紙，還有馬連和抹布吧。讓約翰他們知道金屬活字要怎麼用。法藍，麻煩你拜託吉魯，從工坊準備這些東西過來吧。」

「遵命。」

「梅茵大人，妳究竟要去店裡做什麼呢？」

我整個人興奮雀躍，和法藍討論著去奇爾博塔商會時要準備哪些東西，戴莉雅一臉受不了地看著我問。因為不知道有多少消息會從戴莉雅這邊傳進神殿長耳裡，所以我露出微笑說：

「我要去對商品進行評價喔。因為我是資助者。」

這天與我一同外出的，有法藍和擔任護衛的達穆爾，以及對路茲莫名懷有對抗意識的吉魯。因為吉魯主張說工坊現在由他管理，和奇爾博塔商會有關的工作也算是他的分內職責，所以就帶他一起前往。而且即便要在店裡簡單說明怎麼使用金屬活字，我也不能親自示範，所以就由吉魯實際演練。

坐上班諾派來的馬車，一路搖搖晃晃地前往奇爾博塔商會。一出神殿大門，對於城裡彌漫的惡臭和髒亂的環境，沒來過平民區的達穆爾用力皺起了臉。

「這股臭味究竟是什麼？」

「請當作是平民區特有的氣味，努力習慣吧。」

……如果一直以來只看過乾爽潔淨的貴族區，和打掃得一塵不染的神殿，不難理解會有這種表情呢。我懂、我懂。

我當初剛成為梅茵的時候，走在路上肯定也是這副表情吧——我不禁感慨萬千。不久後馬上習慣，可以照常生活。與其說是人類的習慣可怕，不如說適應力驚人。

「這想必就是神官長出給達穆爾大人的考驗吧。因為若要擔任我的護衛，就必須要來到平民區。」

「……原來如此，真是嚴苛的考驗。」

只有達穆爾一個人皺著苦瓜臉，馬車抵達了奇爾博塔商會。馬克來到店門口，迎接馬車的到來。

「梅茵大人，歡迎大駕光臨。所有人都已經到齊了。」

「馬克先生，你好啊。那麻煩你帶路了。」

「見習巫女，手給我吧。」

達穆爾極其自然地伸出手來，我卻狼狽無措。在這種場合下，本該像個貴族千金在護衛下下車。但是，我可是冒牌千金，累積的經驗值還沒有多到可以優雅地牽著別人的手下車。而且馬車的梯子太小，梯間的高低差距對我來說又太大，要是因為達穆爾的手分心，有可能會摔下去。

「達穆爾大人，梅茵大人還太小，牽手護送她下車十分危險。」

我正冷汗直流，於是法藍說了聲「失禮了」，將我抱下車。

「這樣啊。真是抱歉，見習巫女。因為我身邊沒有年幼的孩子，所以不太知道要怎麼應對。」

「沒關係的，我才應該要快點長大，讓達穆爾大人視我為真正的淑女。」

雖然通往淑女的路途太過崎嶇，就算長大了，我也不確定自己能不能成為淑女——我在心裡頭補上這一句，走進商會。在馬克的帶領下，我們走向店內的辦公室。

「老爺，梅茵大人到了。」

鍛造工坊的師傅、約翰、班諾和路茲，都已經在辦公室裡頭等我了。

「讓諸位久等了。」

我走進房內後，約翰和師傅張大眼睛，倒抽了口氣。因為不同於和路茲一起走在街上時的輕便，今天同行的人就帶了三個人，也難怪他們會大吃一驚。

「梅茵大人，歡迎您的大駕光臨。」

班諾寒暄道，師傅和約翰也急忙向我問候。

我往法藍幫我拉開的椅子坐下，朝正前方的約翰投以微笑。

「約翰，你好啊。聽說我指定的作業，你已經做好了。」

「是的，就在這裡……」

約翰看向站在我身後的達穆爾等三人，慌張得視線左右游移，拿出兩個以布包起的方形盒子，放在桌上。裡頭傳出了金屬互相碰撞的咯噔咯噔聲。聽到這個聲音，我的心臟陡地猛力跳動。

「因為全部裝在同一個盒子裡太重了，所以分成了兩盒。」

金屬活字首先要從公模開始做起。公模要在堅硬的金屬上，刻出向外突出的文字。這項作業是非常精細的手工，因為要在約一公分寬的金屬上刻出凸形文字，所以約翰細膩的手工不可或缺。

做好了公模，要把公模敲打在以柔軟金屬做成的母模上，母模金屬上便會形成公模文字的凹痕。然後把母模放入鑄模裡，再把合金倒進去。冷卻之後，從鑄型中拿出合金，就變成了與公模文字全然相同的金屬活字。只要反覆往同一個鑄模裡倒入合金，冷卻後再取出，就能做出大小完全一致的一組文字。

「真是驚訝，比我預期的還要快就完成了呢。想不到會這麼快……」

只是看著包起的盒子，胸口便油然升起了難以形容的亢奮。心臟跳得很快，整個人有種頭昏腦脹的感覺，我按著胸口，輕呼一口氣。我就好像在尋找躲起來的情人一樣，緊盯著盒子瞧，想要看穿裡面的東西。不過，約翰完全沒有察覺到我焦急的心情，露出了有些靦腆的笑容，搔搔臉頰。

「……因為大家都覺得很有趣，幫了我的忙。」

所有字母的公模和母模都是約翰做的，但接下來要量產時，工匠們因為過冬期間太無聊，產生了好奇心，紛紛伸手幫忙。

師傅咧嘴直笑，大力拍了拍約翰的肩膀。

「大夥還比賽誰最能乾淨俐落地倒進合金，一起想了些更有效率的做法，看到成品細膩的程度根本不是都帕里考試上會有的，我們還哈哈大笑。不愧是看中了約翰手藝的資助者，這肯定是鍛造之神瓦肯奈夫特的指引吧。」

雖然笑著調侃約翰，但對於一直都以精細手工為長處的約翰，找到的資助者也能讓他發揮己長，師傅似乎很感動，覺得這是鍛造之神的安排。

我也打從心底感謝鍛造之神的安排喔。

「這些金屬活字可是我們工坊的工匠拿出了真本事完成的心血。約翰，讓你的資助者看看吧。」

「是，師傅。」

在師傅的催促下，約翰拆開包裹用的布。

兩個淺底木盒約莫為Ａ４大小，盒裡是一排排內斂的銀光。字模上的凹凸紋路反射著亮光，形成了閃爍的光輝。看到所有字母一字不漏，全都依著我的要求完成，這幕光景真的很震撼。

「哇……」

我伸出感動得發抖的手，拿起一顆金屬活字。在長約二點五公分的小巧銀色金屬上，確實刻有文字。小歸小，卻有著十足的重量。我在掌心中來回翻轉金屬，從每個角度察看。

接著，我再拿出另一顆金屬活字，把兩個活字並排擺在桌上，然後瞇起眼睛檢查兩個活字是否等高。高度若有差異，會對印刷帶來巨大的影響。看見活字都立於桌上穩穩不動，成品比想像中的更加出色，我忍不住笑逐顏開。

「小姑娘，怎麼樣啊？有達到妳的要求嗎？」

師傅的問話聲讓我恍然回神。我環顧四周，發現約翰正屏著氣息等待我的評價。我來回看向約翰和裝滿了小巧金屬活字的木盒，再握緊手中的活字，用力點頭。

「太棒了！簡直是古騰堡再世！」

「啊？」

「我要把古騰堡的稱號獻給約翰！」

「咦？」

在場所有人都目瞪口呆，只有路茲臉色不變，往我所在的椅子衝過來，搖晃我的肩膀說：「梅茵，妳冷靜一點！」但我仰頭看向路茲反駁：

「怎麼可能冷靜得下來嘛！是古騰堡再世耶?!」

「笨蛋，妳興奮過頭了！」

路茲的聲音非常慌張，但看著眼前完成的金屬活字，誰能冷靜得下來呢。我絕對不行！

「是路茲你太不興奮了啦。這下子書本的歷史就會改變喔?!你是不是心跳很快？是不是很期待啊？好了，再多感動一點！讓我們一起分享這份喜悅吧！」

「抱歉，梅茵，我完全聽不懂妳在說什麼。」

看來路茲沒辦法共享這份感動。我環顧房間，發現所有人都是一臉無法理解的困惑表情。居然無法和任何人分享這份感動，太讓人傷心了！

「因為這可是印刷時代的開端耶?!現在大家一起見證了歷史將要改變的瞬間喔?!」

我猛然起身，極力告訴大家這些金屬活字有多麼了不起。但是，大家並沒有什麼熱烈的反應。

「這是古騰堡再世耶?!古騰堡的名字剛好也叫做約翰尼斯，就是約翰喔！多麼美好的偶然！簡直是奇蹟般的相遇！祈禱獻予諸神！」

我立刻姿勢筆挺地獻上祈禱，路茲抱頭哀號。

「呃……小姑娘，妳說的古騰堡是什麼？」

鍛造工坊的師傅眨著炯炯大眼，滿頭問號地向我發問。聽到師傅努力想了解我在說什麼的發問，我開心地交握雙手，看著師傅回道：

「古騰堡是位為書本的歷史帶來巨大轉變、留下了等同神蹟的偉人喔！約翰正是這座城市的古騰堡！」

說到一半，我才想起了光靠金屬活字，並無法完成印刷。印刷時不只要用到金屬活字，還需要紙、墨水、印刷機。可能是只稱讚約翰太奇怪了，大家才沒什麼反應。

「……啊，對喔。不光做金屬活字的約翰，幫忙做墨水的人、幫忙做印刷機的人、負責植紙物的班諾先生，還有負責賣書的路茲，所有人都是缺一不可吧？對不起，應該要所有人一起統稱為古騰堡才對。大家都是古騰堡的夥伴！」

「我才不想當這種夥伴。」

才把他加入夥伴行列，班諾迅雷不及掩耳地回絕。

「班諾先生，怎麼可以不想要呢！對於印刷出版了書籍，還對全世界帶來了莫大影響的古騰堡，簡直是種侮辱！應該要高興才對！一起歡呼吧！」

班諾用死了心且無言以對的表情注視我後，再欲言又止地看向路茲。路茲像在說「我也無能為力」般地搖搖頭，大口嘆氣。

「金屬活字做好了，接下來就可以做印刷機了！要趕快向木工工坊下訂單。嗚哇，現在真的可以印刷了耶！好棒喔，太棒了！感謝睿智女神梅斯緹歐若拉！」

說完對梅斯緹歐若拉的感謝，我便在無與倫比的幸福感中失去了意識。

居留時間延長

恢復意識後，整套的說教全餐在等著我。先是路茲和班諾，再來是法藍和吉魯，然後是達穆爾和神官長。不知為何說教的人好像一個接一個地越來越多。

……不過，真希望他們別在我發燒昏睡的時候，假藉探病的名義來說教。讓我睡覺！

這次說教的人當中，講得最久又最激動的就是達穆爾了。因為身為保護對象的我突然倒下，讓他嚇得魂飛魄散，擔心神官長會不會再度以為他是無法服從上司指令的騎士。達穆爾還眼眶泛淚，生氣地說：「我真的嚇得去了半條命，以為這次絕對要被處刑了！」

「對不起，真的很對不起。但我先說聲抱歉，因為接下來要真正開始印刷了，類似的事情可能會頻繁發生喔。」

「見習巫女，妳根本沒有在反省！」

「我正在反省要好好增強體力，才不會再度暈倒。」

「反省的點錯了！」

因為大家的說教太過沒有止盡，害我對金屬活字的興奮沒能持續太久，比我預期的還要快就退燒了。但是，即便退燒了，大家還是不停說教。受不了一直被迫聽同樣的內容，我好想早點回家。現在積雪開始慢慢融化，馬車也能行駛了，應該差不多可以回家了吧。

「好想回家喔……」

若要回家，首先要寫信給神官長要求會面。我正這麼心想，神官長先寄來了會面邀請函。雖說是會面邀請函，並不是神官長要來院長室，而是問我哪一天方便。

「法藍，難得神官長會寄邀請函給我，一定是有什麼急事吧。我想盡早會面，該回答什麼時候才好呢？其實要我現在過去也可以……」

「倘若現在過去，負責準備迎接客人的侍從們會手忙腳亂吧。明天應該沒有問題。」

法藍苦笑著回道，於是我回信寫下「明天可以會面」。

「那是不是應該帶點東西過去？因為之前神官長送了探病的禮物給我。」

之前神官長說是探病的禮物，送來了大量食材。但因為積雪都已經開始融化，我也差不多要回家了，所以那些食材對我來說沒有必要。我打算回家前，把一半的食材都移去孤兒院的地下室。

「我想可以帶院長室做的餅乾。神官長相當中意這裡烤的餅乾。」

「那之前做的布丁呢？」

多莉來玩的時候，我們還挑戰做了布丁和冰淇淋。結果，領悟到了冰淇淋果然要在夏天吃。雖然窩在暖爐桌裡吃冰淇淋很好吃，但坐在暖爐前面，就算吃著冰淇淋，比起「好吃」，更覺得「好冷」，身體都要結凍了。

「布丁嗎……一旦習慣那種口感，就會覺得美味，但一般人在吃之前還是會有些猶豫，所以對於第一次吃的人，我想並不適合當作探訪的禮物。」

以前和路茲一起蒸考夫薯時我就注意到了，果不其然這個世界沒有用蒸的食物，所以在做布丁時，艾拉也是非常吃驚。所有人試吃以後，都說口感十分奇妙，在咬之前就不見了，好像沒吃到東西一樣，但也都覺得很甜很好吃，所以最終評價相當高。

「那麼，請艾拉烤神官長喜歡的餅乾吧。」

伴手禮就決定帶餅乾了。然後要準備原味的餅乾，和加了紅茶葉的餅乾，這兩種都是我喜歡的口味。

決定好了伴手禮後，我心無罣礙地畫起印刷機的設計圖。初期的印刷機是改造了釀酒用的葡萄壓榨機，所以在這裡應該也能簡單做出來。但傷腦筋的是，我並不記得確切的大小和構造。

「呃……記得需要用來塗墨水的工具吧？手把長這個樣子，這裡還鋪有皮革……放這個的地方還有這樣子的側邊，另外也有放紙的空間……排版後放活字的地方好像是這個樣子……？」

我竭盡所能地挖掘記憶，但實在太籠統了，無法畫成像樣的設計圖。就算可以口頭說明「大概是這種感覺」，我也不記得尺寸大小。看來只能一邊對著實物測量，一邊畫成設計圖了。

「能不能請神官長再用那個探索記憶的魔導具呢……？」

我面對著辦公桌，發出各種沉吟。四周侍從們各自認真做著自己的工作。

「神官長，早安。」

除了寒暄外，我遞出伴手禮說是探病的回禮。「勞妳費心了。」神官長說著接過回禮，表情沒有什麼變化，所以我看不出來他是不是真的很高興。

「阿爾諾。」

神官長喚道，阿爾諾拿來盤子放在桌上。法藍打開餅乾的封口，將餅乾盛進盤子。法藍再拿出從房裡帶來的杯子，阿爾諾用同一個茶壺，往神官長和我的杯子倒茶。

「梅茵大人，請用。」

緊接著，阿爾諾將盛有餅乾的盤子推到我面前。不明白這麼做的用意是什麼，我看向神官長。

「客人帶來的東西，要由客人當場親自打開，並且客人自己先行品嘗，表示沒有下毒，這是貴族的禮儀……這種習慣妳應該很陌生，所以我想最好先讓妳適應。」

……表示沒有下毒是怎麼回事？好恐怖。

因為是自己帶來的東西，我可以毫不遲疑地吃下肚，但聽到這裡有這種習慣，會讓人不敢在其他地方吃東西吧！

「然後等招待的主人喝茶，客人再喝茶。」

神官長拿起由同個水壺倒過茶的杯子，喝了一口，我也吃了一塊餅乾，才各自伸手拿取自己喜歡的食物。

法藍說得沒錯，神官長顯然非常喜歡餅乾。雖然表情完全沒變，但餅乾減少的速度比起其他東西確實快了一點。

好一會兒，都先聊聊天氣、報告孤兒院的情況，說些無關緊要的事情。然後在享用完一杯茶後，才慢條斯理地切入正題。我也希望自己稍微適應貴族的做法了。

「神官長，我想在近日回家……」

請問可以嗎？——但我話還沒說完，神官長就放下杯子，立刻否決。

「不行。」

「……咦？」

現在積雪都開始慢慢消融了，為什麼不能回家？我不能理解地歪過頭。神官長咯噔一聲起身，環顧了房內一圈後，往床鋪深處走去。

「走吧。」

看來是不想被侍從們聽見的事情。我也輕輕把杯子放在桌上，站起身來，走向神官長打開的門扉。和往常一樣在長椅坐下後，神官長也坐在椅子上。

「不方便被侍從他們聽到嗎？」

「……是啊。我想最好別讓他們知道。」

說完，神官長緩緩吸一口氣。

「其實，前些天我突然收到了沃爾夫的死訊。那時候我正拜託卡斯泰德，找出是誰指使了沃爾夫。」

聽到死訊兩個字，我忍不住嚥了嚥口水。但是，最關鍵的地方我卻不明白，只好慢慢歪過腦袋。

……沃爾夫是誰啊？

「看妳的表情顯然完全沒聽懂。」

「呃，神官長，非常冒昧地請教一下，沃爾夫先生是哪一位呢？我好像聽過這個名字，但想不起來……」

聽到名字，腦海中卻沒有迸出人臉，所以我想應該不是很熟的人。但是神官長認識他，又一派理所當然地討論他的事情，想必是重要人物，我卻完全想不起來。神官長不敢置信地瞪大眼睛後，大動作地嘆氣。

「……沃爾夫是墨水協會的會長。」

「墨水協會的會長，就是那個可疑人物吧？」

說到墨水協會長，就是到處打聽我的消息，還找上了路茲盤問，害我不得不住進神殿的罪魁禍首。

「……咦？他死了嗎?!為什麼?!」

「太慢了！」

神官長說他和卡斯泰德一直在查探，命令沃爾夫調查我的貴族究竟是誰，負面的傳聞又有多少是真的。但是，就在他們把可疑人選縮小到了特定幾人的時候，沃爾夫突然死了。

「沃爾夫不知從何處得來的消息，知道平民的見習巫女同時也是工坊長。」

神官長說的時候強調了「不知從何處」。神官長之前才說過，知道我來歷的貴族意外很少。所以，知道的人就很有限。

「那個工坊長真的和班諾有往來嗎？外貌是什麼樣子？據說沃爾夫一直在打探這些消息。但是，妳卻馬上住進了神殿。再加上本來就因為身體虛弱，很少和他人往來吧？所以探聽的結果並不理想。」

神官長說的話讓我心臟猛地一縮。明明是在貴族的委託下蒐集情報，結果卻不理想，反而神官長和卡斯泰德還追查起了是哪個貴族和沃爾夫有往來。然後，沒過多久就傳出死訊，讓我產生了非常不祥的預感。

「……難道沃爾夫先生會過世，是貴族下了毒手嗎？」

「八九不離十。」

神官長緩慢卻又篤定地點頭。

一旦覺得礙事，馬上處分掉。對貴族而言，平民絕不可能和自己平起平坐。雖然明白這一點，這樣的現實卻太過突如其來、太過理所當然地攤在自己眼前，讓我不寒而慄。我緊抱住自己的身體，摩挲起了雞皮疙瘩的上臂。

「所以……在找我的人是貴族嗎？」

「可以肯定各式各樣的貴族都盯上了妳。但是，至於他們的目的是什麼，又是誰盯上了妳，可以確切查出的人並不多。」

神官長這些話讓我微微發抖。

「為了接下來春天要舉行的祈福儀式，負責掌管農村的貴族們會同時開始移動。最棘手的情況，就是妳被人帶離這座城市。所以在貴族大多離開之前，妳必須待在神殿。一旦城裡的貴族減少了，也比較容易掌握每個人的行蹤。」

並不是永遠不能回家——我這樣安慰自己，答應了直到春天的祈福儀式之前，繼續住在神殿。見我答應，神官長放心地呼氣，再拿出掌心大小的木牌。

「關於居留時間延長，和妳將來要成為養女這兩件事，我也必須通知妳的家人。把這封邀請函交給他們吧。」

「……是。」

將來要成為貴族的養女這麼重要的事，我實在沒辦法在多莉和父親過來幫忙的時候，隨口順便告訴他們。本來打算回到家後，再正式向家人報告，但看來神官長要在我回家之前就告訴他們這件事。我看著神官長給我的邀請函，垂下腦袋瓜。

「還有，我想妳應該也知道，關於沃爾夫和養女，這兩件事絕對不能告訴任何人。因為妳身邊的侍從並不是全部可信。」

聞言，腦海中閃過了戴莉雅的臉龐，我無法反駁。

回到院長室後，我馬上叫來路茲，交給他神官長的邀請函。路茲答應了我會把邀請函拿給父母親，但滿臉納悶地問我：「居然被神官長召見，妳到底又做了什麼啊？」因為神官長吩咐過我不能說，所以我沒提到養女這件事，只是說明：「因為直到祈福儀式結束之前，我暫時還不能回家，是跟這件事有關。」這件事倒是可以公開。而且包括侍從在內，如果不先通知身邊的人，我接下來的生活可就傷腦筋了。

「梅茵大人，您竟然在祈福儀式前不能回家，那食材怎麼辦呢？」

戴莉雅完整聽到了我和路茲的對話，這麼問我。我輕笑起來。

「再過不久就會有市集了，神官長送過來的禮物也還有剩吧？」

看來神官長當作是探病禮物送來的食材，是因為他早就預料到了這種情況，好讓我能在春天到來後繼續住在神殿。

請路茲帶邀請函回家的三天後，父母親來到了神殿。我先在大門附近的等候室等待，終於見到了好久不見的母親。看到母親絲毫沒變的笑臉，和大到隨時有可能生產的肚子，一股熱流翻湧而上。

「媽媽……」

「梅茵大人，這裡不是院長室……我明白您的心情，但還請顧及身分。」

法藍為難地按住我的肩膀。伸出手來的母親也輕輕放下手，父親表示安慰地環抱住母親的肩膀。

「我為兩位帶路。」

由法藍領頭，接著是我，達穆爾走在我旁邊，父母親殿後。我走著走著，很想要回頭，忽然有人輕摸我的腦袋。那種不同於父親的柔軟感觸，讓我忍不住揚起微笑。每當我想要回頭，手指就會施力，像在叫我往前看。在法藍快要回頭之前，手就會縮回去，這樣無聲的肢體接觸讓我樂在其中。偶爾會換成是粗糙的大掌，直到抵達神官長室之前，這樣無聲的肢體接觸一直持續著。

「神官長，早安。」

「接獲您的邀請函，本日前來晉見。今日有什麼要事嗎？」

父親行了士兵的敬禮，神官長輕輕頷首，要他們坐下。隔著桌子，現場準備了一張長椅和兩張單人椅。一般說來，會由父母親坐長椅，我和神官長分別坐單人椅。父親先動作小心地扶著母親，捧著大肚子的母親感覺有些辛苦地往長椅坐下後，最終兩人都坐了下來。

「所有人都退下。」

茶水端上來後，神官長立即讓所有人迴避。不僅如此，還使用指定範圍的魔導具，張下了隔音結界。父親感到發毛地來回張望四周。

「怎、怎麼回事？」

「這樣一來聲音便不會傳出去。梅茵，我已經摒退所有人，妳去坐在父母之間吧。剛才一直在忍耐吧？」

神官長向父親說明了結界的用處後，看到我決定不了要坐哪裡，呆杵著不動，把我往父母親那邊推。

「謝謝神官長。」

我笑容滿面地道謝，立刻往父母之間坐下。來回看了看父親和母親後，我輕輕抱住母親。

「媽媽，好久不見了，我好想妳喔。而且，肚子已經大到隨時有可能要生小寶寶了呢。」

「還沒呢，還會再變大一點。」

摸著母親變大的肚子，又被母親抱在懷中，我心滿意足地嘆氣。

「……看起來是心滿意足了，那我可以開始了嗎？」

「是。」

我重新坐好，面向坐在正前方的神官長。

「那麼，拐彎抹角的寒暄我就省略了，直接切入正題。沒問題吧？」

因為和我相處久了，神官長好像理解到了就算和平民寒暄，也只是白費工夫。完全省略了和卡斯泰德談話時貴族間特有的客套。

「在春天的祈福儀式結束之前，梅茵要繼續住在神殿。」

「請等一下，這是為什麼？不是說好只有冬季期間嗎？」

父親急忙傾身追問，神官長用看來冷漠的面無表情說了：

「因為現在是最危險的時期。」

神官長的回答非常簡短冷靜，父親好像也因此領悟到了現在情況危急的程度。父親的表情變得嚴肅，在大腿上握拳。

「請問是什麼、又會帶來怎樣的危險？」

「這些事情絕對不能外洩。」神官長先告誡後，才說明了從秋天乃至春天間發生的和貴族有關的各種事情。全是我至今聽過的說明。

「梅茵的魔力遠比我想的還要強大，對魔力不足的這座城市來說，她的魔力十分寶貴。但也因為如此，有些貴族會想得到她，也有些貴族想排除她。」

聽到貴族基於各種目的盯上了我，父母親面無血色，環抱著我的手也在微微發抖。

「眼下最害怕發生的事，就是梅茵被帶出城。為了防止此事發生，大門那邊應該也針對貴族的進出下達了許多更動。昆特，你是守門的士兵，想必知道吧？」

這些話想必出乎預料，父親張大了雙眼，注視神官長。

「……這我知道。貴族的移動方式有了大幅更動，貴族的騎士團還……」

「沒錯，會擄走梅茵的，恐怕是屬於貴族階級的人。但會是這片領地上的，還是其他領地的貴族，現階段還不得而知。所以，騎士團才向領主建言，要對於貴族的出入增設更多限制。」

看來神官長和卡斯泰德趁著冬季期間，到處安排了不少事情，包括動員騎士團、為貴族的出入增設限制。

「難道那些更動都是為了梅茵嗎？」

「還有其他理由，但現在能夠告訴你們的，只有其中之一是為了確保梅茵的安全。除此之外無意公開。況且，你們知道這點就夠了吧？」

父親點一點頭，稍微放鬆了緊繃的身體。

「受命管理土地的貴族們，會在春天的祈福儀式之前前往各自掌管的土地。屆時貴族區裡的貴族會減少，也比較能夠注意到一些細微的行動。在那之前，還請你們暫時忍耐分隔兩邊的生活……這是為了保護梅茵。」

神官長的嗓音真誠有力。是因為他很習慣率領、驅動他人吧。神官長以前在騎士團也是率領人的那方，而身為士兵，已習慣服從的父親以敬禮回應。

「感謝您為梅茵如此費心。但是，為什麼要為了梅茵做到這種地步……？」

「我說過了吧？現在我們需要魔力。要是梅茵能爽快答應成為貴族的養女，一切都不必這麼麻煩。」

神官長刻意大口嘆氣。「養女?!」父親扯開嗓門大喊，震驚得瞪大雙眼。母親也在握著我的手上使力。

「昆特，你對於現在馬上讓梅茵成為貴族的養女一事，有什麼想法？」

父親發出了極大的咬牙聲，母親也用力握緊了我的手不肯放開，用力到我都覺得痛了。不需要開口，答案便一目了然。

「父女都是一樣的回答嗎……」

神官長輕敲了敲太陽穴，小聲嘀咕說道：「還以為要是父母願意放手，會比較容易看開哪……」然後看向我們，又說了：

「梅茵也一樣，說她無論如何都不想和家人分開，所以我給了她到十歲為止的緩衝。但是，梅茵的魔力就平民身蝕而言實在太高了，所以一到十歲，就要成為貴族的養女。這已是決定事項。」

「什……！」

完全沒有徵求過雙親的同意，便被宣告這是決定事項，父母親都震驚得身體僵直。一邊說著要保護我，一邊又獨斷地表示要讓我成為貴族的養女，父母親似乎不知道該以什麼樣的態度面對神官長。

「過於強大且還無法駕馭的魔力，對本人和身邊的人都只是一種危險。一旦認定讓梅茵留在這裡會造成危險，領主將會對梅茵下達處分。」

「處分?!」

「做為保護這座城市的人，排除危險分子是當然的。你身為士兵應該能明白吧？」

父親大概沒想到自己女兒是這麼危險的人物，困惑地看著我。母親也難過地垂下眉梢。神官長用感覺不出情緒起伏的表情看著父母親，語氣平淡地開始說明已經決定好的事情。

「為了避免這種結果，梅茵必須學會怎麼控制魔力，所以才要成為養女。貴族院必須在十歲之前進去，所以在那之前，她可以和家人一起生活。但是，之後不管你們說什麼都沒用。不是成為貴族的養女，便是遭到處刑。」

「十歲……」

聽到只剩下兩年再多一些的期限，父親愕然低語。見狀，神官長緩緩吐氣。

「要收梅茵為養女的，是與我有長年交情的貴族，我不會讓梅茵受到無理的對待。這點我能向你們保證。」

聽到這句話，母親倏地抬起頭來。筆直地注視神官長後，點頭說道：

「……我明白了。梅茵就拜託神官長了。」

「伊娃?!」

父親吃驚大叫，但母親不予理會，繼續直視神官長。

「這年冬天，梅茵要住進神殿的時候，我還心想梅茵的身體這麼虛弱，怎麼能夠讓她住進來。但是，多虧了大家的幫忙，多莉告訴我梅茵看起來很有精神。想必是因為神官長的悉心照料吧。」

現在因為懷有身孕，母親被禁止來神殿，只能聽父親和多莉轉述我的情況。但是，母親說我今年不再一直昏睡，還能履行自己的職責，順利度過冬天，一定是因為身邊的人都很用心照顧我。

「伊娃，妳……就算是因為這樣，但是成為養女……」

父親還想要反駁，但被母親靜靜抬起的手打斷。母親先是垂下目光，然後緩緩搖頭。

「昆特，別說了。你仔細想想，有些孩子一到十歲就會成為都帕里，搬到外面生活喔。我更不希望梅茵被當成危險的存在，遭到處刑。而且梅茵要是被不了解她的貴族擄走，更可能有生命危險。但截至目前為止，神官長對我們一直都很誠實。反正都要離開我們的身邊，至少我想託付給可以信賴的人。」

母親說完，轉向神官長，在胸前交叉雙手。

「神官長，梅茵還望您多多關照了。」

聽到母親這麼說，父親好像也死了心，垮下肩膀，但隨即用右拳敲了兩下左胸行禮。於是在父母的正式同意下，確定了我滿十歲的同時要成為養女。

「真希望十歲不要來……」

雖然知道是為了保護自己，但難以言喻的寂寞還是在胸口蔓延。為了甩開縈繞不去的落寞，我緊抱著母親，好一會兒不放。

祈福儀式的準備

覆蓋著城市的積雪大半已經融化，天氣日漸變得暖和。待在屋內過冬的日子已經結束，大家都開始鏟雪，準備迎接春天的到來。多莉也重新開始工作，變成了隔一天才來神殿找我玩。

在孤兒院進行的冬天手工活也全都做完了，透過路茲賣給班諾。賣掉以後，現在孤兒院的預算相當充沛。現在森林裡頭還留有積雪，但再過一陣子，就又可以去森林了。到時再一邊採集，一邊做紙。

在那之前，剩下的時間決定用來進行教育，由曾是侍從的灰衣神官們教導孩子禮節。他們說是因為我會在孤兒院裡走動，為免對青衣見習巫女做出失禮的行為，必須好好教育孩子們，否則要是以同樣的態度面對其他青衣神官就糟了。

此刻，灰衣神官正在孤兒院的食堂裡教導孩子們，所以工坊裡頭空空蕩蕩，只有我、路茲，和擔任護衛的達穆爾。

「下一次印書就算只有文章的部分也好，我想試試看使用印刷機。」

「可以是可以，但印刷機要怎麼做？」

「呃，我是打算改造壓榨機……」

我把設計圖拿給路茲看。記得古騰堡一開始做的印刷機，是改造了釀酒用的葡萄壓榨機。我想如果是初期的印刷機，應該可以勉為其難做出來，但光憑我的記憶就想重現，還是非常有難度。

「像這樣把活字放在這裡，塗上墨水，再放上紙……然後用力往下壓。」

我假裝操縱著自己手搆不到的壓榨機，示範動作給路茲看，解釋印刷機是什麼東西。因為我不能離開神殿，之後都要由路茲去下訂單和向工坊說明。

「那麼，妳說的這個……印版嗎？要決定這個的大小吧。」

「這個只要測量之前做過的繪本就知道了。」

我和路茲在工坊裡頭一邊討論著印刷機，一邊拿著捲尺到處測量尺寸，標記在設計圖上。另外還有「這裡要斜斜地裝上一塊放紙用的平臺」、「這裡要裝上墨水盒」等，我盡可能把記得的事情都寫下來。路茲看著我畫的設計圖，聳聳肩說：

「梅茵，這些多出來的東西，事後再加上去就好了吧？」

「才不是多出來，我寫的都是有必要的東西。」

而且單靠我的記憶力，我覺得恐怕還少了更多東西，還有我沒注意到和忘記了的東西。聽了我的反駁，路茲指著設計圖說：

「我不是這個意思。我是說像是放紙的地方、放墨水的地方，雖然都有必要，但妳現在煩惱的，不就是要怎麼把它們裝在印刷機上嗎？那乾脆一開始先擺在印刷機旁邊，找張桌子放就好了。」

路茲說得沒錯，只要能在壓榨機下面固定住印版，就算步驟有些麻煩，還是能完成最基本的印刷。

「因為妳腦海裡面的已經是完成品，才會想得太過困難。但像是之前做紙，我們一開始也是一邊摸索，一邊用了很多替代品吧？現在先有印刷時非有不可的功能就好了。」

「……對喔。反而是壓榨機操作起來很需要力氣，現在應該先來想想要怎麼改造，才能讓好幾個小孩子可以合力使用。」

幾經討論之後，完成了簡單的設計圖。暫時決定先做最簡單的樣式，再透過班諾，請他向英格的木工工坊下訂單。

「接下來需要的就是零件了呢。」

決定了印刷機的大致輪廓後，接著正要和路茲討論印版和排字盤等零件時，吉魯突然神色慌張地衝進工坊來。

「梅茵大人！」

「吉魯，怎麼了嗎？已經到了要去神官長室的時間了嗎？」

今天為了為祈福儀式做準備，動員了所有女侍從在打包行李。因此，今天的飛蘇平琴也停課一天。

「是羅吉娜問我，能不能去叫梅茵大人回來……因為明明祈福儀式的準備還沒有結束，梅茵大人卻把注意力都放在印刷機上，羅吉娜很生氣。雖然表情很平靜，但她真的超生氣。」

多半是因為練琴的時間明明減少了，我卻來做自己喜歡的事情，所以遷怒占了一大半吧。

「這樣啊。吉魯，那你能代替我去挨罵嗎？」

「好！……嗯？等一下，不行啦！我不要！」

吉魯瞬間反射性答應，接著恍然回神，忙不迭搖頭。那個樣子太有趣了，我和路茲忍不住噗哧笑出來，吉魯狠瞪著我們，嘀咕說：「我絕對要帶梅茵大人回去。」看這樣子只能放棄掙扎，回院長室去了。

「……沒辦法，那我回去挨罵吧。路茲，接下來的事情就交給你了。」

「知道了。妳明天開始有重要的任務吧？加油啊。」

路茲輕摸了摸我的頭，我意興闌珊地點頭。然後由鼓著腮幫子的吉魯領著我，回到自己的房間。

看見院長室裡的慘狀，我不禁倒抽口氣。明天就要出發去祈福儀式了，此刻院長室裡堆滿了各種東西，有衣服、鞋子、整理儀容用的各種用具、毛巾和床單等貼身用品、餐具、沿路的食材、書寫工具、紙、寫字板……簡直像要搬家一樣，侍從們正把這些東西裝進箱子裡。

客廳裡堆著幾個木箱，裡頭裝滿了食物。也有幾個木箱還是空的。等今天的飯菜烹煮完，也要帶走一些調理工具。

走上二樓，房間的災情更是慘重。木箱裡塞滿了毛巾和床單，衣服和鞋子也都等著要塞進木箱裡。除此之外，日常用品占滿了整張桌子。而戴莉雅、羅吉娜和葳瑪正在這一片混亂之海中忙碌穿梭。

「梅茵大人，祈福儀式的外出準備尚未結束，您不能去工坊。」

雖然羅吉娜說準備還沒有結束，但我要是想自己動手準備，她們又會生氣。然後告訴我，準備是侍從的工作，主人不能出手。看來在場監督大家打包行李，就是我的工作。
「討厭啦！一點也感覺不到梅茵大人的幹勁！這是您重要的職責耶！」
「……因為我的侍從都很優秀，就算我不在也不要緊吧？」
「問題不在於此！」
這次要陪同我前往祈福儀式的，有因為和神官長一起參加過祈福儀式、知道一連串流程的法藍，和因為必須由女性照料我的生活瑣事，所以還有羅吉娜，以及廚師雨果和艾拉。
葳瑪要管理孤兒院，吉魯要管理梅茵工坊，戴莉雅負責留守並管理院長室。我不在的時候，就由另一名廚師陶德，和冬季期間當過艾拉助手的妮可拉和莫妮卡，負責準備三餐。
「不過，行李還真多呢。」
環顧自己的房間，發現為了準備過冬，生活用品竟增加得比想像中還多，我不由得喃喃說道。羅吉娜輕挑起眉。
「梅茵大人的行李還算少的呢。如果是克莉絲汀妮大人，會再多出兩箱裝滿衣服的箱子，還要攜帶多種樂器和繪畫工具。」
「以前為克莉絲汀妮大人準備行囊，必須從更一大早就開始打包呢。要外出去貴族區也是一項浩大工程。」
葳瑪也咯咯笑著，同意羅吉娜的說法。我為克莉絲汀妮驚人的陣仗感到吃驚時，羅吉娜像是想到了什麼事，睜大眼睛後，戰戰兢兢地開口：

「請問……梅茵大人，能否帶飛蘇平琴一同前往呢？」

「但飛蘇平琴不是我的東西，還是留在這裡比較好吧？」

看向現在當作擺設，放在房間角落的飛蘇平琴，我搖搖頭說。飛蘇平琴是神官長借我的東西，不該擅自帶出去。萬一弄壞、遺失、被人偷走，我多半賠不起。

但是，羅吉娜似乎還是無法死心，定睛望著飛蘇平琴說：

「……能否請您問問神官長呢？」

「只是問問的話，那我可以幫妳問問看。」

「衷心感謝梅茵大人。」

結果，待在房裡也幫不了什麼忙的我，便表示要幫忙神官長的時間到了，帶著法藍和達穆爾離開院長室。

「祈福儀式的準備真是耗時耗力。騎士團的請求雖是刻不容緩，但並不需要準備什麼東西，侍從該做的事情也不多。」

法藍又說了，不同於回應騎士團的請求、前去收拾陀龍布的殘局，祈福儀式要坐馬車前往農村，所以準備起來十分費神。但是，對我來說，比起行李的打包，這趟路的路程更讓我感到鬱卒。當初聽到要搭馬車移動，我就不想去了。就算到了農村，我絕對也會渾身虛脫無力，派不上用場。

「唉……有沒有什麼方法可以讓我不用去祈福儀式呢？」

「見習巫女，妳在說什麼？祈福儀式可是非常重要的儀式。」

達穆爾瞪著我，要我不要亂說話，但我當然也知道這是很重要的儀式。我只是想發發牢騷而已，這點就別介意了嘛。

「達穆爾大人，我也知道這項儀式非常重要。但是，想到要搭乘馬車，真不知道我到時候會昏睡多久……」

「唔……平常見習巫女身體就很虛弱了，會對妳造成很大的負擔吧。但斐迪南大人也明白這一點，還是指名了妳，我看妳是逃不掉的。」

我當然知道逃不掉，但還是無法輕易死心。所以，相準了公務結束的時候，當作是最後的掙扎，我也試著向神官長發了牢騷。

「神官長，我真的非去農村不可嗎？我要是搭了馬車，絕對會病倒……」

「嗯，看來需要準備不少藥。」

神官長彷彿這沒什麼大不了，想也不想就說。聽到我要是病倒，打算讓我喝藥強行恢復體力，我立刻意識到了會是什麼藥，皺成了苦瓜臉。

「神官長說的藥……難道是指雖然有效，卻苦死人又很難喝的那個藥水嗎？」

「沒錯。」

「唔嗯……我更不想去了。」

等我坐上馬車，就會因為身體不舒服而倒下，然後被迫喝下神官長特製的藥水，苦得滿地打滾，勉強恢復精神後舉行儀式，再坐馬車移動然後病倒——這樣的循環大概會在巡完農村為止，無止無盡地重複吧。光想像就悶到極點。

「神官長，請你至少改良一下味道吧。再不然乾脆準備睡眠藥劑，讓我可以一路睡到抵達，或是別坐馬車，坐騎士們用魔力驅使的石像移動……就沒有其他方法嗎？」

我欲哭無淚地向神官長列出自己想到的備案，神官長顯得有些嚇到，點一點頭。

「……看來妳確實很心急。我會考慮看看。」

「請神官長務必慎重考慮。另外，我的侍從提出了想帶飛蘇平琴一同前往的請求，但應該不行吧？」

飛蘇平琴昂貴得我不敢帶著它到處移動，所以神官長若說不行，我個人倒是樂得輕鬆。然而，神官長卻爽快答應了。

「不，既然羅吉娜會同行，可以讓她彈琴演奏，更容易捱過漫漫長夜吧。」

「咦？可以嗎？但我聽說城外有盜賊還有野獸，非常危險，帶著樂器這種高價的物品移動沒關係嗎？」

我不敢相信地眨眨眼睛，神官長也一臉疑惑。

「沒有盜賊會愚蠢到襲擊坐了神官和貴族，還是要去祈福儀式的馬車吧。」

「是……是嗎？」

我還以為帶有金錢和高價物品的貴族，更容易被盜賊盯上，我想的不對嗎？看到我無法理解，神官長為我說明：

「梅茵，通常會當盜賊的，都是住在那一帶的農民。」

「咦？盜賊不都是靠搶劫來維持生計的一個集團嗎？」

「笨蛋。一旦出現盜賊，商人便會避開那條途徑。如果必須要經過，當然也會增加護衛的數量，盜賊便很難出手，況且若是受害次數太多，騎士團也會前往討伐。所以不可能形成一個集團，可以靠一而再的搶劫維生。」

但商人的往來不是很頻繁嗎？我還是沒辦法完全明白，神官長露出了無言以對的表情。

「雖然農民經常扮為盜賊，想從經過的商人手中多搶走些商品和錢財，但一旦襲擊貴族，聖杯便不會被送到他們居住的土地。所以，沒有農民會愚蠢到去襲擊要前往祈福儀式的貴族和神官。況且若是襲擊貴族，也只會反被貴族殲滅。」

不僅攸關到自己的生活，貴族又無一例外擁有魔力，所以一般不會遇襲。

「所以，我們這一路上會很安全囉？」

「……嗯，是啊。」

神官長在回答時顯得有些猶豫，雖然在意，但看來這趟旅程會比我預想的安全。對此，我的心情稍微輕鬆了一些。

出發前往祈福儀式的當天早晨，真的是一片手忙腳亂。我在服侍下沐浴淨身、穿上儀式用的服裝，髮簪也戴了儀式用的款式。因為要去農村，鞋子也穿了新訂做的及膝長靴。雖然法藍說走在農村裡會濺到泥巴，但其實平民區的街道應該更可怕才對吧？難道只有我這麼想嗎？

整裝打扮用的物品逐一被裝進了箱子裡，再用繩子牢牢綑起來。打包完最後一樣東西，法藍和吉魯開始把木箱搬上馬車。羅吉娜抱著慎重包好的飛蘇平琴盒，搬到馬車上。外出準備都完成後，房間變得空曠無比。我向留下來的侍從一個個說話。

「葳瑪，孤兒院就拜託妳了。」

「是，梅茵大人。等您回來的時候，孩子們一定都變得更加彬彬有禮了。」

聽見葳瑪要我到時表揚孩子們的成長，我點了點頭。接著吉魯當場跪下來，臉上寫著「來，快稱讚我吧」，我把手伸出去。

「吉魯，工坊就交給你了……吉魯一定可以勝任吧？」

「沒問題，包在我身上！」

「戴莉雅，那麻煩妳在院長室留守了。」

「遵命……討厭啦！怎麼可以擺出這麼不安的表情呢?!梅茵大人才應該要盡力完成自己的任務才對吧！」

戴莉雅撥起紅髮，瞪著我說。結果感到不安的人反而不是留下來的戴莉雅，而是要搭馬車前往農村的我。

「嗚……不知道坐馬車我撐不撐得住。」

「討厭啦！請別說這種會讓我們擔心的話！」

「我、我會努力加油的。」

我說完，戴莉雅露出了非常不安的表情。眼見我向所有人都打完招呼，法藍靠過來輕聲提醒。

「梅茵大人，該去馬車那裡了。」

「知道了。那我出門了。」

「路上平安小心，期盼您及早歸來。」

在侍從們的目送下，由法藍帶頭，我、羅吉娜、達穆爾走出院長室。馬車停在貴族區域的正門玄關，所以要走到貴族區域。

「我和羅吉娜要去對行李做最後確認，還要和阿爾諾討論旅途中的細節，請梅茵大人和達穆爾大人先前往等候室稍候吧。神官長應該也在那裡。」

我和達穆爾一起走向等候室時，剛好看見神官長帶著侍從，快步往這裡走來。

「神官長，早安。」

「早。梅茵，現在馬上移動去神官長室，有緊急要事。我有事要吩咐阿爾諾他們，所以妳先過去吧。達穆爾也一樣。」

「是！」

神官長只丟下這句話，又大步流星地往馬車的方向移動。乍看起來很優雅，但速度超級快。我和達穆爾先是對望一眼，接著起腳走向神官長室。

神官長室也有負責留守的侍從，所以直接讓我們進入屋內。順著帶領坐下，等了一會兒後，神官長回來了。

「讓你們兩人久等了。」

「神官長，緊急要事是什麼呢？」

我歪過頭提問時，神官長接連關上塞滿了資料的櫃子，然後上鎖。

「我們要改為搭乘魔石變成的騎獸前往。我已經讓馬車先行出發，囑咐他們前往今晚預計留宿的農村。」

「……發生什麼事了嗎？」

「希望不會有。」

神官長回道，拿著一串鑰匙走進秘密房間，很快又出來。手上多了鑲有淡黃色魔石的戒指，和綴有七彩石頭的手環。

「梅茵，把這些戴在身上。」

「斐迪南大人，這是……」

「以防萬一。」

神官長朝我遞來魔導具，自己的手腕上也戴著一樣的手環，中指上還有類似的戒指。這麼說來，騎士團提出請求時，神官長也借過我戒指。是因為那一次派上了用場，這次才要我也帶著吧。我感激不盡地接下，和神官長一樣，把戒指戴在左手中指上，接著戴上手環。

「然後，雖然很難啟齒……」

「是的？」

「但這次同行的人……多了一位青衣神官。」

我瞪大眼睛。幾乎同時房門打開，一名青衣神官和卡斯泰德一道走進來。

「我是這次要與各位同行的齊爾維斯特。妳就是平民見習巫女嗎？」

那名青衣神官臉上有著感覺自我意識十分強烈的眉毛，深綠色的雙眼往下盯著我瞧，偏藍的紫色頭髮長到了背部中間。他的頭髮在腦後綁成一束，用一個銀製髮飾固定住，我的目光沒來由地被那個髮飾吸引。雖然比神官長矮了一點，但體格十分健壯，如果說他是騎士，會比說神官長是騎士更能讓我信服。年紀看起來和班諾及神官長差不多。但是因為在我眼裡，班諾和神官長看起來一樣大，所以我的判斷沒有可信度。

「……還真小隻。她真的已經受洗過了嗎？沒有謊報年齡吧？」

齊爾維斯特用那雙深綠色眼睛很沒禮貌地打量我以後，大力哼了一聲。我急忙把「我才沒有！」這句話吞回肚子裡。齊爾維斯特是青衣神官，我不能反射性開口反駁。

「喂，妳『噗咿』地叫叫看。」

齊爾維斯特低頭盯著我瞧了老半天後，突然伸出食指，用力戳向我的臉頰，臉部有種受到擠壓的感覺。我忍不住大叫，「好痛！」但齊爾維斯特看著我，搖搖頭說：

「不對，要叫『噗咿』。」

雖然他比起剛才稍微減輕了力道，但還是繼續戳我臉頰，我朝神官長投去求救的視線。神官長先是垂下目光，放棄似地嘆口氣後，別開視線。

「梅茵，那個男人的性格雖然惡劣，但本性還沒有腐爛到極致。妳就別理他，適度敷衍即可。還有，齊爾維斯特，梅茵非常虛弱，太欺負她會出人命。對了，卡斯泰德，關於這裡……」

「是！」

卡斯泰德走向攤開地圖的神官長，我和臉色蒼白的達穆爾就這麼被丟在了齊爾維斯特面前。沒有人能來救我了。

「喂，快叫。」

齊爾維斯特不停戳著我的臉頰，深綠色雙眼也變得越來越冷冽。不能在出發前就惹貴族階級的人生氣。

「噗、噗咿。」

萬般不得已下，我只好照著他的要求發出叫聲。齊爾維斯特滿意地點點頭後，又繼續戳我。

「很好。再多叫幾聲。」

「噗咿噗咿，噗咿……」

對於自己必須和這個行為莫名其妙的青衣神官一起前往祈福儀式，在出發之前，我的不安已經達到頂點。

祈福儀式

對於要求我噗咿噗咿叫，齊爾維斯特好像很快就膩了，停止了手指的動作。但很快地，我發現他並不是膩了，只是好奇心轉移到了其他東西上。

「這是什麼？」

齊爾維斯特咕噥說道，同時抽走了我的髮簪。我才在心中「咦？」地訝叫，頭髮就披散下來。我急忙抬頭，發現齊爾維斯特拿著家人為我做的儀式用髮簪，饒富興味地仔細打量。

雖然齊爾維斯特的外表是快要三十歲的大人，言行舉止卻很莫名其妙，就和不懂得拿捏力道的小學男生沒有兩樣——一想到這裡，「會壞掉」這三個字閃過腦海，瞬間我的血液開始逆流。

「請、請還給我。」

我忍不住伸出手去。聽見我這麼說，齊爾維斯特就像柴郡貓一樣不懷好意地瞇起眼睛，把手舉高到我搆不到的位置，「好啊，妳來拿拿看。」然後搖晃從粗糙指掌間掉出來的綠葉飾串。根本一點也沒有要還我的意思。

「請還給我！」

我追著一下子放下一下子又舉高手臂的齊爾維斯特，不停跳起來想拿回髮簪，但很快就上氣不接下氣。

「我明明、就叫你、還給我了……我的、髮簪。爸爸、媽媽和多莉、為我做的、髮簪……」

……我最討厭這種男生了。

我瞪著被舉高的髮簪，用力握緊拳頭。同時，感受到了全身開始盈滿魔力。

「嗚哇！見習巫女！」

聽見達穆爾焦急的大喊，神官長和卡斯泰德回過頭來，立刻眉毛倒豎，同時取出發光魔杖舉高揮下。

「你這笨蛋！都說不要太欺負她了！」

「欺負一個小孩子成何體統！」

兩道清脆的「碰哐！」聲在齊爾維斯特的頭上轟然響起。看到發光魔杖在眼前變成了笏板的形狀，用力敲向齊爾維斯特的腦門，我嚇得屏住呼吸，但當事人只是聳聳肩。

「你們兩個何必這麼生氣呢。我只是稍微捉弄她而已。」

雖然齊爾維斯特看來絲毫沒有學乖的樣子，但明白到他若是太超過，神官長和卡斯泰德也會制止他，我盈滿全身的怒火很快消退無蹤。

神官長迅速從齊爾維斯特手中抽走髮簪，拿回來還給我。

「梅茵，妳可以自己重新盤好吧？」

「是的。謝謝神官長。」

我動作靈敏地用髮簪盤起頭髮。齊爾維斯特在旁邊大感新奇地看著，又想伸手抽走髮簪。「住手！」卡斯泰德立即怒吼，拍開齊爾維斯特的手，然後指向一臉不知所措的達穆爾。

「別欺負梅茵，你去找達穆爾當你的對手吧。那傢伙很強壯。」

神官長也揮了揮手說：「沒錯，你和達穆爾去那邊玩耍吧。梅茵，妳過來。」然後用單手把我抱在胳肢窩底下，回到辦公桌旁邊，繼續和卡斯泰德開始討論。完全無視於達穆爾「呀——！請您住手啊！」的不爭氣大叫，兩人看著地圖，迅速果斷地決定路線。

看著桌上攤開來的地圖，我「哦……」地發出感嘆。比起以前在商業公會看到的地圖還要仔細。在商業公會看到的地圖只有城市的名字和街道，像這樣畫出了領地形狀和地形的地圖我是第一次見到。領地呈南北狹長形，然後不知道是以什麼為基準，分成了紅色和藍色。這座城市附近幾乎都是紅色，往外藍色增加得越多。

……是依什麼基準分成這兩種顏色的呢？

雖然很想開口發問，但兩人在我頭上十分認真地討論著。提問很可能會打擾到兩人，所以我繼續保持安靜，看著地圖。

「……嗯，那就這樣決定了。」

「那出發吧。」

兩人討論出結果後，立即往貴族門移動。

「達穆爾，由你抱著梅茵。齊爾維斯特負責拿這個，卡斯泰德你拿這個。」

卡斯泰德和齊爾維斯特接過偌大的行李，走出神官長室，我則由達穆爾抱在手臂上。我悄聲對達穆爾說：

「達穆爾大人，我希望能盡量和那位神官保持距離。」

「我也打從心底這麼希望。」

達穆爾和我的想法達成了一致。我們警戒著齊爾維斯特，決定盡量和他保持距離。齊爾維斯特雖是青衣神官，但從達穆爾的態度來看，他老家的勢力應該遠比達穆爾要強大很多。

要是惹了他生氣，說不定會像斯基科薩那時那樣，所以我才想努力和他保持距離，對方卻是自己湊過來，「你們好像有點在避著我？」

「我、我們只是不勝惶恐。」

我一邊回答，一邊尋找可以制住齊爾維斯特的人。但是，卡斯泰德早就先走一步，看不見人影。隔著達穆爾的肩膀，我看見神官長正在吩咐留下來的侍從們要盡職留守，然後快步追上來，我立刻伸手求助。

「神官長……」

聽見我可憐兮兮的叫喊，神官長按住太陽穴。

「齊爾維斯特，你別一直接近梅茵。祈福儀式都還沒有開始，要是現在就讓梅茵情緒不穩，之後會很麻煩。」

「這樣子就情緒不穩，她也太虛弱了吧？」

我被達穆爾抱在手臂上，所以可能是因為視線高度變得接近，齊爾維斯特用食指戳了戳我的臉頰。神官長輕拍開他的手，冷冷地瞪著他。

「沒錯，梅茵就是這麼脆弱又虛弱，棘手又麻煩。別讓我講這麼多遍。」

先走一步的卡斯泰德已經打開了貴族門，在門外的廣場上等候。神官長、卡斯泰德和達穆爾召喚出了魔石變成的騎獸後，神官長接著下達指示。

「由卡斯泰德領頭，接著是梅茵和達穆爾，我和齊爾維斯特殿後。」

「見習巫女，妳好像不太滿意？」

「因為達穆爾大人完全沒有保護我遠離齊爾維斯特大人嘛。」

齊爾維斯特欺負我的時候，達穆爾完全沒有跳出來保護我，我覺得他身為護衛真是太不可靠了。老實說，我還比較想和神官長共乘騎獸。

「那、那是……」

達穆爾本來想說些什麼，但瞬間定住不動。然後像是不知道該不該說，遲疑了半晌後，只是小聲嘟囔說：「……抱歉。」

達穆爾的騎獸是飛馬。他讓我坐上後背，再坐在我後面，握住韁繩。飛馬啪沙地張開翅膀，追上先一步起飛的卡斯泰德的獅鷲，飛上天空。

穿過平民區上空，再越過外牆，卡斯泰德的獅鷲立刻開始下降。目的地應該是離南門最近的農村裡叫做冬之館的地方，我家附近的鄰居們就是在這處農村進行豬肉加工。地面上聳立著偌大的木製長方形建築物，就好像是從前的小學校舍，還有很像操場的廣場。在半空中就能看見廣場上聚集了不計其數的人。看來好像多達一千人左右。看到我們準備要在廣場降落，人們便推擠著騰出空間，中心那裡完全沒有了人。

首先由卡斯泰德慢慢降落，再把騎獸變回魔石。接著是達穆爾的飛馬緩慢下降。卡斯泰德把我抱下來後，達穆爾滑行似地著地，同時飛馬也消失了。

「讓開！」

這時，齊爾維斯特的大吼聲從上空傳來，神官長的獅子騎獸也逐漸逼近。卡斯泰德抱著我後退了好幾步，我往上抬頭，然後聽到一聲簡短的「喝！」，一道藍影從獅子上面一躍而下。

「什麼?!」

「嗚哇?!」

因為太過突然，現場民眾譁然大叫。那道藍色身影又在半空中翻滾了好幾圈，然後擺出耍帥的姿勢降落。大概是被齊爾維斯特登場時的氣勢影響，廣場上瞬間湧起了像在觀看雜耍特技的亢奮氣氛，大家「噢噢噢噢噢噢！」地歡聲雷動，為還擺著姿勢不動的齊爾維斯特獻上喝采。

「那個笨蛋，未免興奮過頭了……」

卡斯泰德用厭煩到了極點的語氣說，同時神官長騎乘的獅子急速下降，很明顯就是想要把齊爾維斯特踩扁。但是，齊爾維斯特以特技演員般的身手迅速往後飛退，接著繼續擺出姿勢。

「噢噢噢噢噢噢噢噢！」

民眾的掌聲和歡呼聲更是熱烈，齊爾維斯特顯得心滿意足。根本就是一個想炫耀自己能力的小學男生。

「……春天的祈福儀式，是一項神官要向民眾表演才藝的活動嗎？」

看著一點也不像是我所知青衣神官的齊爾維斯特，我呆若木雞地低喃，卡斯泰德用再認真不過的表情搖頭。

「梅茵，那個不能當作參考，妳可以不用看。絕對不能當作榜樣。」

「卡斯泰德大人既然認識他，又很輕鬆自在地與他相處，表示齊爾維斯特大人是地位非常高的貴族吧？他也會像斯基科薩大人那樣，對我提出無理的要求嗎？」

不能反駁也不能輕舉妄動，對方又會隨心所欲捉弄比自己低下的人，那我該怎麼應對才好呢？——我藉機找卡斯泰德商量，他露出了有些為難的神色。

「齊爾維斯特不是會行使暴力的男人，這點妳可以放心。不過，會讓人頭痛的無理要求恐怕還不少。」

「那如果齊爾維斯特大人對我提出強人所難的要求，我可以向您哭訴嗎，未來的養父大人？」

我側著臉龐問。卡斯泰德一瞬間睜大眼睛，然後勾起嘴角笑了。

「沒問題，儘管來找我。既然斐迪南大人把妳託付給了我，要是有壞人想欺負妳，就由我來趕走他。」

……未來的養父大人真是太可靠了。

我偷偷向卡斯泰德尋求了保護後，這時神官長的獅子也消失了，他邁步走向設置於廣場前方像是小型舞臺的講臺。

配合著神官長的腳步，人群迅速往左右後退，出現了一條筆直通往舞臺的走道。齊爾維斯特從揹著的行李中拿出約有八十公分高的大聖杯，恭敬地拿在手上，跟在神官長身後。「好，去吧。」卡斯泰德先把我放下來，但觀察了我走路的速度幾秒鐘後，立刻重新把我抱回手臂上，再大步跟上神官長兩人。果然也忍受不了我的龜速吧。

……但我走路會這麼慢，是因為腳的長度跟大人完全不一樣，我也沒辦法啊。

卡斯泰德把我放在舞臺上後，就和達穆爾一起站在舞臺前方，向民眾展現威嚴。齊爾維斯特把金色大聖杯交給神官長，神官長再放在舞臺中央的偌大平臺上。

「現在開始祈福儀式。各村村長上前。」

神官長說完，有五個人走上舞臺，手上都拿著約十公升裝的有蓋大木桶。

「梅茵，輪到妳出場了。」

因為我站著也摸不到聖杯，神官長把我抱起來，讓我站上放有聖杯的平臺。我跪在鋪有紅布的平臺上，移動膝蓋靠近聖杯。臺上的聖杯有著葡萄酒杯的形狀，圓碗狀的杯身部分鑲有巨大的魔石，杯腳直到杯座並排著小魔石，還有複雜的雕刻。

我跪坐在臺上，輕碰杯座部分的小魔石，垂下眼皮。

「帶來治癒與變化的水之女神芙琉朵蕾妮，侍其左右的十二眷屬女神啊。請為不再受生命之神埃維里貝之禁錮，令姊妹神土之女神蓋朵莉希，賜予祂孕育新生命的力量。」

我的魔力開始流向聖杯，聖杯隨即綻放出了金色光芒。廣場上的民眾都發出了熱切的歡呼。

「讚頌生命的歡喜之歌奉獻予祢，祈禱與感謝奉獻予祢，請賜予祢清澄明淨的守護。願祢之貴色，滿布瀚瀚大地之萬事萬物。」

我唸完祈禱文，神官長和齊爾維斯特便動作小心地傾倒聖杯。散發著綠光的液體從聖杯流出，注入村長們正依序排隊拿著的木桶裡。

「為土之女神蓋朵莉希和水之女神芙琉朵蕾妮獻上祈禱和感謝！」

當魔力注滿了一個桶子，蓋上蓋子後，廣場上的一部分人大聲吶喊起了對神的祈禱。大概是擁有那個桶子的村民吧。第二個木桶被注滿後，說著祈禱和感謝的人變得更多了。直到注滿五個木桶之前，我都小心著不要鬆手，繼續灌注魔力。

「梅茵，可以了。」

神官長這麼說後，我才放開雙手。兩人把傾倒的聖杯放回原位，神官長再把我抱下來，放在舞臺上。神官長讓剛才負責灌注魔力的我站在中間，自己和齊爾維斯特站在半步後方。

「祈禱獻予諸神！」

聽見神官長這道聲音，我忍不住反射性地舉高雙手獻上祈禱，廣場上的人們也迅速地擺出祈禱動作。農村的人們每年都習慣做這個動作吧。比起城裡的人們，更一派理所當然地擺出了祈禱的跑〇人姿勢。

「祈福儀式就此結束。諸位須遵從神的旨意，秉正直之心與新生命同在！」

神官長說完，民眾發出了響亮的歡呼聲。齊爾維斯特趁著這時很快用布包好聖杯，塞進袋子裡，揹在背上。見狀，神官長召喚出了魔石變成的騎獸，和齊爾維斯特一起跨坐上去。

「這次時間緊迫，我們要繼續前往下一個地方。神的祝福賜予你們。」
白色獅子在廣場繞了一圈，撒下金粉。期間，卡斯泰德和達穆爾也變出了騎獸。達穆爾把我抱上飛馬。接著飛馬大力振翅，飛上天空，離開了農村。
後來又去了四座農村的冬之館，各自舉行完了祈福儀式後，太陽也快要下山了，我也累得筋疲力竭。
「接下來只剩前往留宿場所。見習巫女，妳要保持清醒，不然會掉下去。」
在達穆爾的喝斥下，我握著轠繩，打鼓一樣地不停點著腦袋。
「梅茵，快醒來。」
「呼咦?!」
聽到神官長的訓斥，我赫然清醒過來，發現自己已經在一棟偌大的屋子前面。
「這裡是哪裡？」
「這裡是布朗男爵的夏之館。」
神官長說明道，從祈福儀式直到收穫祭為止，受領主之命管理農村的貴族們都得在農村所在土地上的宅邸生活。冬天再回到貴族區，報告這一整年的事務並且繳納稅金，然後積極地蒐集貴族間的情報。
「那棟建築物是貴族的居所，這棟則是提供給神官暫住的別館。」
因為每年在祈福儀式和收穫祭時期，都會有神官來訪，所以負責管理領地內農村的貴族們，都會準備一棟別館供神官留宿。畢竟雖然是貴族階級出身，但神官們嚴格來說並不算是貴族，所以別館也包含隔離的作用。證據就是只要派名代表去向主人表示我們已經抵達，之後也不用再去晉見。

「這次阿爾諾應該已經去打過招呼，幫我們開門了。」

正如神官長所言，只見幾輛馬車都已經停在別館前面。本來裝載著大量行李的馬車現在變得空空如也，顯然已經把行李都搬進去了。

「歡迎歸來。」

我們打開別館的大門進入屋內，侍從們全到齊了。當中有幾個我沒看過的人，大概是齊爾維斯特的侍從吧。阿爾諾獨自上前，小聲向神官長詢問：

「稍後將準備晚餐，但此處只有兩間用餐室，請神官長指示。」

「所有人一起在大間的那間用餐室用餐吧。不過，記得把梅茵和齊爾維斯特的位置分開。」

「遵命。」

現在因為農村才剛結束過冬，還沒有那麼多食材可以用來準備包括侍從在內一行人的飯菜。雖然能賣給我們一些蔬菜、蛋和牛奶，但穀物和油等材料，基本上我們必須自備。這也是現在神殿裡剩下的神官們不想來祈福儀式的理由。

「那麼，各自換裝準備好後，再前往用餐室集合。」

神官長說完，各自的侍從都邁步走向自己的主人。羅吉娜和法藍也快步向我走來。看見兩個人，我莫名有種回家了的感覺。

「梅茵大人，歡迎歸來。先為您換下這身衣服吧。」

兩人帶著我走進已經整理完畢的房間。因為神官大多是兩人一組行動，頂多再為了預防突發狀況，總共只有三間供神官住宿的豪華房間。這次是神官長、卡斯泰德和齊爾維斯特住進了豪華的房間，考慮到身分，最終達穆爾和我分配到了一般隨從所用的房間。

「達穆爾大人可能會很難適應吧。但這裡比我家還大，所以完全沒問題呢。」

即使房間的等級稍有下降，但遠比我在平民區的自家臥室還要寬敞，所以對我來說沒有任何不便。再鋪上從孤兒院長室帶來的毯子和床單，我就心滿意足了。

法藍幫忙搬了熱水倒進浴盆，羅吉娜再協助我沐浴。一整天都在外奔波，現在能洗個熱水澡，感覺真是太清爽了。

為了接下來的晚餐，羅吉娜幫我挑選了一套嫩草色的服裝，再幫我穿上剛做好的、加了豪華裝飾的布鞋。接著羅吉娜從這次為祈福儀式準備的好幾個髮簪中，挑了多莉在今年冬天手工活做的小花髮簪。黃色、橘色和黃綠色的小花搭配在一起，看起來就好像是油菜花，是象徵春天顏色的髮飾。

「雨果和艾拉拿出了看家本領在煮飯喔。說是不能輸給其他廚師……」

「那我也要加油才行呢。」

要和一群貴族階級的人吃晚飯，我只覺得心情沉重。雖然冬季期間，羅吉娜和法藍教導了我很多禮儀，但恐怕預計成為我養父的卡斯泰德會以非常嚴厲的眼光，觀察身為平民的我能做到什麼程度吧。另外，讓我擔心的還有齊爾維斯特。真不知道他會開口說些什麼。如果是小學男生，我大可以無視，但對方既然是高階貴族出身，我就無法徹底忽視他。

「那等吃完飯，我應該可以告退回房間吧？」

「倘若對方邀請您參加飯後的聚會，以梅茵大人的立場，恐怕無法拒絕喔。」

……啊，我有不好的預感。

晚餐在寬敞的用餐室用餐，所有人都換了一套衣服。因為我只看過神官長身穿藍色神官服和全身鎧甲的樣子，所以便服打扮十分珍貴。他穿著以深綠色為基底的寬鬆服裝，袖子也是貴族款式。就神官這點而言，其實齊爾維斯特也一樣，但因為之前從來沒有見過面，所以一點也不覺得齊爾維斯特的便服打扮珍貴。

「穿上這身衣服，梅茵看起來真的和貴族千金沒有兩樣哪。」

卡斯泰德看見我後這麼說。應該可以判定是在稱讚我吧。幸好沒有劈頭就表示這樣不及格，或表現出失望的樣子。

「感激不盡，卡斯泰德大人。」

「儀態在冬季期間變得優美多了，但是情緒太過明顯這點還是要改善……」

神官長通常會在稱讚的同時，也提出該改善的地方，讓人無法沉浸在受稱讚的喜悅裡太久。

「梅茵大人，這邊請。」

法藍協助我坐上座位，再服侍我用餐。看到放在我面前的盤子，齊爾維斯特高聲問道：「為什麼只有妳的不一樣？」

「不是因為廚師不一樣嗎？法藍，你知道是為什麼嗎？」

法藍壓低了聲音，為我說明情況。他說這裡有兩個廚房，而其中較小的那個廚房分配給了雨果和艾拉使用，貴族大人們的餐點是在較大的廚房裡製作。

「好像是因為只有我的餐點是在另一個廚房製作。考慮到隨從的人數，我的廚師使用較小的廚房比較合理吧。」

可以吃到自己吃慣的食物，我個人並沒有任何問題，麻煩在於位置離我最遠的齊爾維斯特，一直興致勃勃地看著我這邊。

「味道真香。」

「因為我的廚師們手藝很出色。」

所有人的餐點都上桌後，我在胸前交叉雙手，獻上飯前祈禱。

「感謝司掌浩浩青空的最高神祇與分掌瀚瀚大地的五柱大神，惠予萬千事物成為我們的食糧，在此為諸神的旨意獻上感謝與祈禱，必不浪費這些食物。」

我吃了一口後，馬上聽見齊爾維斯特大叫：「呃啊！妳為什麼吃了?!」我一頭霧水地偏過臉龐。

「咦？什麼為什麼？」

「因為齊爾維斯特對妳的餐點感興趣。他剛才不是說了味道真香嗎？」

神官長輕輕聳肩說。原來齊爾維斯特那句話是貴族特有的迂迴催促，要我把餐點遞給他。我完全沒發現。

「我沒辦法全部給你，但一半倒是可以喔。」

「妳、妳說一半?!」

齊爾維斯特不敢置信地看著我。我才不敢置信吧。

「這是我的晚餐唷。難道齊爾維斯特大人貴為貴族階級的青衣神官，打算做出搶走平民所有食物這種貪吃的舉動嗎？」

「怎、怎麼可能嘛……」

結果，齊爾維斯特還是壓抑不了好奇心，要我把一半分給他。看來他雖然曾把食物往下賜給侍從，但從來不曾與人平分食物吧。神官長和卡斯泰德按著太陽穴，無奈至極地嘆氣，達穆爾的表情則僵硬得媲美土俑。

後來神官長告訴我，倘若貴族提出要求，應該要遞去自己的盤子，再等齊爾維斯特分給自己，才是正確的應對方式。

……平分竟然是錯誤做法，太遺憾了。

齊爾維斯特喝了口湯後，立刻雙眼發亮，威脅要我把廚師交出來，但幸好有神官長和卡斯泰德居中保護，這頓晚餐算是平安無事地落幕了。我邊感謝幫忙把位置分開的神官長，邊站起來。

「那我先行告退了。請諸位男士好好放鬆歇息。」

我向準備要飯後聚會的男人們表示告退，正要迅速回房，齊爾維斯特卻用盯上了獵物的眼神瞪著我。那雙深綠色的眼睛盯著我瞧，招手要我過去。

「慢著，梅茵，妳也過來。關於交換廚師這件事，我要和妳好好談談。」

……呃啊，居然還沒死心。

餐後的邀請

「神、神官長……」

「念及身分，妳知道自己不能拒絕吧？」

不好的預感果然應驗，接受到邀請，我向神官長求助，卻馬上遭到駁回。

……因為現在的聚餐，在場全員都是貴族階級的人嘛。身為平民的我，哪有權利拒絕呢。我也知道，只是問問看而已。

「梅茵，過來。」

枉費神官長特地把我們的位置分開，齊爾維斯特卻往自己與卡斯泰德之間輕拍，示意我坐過去。明明那裡沒有位置，是要我坐哪裡呢？——我感到困惑，卻聽到卡斯泰德說：「梅茵，妳死心吧。」然後他和達穆爾一同起身，開始移動。

「梅茵，像達穆爾那樣從那邊繞過去，坐到齊爾維斯特旁邊吧。」

現在的換座位大概也是不能拒絕，神官長用同情的眼神看著我，輕推我的背。

「失、失禮了。」

我繞過用餐室裡的大桌子，萬分不得已地坐在齊爾維斯特旁邊。另外一邊是卡斯泰德，所以我坐在椅子上，盡可能往卡斯泰德那邊靠過去。齊爾維斯特的正前方是神官長，我的正前方是達穆爾。

「梅茵，那和我交換廚師怎麼樣？我又不是搶過來，應該可以吧？」

要是擅自進行交易，班諾很可能會生氣，我也不希望食譜外流。

「廚師是我向一位商人借來的，所以不能單憑我的決定就和你交換。」

「那我去跟那個人談。是誰？」

貴族階級的人一命令，班諾哪有辦法拒絕嘛。要是準備至今的義大利餐廳因為廚師不在而無法開張，那怎麼行。班諾和馬克一定會非常頭痛又胃痛，餐廳的赤字也會慘不忍睹。

「齊爾維斯特大人，你身為貴族階級，商人根本無法違抗你的要求。屆時不會變成談判，只是單方面的命令喔。」

「是嘛，原來對商人來說會這樣。」

齊爾維斯特興味濃厚地雙眼發亮，低聲說道。看來神官長所形容的「本性並沒有腐爛到極致」是事實，對於我的反駁，齊爾維斯特並沒有惱羞成怒，反而輕輕揚起下巴，要我繼續說下去。我看向神官長，神官長也點點頭，表示「沒關係」。雖然神官長旁邊的達穆爾臉色鐵青，整個人都在瑟瑟發抖，但我不能在這時候認輸，任由他把廚師搶走。

「我這裡的廚師，預計不久後要轉到即將開張的餐廳工作。現在只是待在我這裡學習，不論是廚師的教育，還是為開店做準備，都投入了大量的資金與人力。雖然對貴族們來說可能只是一筆小錢，但對平民來說，卻是攸關生死的大數目。在了解這樣的情況以後，齊爾維斯特大人還想要打亂我們開店的計畫嗎？倘若你真的非常中意廚師們剛才做的餐點，請讓我們繼續為開店做準備，再成為我們餐廳的客人吧。」

「哦，餐廳嗎？所以平民可以吃到剛才那樣的餐點？」

齊爾維斯特不敢相信地瞠大眼睛。我仿效班諾，露出了面對顧客的職業笑容，趁著這個機會大力宣傳。

「到時餐點的價位，在平民區也只有富豪階級才吃得起，而且我們餐廳若無人引薦，不會隨便讓人入店。餐廳外觀也模仿了貴族的宅邸，並且提供貴族平常在吃的菜色……不對，是提供連貴族也沒有吃過的食物。」

「哦，那要由誰引薦？」

「呃……如果齊爾維斯特大人有興趣的話，我可以為你引薦。」

說句老實話，我才不想為做事常常不按牌理出牌的齊爾維斯特當介紹人，感覺以後的負擔會很大。但是，總比廚師被他搶走，開店計畫因此泡湯要好。

「好，那為我引薦吧。我去光顧。」

「衷心感謝齊爾維斯特大人……卡斯泰德大人和神官長也願意一起賞光嗎？」

萬一齊爾維斯特快要失去控制，希望有人能制住他──我投去懇求的目光，兩人不約而同垂下頭去，「……也只能去了吧。」

……齊爾維斯特大人也算是貴族階級的客人，班諾先生會高興嗎？還是會抱頭苦惱呢？

但無論如何，我都和平地阻止了廚師的交換，至少這點值得表揚吧。

我暗暗在心裡自己稱讚自己做得很好。神官長喝著酒，吃著起司和火腿等簡單的配菜，想到了什麼地抬起頭來。

「梅茵，是否要讓羅吉娜過來彈奏飛蘇平琴？」

這麼說來，神官長說過要我帶來飛蘇平琴，更容易捱過漫漫長夜。我用眼神喚來法藍，請他轉告羅吉娜帶飛蘇平琴過來演奏。對此，卡斯泰德訝異地張大眼睛。

「平民竟然有飛蘇平琴嗎？」

「是神官長要我學琴。」

我說明了是神官長要我學習教養，卡斯泰德喃喃說道：「居然已經做好準備，不愧是斐迪南大人。」在那個時候，確實還沒有提到過要當貴族養女這件事，所以神官長真的很有先見之明。

「梅茵的資質很不錯。每天練琴沒有懈怠吧？」

「是的，因為羅吉娜很優秀。」

雖然神官長稱讚了我，但這是因為羅吉娜每天一定會嚴格遵守練琴時間。就算我想偷懶，羅吉娜也不會允許。就和彈鋼琴一樣，只要每天練習，任誰都能彈奏到一定程度。只是因為麗乃那時候沒辦法每天練琴，才沒有進步而已。

「承蒙召見，前來獻醜了。」

羅吉娜很快帶著飛蘇平琴過來。用餐室裡為羅吉娜準備了一張椅子，羅吉娜坐好後，笑臉盈盈地拿好飛蘇平琴。然後，接連演奏出了齊爾維斯特指定的曲子。

「真令我刮目相看。灰衣巫女究竟是在哪裡習得這般出色的琴藝？」

「是因為前一位主人克莉絲汀妮大人的藝術造詣十分深厚。」

「哦……梅茵，那接下來換妳。」

陶醉地聽完羅吉娜的演奏，馬上就「接下來換妳」未免太狠了。一定會被比較吧！我急忙找理由拒絕。

「可是，我沒辦法彈大人用的飛蘇平琴……」

「哎呀！因為預想到了這樣的情況，我也帶來了梅茵大人的飛蘇平琴唷。我馬上去房裡拿過來。」

不──！羅吉娜，竟然多此一舉！

我頹然地垮下腦袋瓜，卡斯泰德強忍著笑，輕拍了拍我的背表示安慰。齊爾維斯特則揚起嘴角，視線從我身上轉往神官長。

「好，那這段時間由斐迪南來彈吧。」

還以為神官長會拒絕，他卻只是厭煩地嘆口氣，然後站起來，拿好飛蘇平琴後開始彈奏。接在羅吉娜之後彈奏，卻一點也不遜色，真是太厲害了。但是，神官長選擇的曲目卻是我告訴他的動漫歌曲。

……雖然改編太大，很難聽出原曲，歌詞也變成了在稱頌諸神的內容，但其實這原本是動漫主題曲喔！

在場的人都聽得非常沉醉，我的腹肌卻再度瀕臨崩潰邊緣。想不到我自以為「應該滿有趣的」，小小惡作劇之後，最後卻以這樣的形式報應到自己身上。

「這首曲子我怎麼從沒聽過？」

「那是當然。」

神官長輕描淡寫搭腔，齊爾維斯特立刻不高興地板起臉孔。

「是誰作的曲子？」

「……秘密。」

神官長瞬間往我瞥來一眼，得意地彎起微笑，我忍不住深深倒抽口氣。一旁的齊爾維斯特輕挑起眉，深綠色的眼眸發出光芒。

啊啊啊啊……雖然神官長要是直接表明，我會很困擾，但像這樣奇怪的暗示更讓我頭痛！這個人又產生興趣了啦！

我內心颳起了狂風暴雨的時候，羅吉娜帶著小飛蘇平琴回來了。

「梅茵大人，請。」

「羅吉娜，謝謝妳。」

我四平八穩地彈唱了正在練習的作業曲。這一次我才不會做出彈奏麗乃那時候歌曲這種自掘墳墓的事。我成長了！

「……嗯，還可以再進步。」

「那麼，接下來換齊爾維斯特大人了。我想聽聽看你的演奏。」

我身邊都是神官長、羅吉娜和葳瑪這些精通才藝的高手，無法得知一般貴族的水平到底有多高。所以想趁這個機會也請齊爾維斯特彈奏，了解貴族琴藝的等級。

「呵，妳想聽我彈琴嗎？好，那就讓妳見識一下。」

齊爾維斯特神色得意地接過飛蘇平琴。其實從他目前為止的言行舉止，我沒想到他也懂得彈奏樂器。而且，他彈出的音色意外柔和，具有張力的琴音餘韻十分強烈，彈得比我想像中還要好。

……噢噢，貴族的等級好高。

本來還想要有個範例，可以向神官長他們抗議要求的水準太高了，結果卻只是驗證了貴族的琴藝水準真的很高。

「卡斯泰德大人也要彈奏一曲嗎？」

「我不擅長彈飛蘇平琴，橫笛比較拿手，但這次沒帶來。」

想不到看起來是個粗獷武人的卡斯泰德，竟然也會演奏樂器。他說他比起撥弄纖細的琴弦，更喜歡能用長年鍛鍊出來的肺活量吹奏的笛子。

……這理由太酷了，有點帥。

「不過，既然諸位都展現了琴藝，我也該有所表現……對了，現在能馬上拿出來充場面的，就是劍舞了吧。」

「劍舞嗎?!我還沒有看過，請務必給我欣賞的機會！」

麗乃那時候，我也沒有實際看過劍舞。我的雙眼頓時亮起了期待的光芒，抬頭看向卡斯泰德，卡斯泰德喚來了達穆爾。接著他變出發光魔杖，低喃著說「索腓魯特」，魔杖就變成了一把長劍。

兩人單手拿著長劍，面對面站立，先互相輕敲劍尖，再筆直地立起長劍。這好像是開始的信號。下一秒，長劍劃破空氣，開始舞動起來。貨真價實的刀劍在眼前來回交錯，速度有快有慢，兩人的劍舞沒有一絲多餘的動作，有種精煉後的美感。

聽說劍舞是練劍時，把幾個基本招式串連在一起後形成的舞蹈，所以只要是騎士團的成員，當然都會劍舞。但是，如果是像今天這樣沒有事先說好的即興表演，表演時若不仔細觀察對方的動作和視線，看清是哪個招式再出招，兩人的動作就有可能無法配合，還有可能受傷。

不久達穆爾的額頭開始冒汗，呼吸也變得急促。見狀，卡斯泰德一派從容自得地收起了劍。

「那就先這樣吧……」

「好棒喔！卡斯泰德大人和達穆爾大人都太厲害了！雖然我看得膽戰心驚，很怕你們受傷，但兩位都非常帥氣！」

我毫不保留地大力稱讚兩人，齊爾維斯特立刻產生對抗意識，「這點小事我也會。」讓卡斯泰德當他的對手，開始表演劍舞。

呃……我可以回房間了嗎？

認真表演著劍舞的齊爾維斯特確實很帥氣，也看得出來比起達穆爾那時候，他的速度更快，表現的招式也更困難。但是，好煩。

「哼，我很帥氣吧？喏，快點稱讚我。」

看到他得意非凡地挺胸對我這麼說，我再次打從心底覺得他真的很煩。跳完劍舞以後，馬上變回了平常的樣子，帥氣和帶來的感動一下子就煙消雲散。

「……齊爾維斯特大人也非常厲害。」

「一點感情也沒有，再說一次。」

就在齊爾維斯特強迫我重說了三次稱讚以後，我終於受不了他，裝作身體不舒服的樣子，火速躲回自己分配到的房間。

敵襲

隔天早晨，神官長去面見了布朗男爵，把奉獻儀式時灌注了魔力的小聖杯交給他。有貴族在掌管的農村，只要這麼做即可。聽說神官和巫女的人數還綽綽有餘時，也會前往各貴族管理的農村，但近幾年因為魔力不足，才不再繞到貴族掌管的農村去。神官長說尤其今年又因為分了魔力給其他領地，更是沒有餘力。

只有領主直轄的農村，必須前往好幾座農村農民所聚集居住的冬之館，透過大聖杯直接給予村長聖杯的恩惠。因為小聖杯已經灌注好了魔力，如果只是發動，貴族也辦得到。

……如果只是往小聖杯灌注魔力，擁有魔力的貴族應該也辦得到，根本用不著冬天特別在神殿舉行奉獻儀式，直接把聖杯交給他們，讓他們自己灌注魔力就好了啊。要是不行，至少可以在春天貴族要回領地時把小聖杯發給他們，讓他們自己帶回去，就不用特地跑這一趟了吧？真是奇怪。

我當初不懂裝懂地聽著說明，其實還是不太明白。總之雖然麻煩，但大概有理由要特別跑一趟吧——我沒有說出心聲，表面上「哦哦」地點頭。

等神官長結束了與布朗男爵的會面，一整天都在直轄地內最大農村聚集地的米倉地帶上飛來飛去。去了五處冬之館，舉行了祈福儀式，再前往貴族管理的農村留宿。出發前神官長再面見貴族，交給對方小聖杯。

隔天、再隔天，都一樣前往各地的冬之館舉行祈福儀式。至此，直轄地的農村已經都去完了。「明天開始只需要前往貴族們的宅邸。」神官長在說這句話的時候，表情有些肅穆。

基本上我都是乘坐騎獸，前往貴族管理的土地。但不知道其中有什麼準則，好像有分該搭馬車前往的地方，和可以騎乘騎獸前往的地方。在拜訪某些貴族的宅邸時，都是先與馬車會合，然後裝出一副「我們一路都是坐馬車過來」的樣子。

每當這種時候，神官長都會在左搖右晃的馬車裡說：「梅茵，用這個把臉遮起來。」我便照著神官長的指示，戴上聽說貴族小姐會戴的面紗。然後，只有我、神官長、法藍和阿爾諾四人進入貴族的宅邸。齊爾維斯特和騎士們留在馬車裡頭。本來我還擔心愛出風頭的齊爾維斯特會不會大吵大鬧，但他對於要安分地待在馬車裡頭等候，並沒有表示異議。

「接下來要坐馬車拜訪格拉罕子爵，和馬車會合吧。」

一大清早，神官長將小聖杯交給某位貴族後，我們坐上騎獸再度啟程。神官長這麼說著，讓騎獸追上先一步往格拉罕子爵宅邸移動的馬車。馬車上大概是設置了魔導具，所以神官長都能知道馬車的所在位置。

接著順利與馬車會合。關於座位的分配，是我、達穆爾和神官長，卡斯泰德和齊爾維斯特各分別乘坐一輛馬車。聽說這是最好的戰力分配。反正我也不懂，就交給他們決定吧。

「格拉罕子爵對妳十分感興趣，還說過希望妳在春天祈福儀式的時候，能夠順路前去拜訪。但是，他和神殿長交情匪淺，所以要小心為上。」

神官長顯得非常警戒，要我盡量用面紗遮住整張臉。

不久抵達了格拉罕子爵的宅邸，但因為馬上就要出發，所以馬車待在原地不動，只有我和神官長帶著阿爾諾和法藍晉見。

「噢噢，歡迎兩位遠道而來，斐迪南大人，和這位是傳聞中的見習巫女吧？」

不知道是不是先入為主的觀感，對方的聲音聽來很黏膩，感覺不太舒服。因為依言戴上了面紗，我又跪著，所以完全看不見格拉罕子爵的長相。勉強可以看見對方的腳，只知道身材好像微胖。

「今日應該會留宿一晚吧？我會擺出盛宴招待兩位。」

「不了，因為趕時間，我們馬上就要出發。今晚預計在萊瑟岡古伯爵那裡投宿。」

神官長遞出小聖杯後，很快結束話題，表示告辭。從頭到尾都由神官長應答對話，所以我沒有與對方見到面，也沒有發生什麼事，這次會面就結束了。

明明上午就離開了格拉罕子爵的宅邸，抵達鄰居萊瑟岡古伯爵的夏之館時，卻已經是傍晚了。因為之前都搭乘速度很快的騎獸，所以我才沒注意到，但原來馬車的前進速度十分緩慢。雖說是因為總不能比要整理房間的侍從們早一步抵達萊瑟岡古伯爵的宅邸，所以這次搭乘馬車移動，但看神官長頻頻在意後方的模樣，我想應該還有其他理由。

據說萊瑟岡古伯爵管理的農地範圍，在領地的貴族之間規模最大。但是，為了一年只來兩次的神官所蓋的別館並沒有因此特別大，我如同先前幾次，在隨從的房間裡就寢。奔波幾天真的累了，身體狀況也不太好，所以我向神官長拿了他調製的藥水喝下。多虧於此，我一覺熟睡到天亮，醒來時覺得神清氣爽。

然而，神清氣爽的我卻一大早就被叫去神官長的房間，接過他遞來的防止竊聽用魔導具。

「昨天深夜，有匪徒潛進了卡斯泰德的房間。」

但是，聽到這麼危險的發言，只有我一個人歪過頭滿臉問號。聚集在此的所有人好像都已經知道了，面色凝重。

「……有匪徒潛進來，是小偷嗎？」

「不，目的似乎是擄人，共有兩個男人。大概是察覺到了棉被隆起的高度，裡頭不可能是梅茵，馬上想要撤退。但我立刻跳下床抓住他們……」

卡斯泰德說到這裡支吾起來，難以啟齒地看著我。

「難道被他們逃走了嗎？」

「不。我逮到了其中一個，交給斐迪南大人後，另一個為了追查他的行蹤，我跟在他後面悄悄追蹤。宅邸東邊的森林裡繫有馬匹，男人跨上馬後開始逃跑。但是，我才變出騎獸想追上去，他卻連人帶馬爆炸消失了。」

「……咦？」

我的大腦在拒絕理解最後一句話的意思。聽到連人帶馬爆炸消失了，我也無法明白是什麼意思。看著僵硬不動的我，齊爾維斯特接著說下去。

「至於抓到的那名俘虜，已趁著斐迪南解除武裝的時候自我了斷，卡斯泰德想追查行蹤的男人又爆炸死了。」

「雖然也考慮過不要告訴妳，但對方的目標是妳，我想最好還是讓妳了解現況。既然對方知道我們在這裡留宿，應該是格拉罕子爵派來的人。梅茵，妳要小心。」

神官長用斷定的口吻指出了幕後主使者。我按著不安和恐懼逐漸蔓延的胸口，緩慢環顧在場的所有人。

「……主謀有沒有可能是萊瑟岡古伯爵呢？」

我問，卡斯泰德堅決地搖頭否定。

「不可能。這裡是我母親的老家，我不可能做出危害同行者的行為。」

吃完了難以下嚥的早餐，我們從萊瑟岡古伯爵的宅邸動身出發。接下來要留宿的地點，是位在領地最南端的貴族宅邸。馬車先朝那裡出發，我們則騎乘騎獸，上午和下午各要拜訪一處貴族。

「那麼，和馬車會合吧。」

順利結束了行程，為了前往位於最靠近領地邊界的貴族宅邸，差不多該與馬車會合了。神官長下達指示後，讓騎獸前往馬車行駛著的街道。騎獸一躍進空中，一道紅光立即筆直竄上天際。看到騎士團間求援時所用的紅光，全員臉色丕變。

「有敵襲！」

卡斯泰德喊著，倏地加快了騎獸的速度。獅鷲朝著紅光疾奔而去。

「我們先過去！」

神官長也這麼喊道，駕著獅子騎獸追過我們。眼看被拋在後頭，我焦急地握住韁繩，回頭看向達穆爾。

「達穆爾大人，我們也快點過去！」

「……靠我的魔力，沒有辦法追上他們。」

「那也使用我的魔力吧！」

我心急如焚，想也不想就用力握住韁繩。瞬間，感覺到了魔力往韁繩流動，飛馬一鼓作氣加速。

「謝了！」

街道沿著森林與耕地的交界線不斷延伸，很快我看見一列馬車隊伍正處在進退不得的險境中。法藍、羅吉娜、雨果、艾拉都在裡面，卻有來路不明的黑色霧靄包覆住了馬車。

「那些黑色煙霧是什麼?!」

我大聲問身後的達穆爾。雖然好不容易追上神官長他們了，但因為大家都在高速移動，大概聽不到我的聲音吧。

「那是黑暗之神的結界。結界會吸走魔力，使得用魔力施展的攻擊無法發揮作用。能夠設下那種結界，就表示敵人當中有貴族。」

若不知道對方是什麼魔力，就很難進行攻擊——達穆爾的話聲充滿緊張。這時不知道是不是農民，我看見近百個人手上各自拿著武器，從森林裡頭一窩蜂地衝出來，朝著馬車跑過去。想到法藍和羅吉娜有危險，我的腦筋變成一片空白，並排到神官長旁邊大喊：

「神官長！要是魔力對馬車沒用，請用魔法攻擊把那些男人趕跑吧！」

「慢著！那些人可能是這個地區的領民喔?!」

齊爾維斯特吃驚地反駁，但我惡狠狠地瞪向他。我才不管這些素昧平生、又不知道從哪裡來的人！

「法藍和羅吉娜比那些人更重要！只要向神祈禱就會變成魔法吧?!」

我一邊開始思考該向哪些神明獻上祈禱，一邊從體內深處釋放魔力。轉眼間全身盈滿了魔力，手環和戒指發出亮光。

「斐迪南！快點阻止那傢伙！」

齊爾維斯特怒聲咆哮，神官長立刻怒吼回去：「不可能！」

「什麼不可能?!她要是用那種規模的魔力進行攻擊，誰知道受害範圍會有多大！萬一越過邊界，等於是宣告開戰！至少爭取時間讓我強化邊境結界！」

「雖然不可能阻止她，但可以引領她改變目標。」

神官長平靜地說完，操縱著獅子挨到飛馬旁邊，看著我說：

「梅茵！如果妳想保護法藍他們，要向風祈禱！」

聽到神官長這麼說，一直不知道該選哪位神明祈禱的我，腦中立即躍出了葳瑪畫的風之女神。同時，自己調查整理過的女神資料也掠過腦海。

風之女神舒翠莉婭是秋天的女神。負責保護妹妹土之女神，不讓祂被先是遭到春天的眾女神趕跑，卻在得到力量後再度回來的生命之神帶走。一直到收割結束為止，都以風盾抵禦想用冰雪捉走土之女神的生命之神。不同於沖走冰雪的水之女神，屬於擅長防衛與守護的女神。正是此刻適合我祈禱的對象。

……我一定會保護法藍他們！

我緊盯著下方被黑色霧靄籠罩的馬車隊伍，用力吸一口氣。

「司掌守護的風之女神舒翠莉婭，侍其左右的十二眷屬女神啊。」

藉由向神祈禱，朗誦出神的名字，在我體內膨脹的魔力頓時有了目標。不是為了攻擊，而是用以守護重要事物的力量從全身流往左手臂，開始捲起漩渦。

「梅茵，妳要從上面包住黑暗之神的結界，別讓魔力被吸走了！」

神官長大聲提醒，我望著眼下的黑色霧靄，輕輕點頭。至今說是為了儀式，我被迫背了很多祈禱文。多虧於此，字句流暢地脫口而出。

「請聆聽吾的祈求，賜予吾聖潔之力，阻絕一切懷有惡意之人，為吾立下風盾！」

在神官長借給我的手環上，當中屬於風之女神舒翠莉婭貴色的黃色魔石亮起了格外耀眼的光輝。魔力化作一道亮光往外迸發，朝著馬車筆直飛去。我照著神官長說的，小心別碰到黑色結界，像把巨碗倒蓋一樣，想像出了呈半圓形屋頂狀的風盾，魔力便隨著我腦海中的想像開始變化。「鏘！」的一聲，便憑空出現了半圓形的風盾。由上往下看，半圓形風盾就好像是把神具的護盾雕刻在了巨大的琥珀上，連同黑色霧靄罩住了馬車隊伍。

「唔噢噢噢噢！」

拿著武器往前衝的男人們也許是沒注意到眼前突然出現的另一道結界，也可能是因為衝得太快停不下來，大喊著繼續往前猛衝。

最前面的人一碰到結界，男人們便被強風一鼓作氣吹跑。

「嗚哇?!」

「怎麼回事?!」

有些人像骨牌一樣接連倒下，也有些人真的被吹飛了好幾公尺遠。他們都看著風盾，一臉不明白發生了什麼事的困惑表情。

「……太驚人了。」

卡斯泰德瞪大了眼，看著底下的情形這麼說。對於保護了法藍和羅吉娜的神盾，我也有一樣的感想。

「對吧?!卡斯泰德大人也覺得很厲害吧?不愧是風之女神舒翠莉婭的風盾!為保護了法藍和羅吉娜的神獻上祈禱!」

「妳不用再祈禱了!」

風盾出乎意料的威力讓我興奮得舉高雙手，齊爾維斯特馬上對我怒斥。

……可是，既然向神借用了力量，不是需要獻上祈禱和感謝嗎?

我閉上嘴巴，探頭俯瞰下方，只見男人們重新拿好武器，再一次挑戰向前衝。卻只是和剛才一樣，再次被強風吹跑，還波及到旁邊的人一起飛得老遠。被強風吹跑了幾次後，再也沒有人繼續挺進。

「現在森林裡有魔力的反應。」

達穆爾說，所有人一致轉頭看向他。有魔力的反應，表示有人正在森林裡頭採取某些行動，可能是想用魔力干擾風盾，也可能是想以魔力抵禦強風。魔力太過強大的人，好像很難感應到微弱的魔力。所以雖然身為下級貴族的達穆爾感應到了森林裡的魔力，其他人卻察覺不到。

所有人的表情變得嚴肅。神官長環顧眾人，下達指示。

「我們負責去森林裡搜索。達穆爾，你繼續留在空中保護梅茵！」

「是！」

達穆爾聽了重重點頭，響亮應聲。齊爾維斯特立即搖頭大喊：

「不行！達穆爾，你再過來一點！」

齊爾維斯特話才說完，就在神官長的獅子騎獸上頭站起來。緊接著，以輕盈到了讓人難以置信的動作，大步跳到我和達穆爾共乘著的飛馬翅膀上。

「呀啊?!你在做什麼?!太危險了！」

可能因為原本是魔石，所以即使齊爾維斯特跳到飛馬張開的翅膀上，飛馬也完全沒有搖晃。齊爾維斯特張開雙手保持著平衡，身手矯捷地跳向我們。

「妳太礙事了。」

齊爾維斯特說完，把手伸進我的腋下，倏地將我舉高，然後舉著我開始大力搖晃。我就像鐘擺一樣被他抓著左搖右晃，完全不明白發生了什麼事，只能眨著眼睛。

「斐迪南，接住！」

齊爾維斯特吼完，就順著搖晃我的力道，把我大力扔了出去。扔向什麼東西都沒有的半空中。

「……咦？」

完全沒有心理準備，無預警被扔進空中的我還是不曉得發生了什麼事，茫然地睜著眼睛。就算伸長了手，也抓不到任何東西，眼前只有一片遼闊無垠的藍天。

達穆爾和我一樣不敢相信地張大雙眼，朝我伸出手來。齊爾維斯特像跳馬般飛越過達穆爾的頭頂，坐在他後面。兩人的動作在我眼裡都變成了慢速播放。

「見習巫女?!」

但被扔進半空中以後，飄浮的感覺也只持續了短暫的一秒鐘，身體很快因為重力往下墜落。感覺得到自己的身體劃開了空氣往下掉，頭髮也用力打在自己臉頰上。這股疼痛讓我的元神剎那間歸位，對於這沒有讓我作好心理準備，也沒有考慮到安全措施的無繩高空彈跳，忍不住倒吸了口涼氣。

「呀啊啊啊啊啊！」

「嘿……」

像是早就料到了齊爾維斯特的行動和我掉落的地點，神官長很快移動騎獸，牢牢接住了我。實際上掉落的高度大概連一公尺都不到。但是對我來說，剛才就好像是掉進了無底洞一樣。被拋進自己完全束手無策的半空中，那種恐懼無以名狀，現在有了東西可以依靠，我立刻死命抓緊了神官長的衣服。如今被人接住以後，我才開始為那種只能無力往下掉落的恐懼，嚇得牙齒不停打顫。

「好、好可……怕。」

「我想也是。」

被我緊抓著衣服的神官長拍了拍我的肩膀，讓我鎮定下來。但是，害我嚇得瑟瑟發抖的元兇齊爾維斯特再度大聲說話，我更是全身縮成一團。

「斐迪南，你留在這裡！那邊說不定是幌子！」
「了解。」
「邊界就在前面，要在逃走之前抓到他們。卡斯泰德，走！」
「是！」
卡斯泰德簡短應聲，兩頭騎獸朝著森林飛去。神官長望著他們飛走的背影，平靜說道：
「雖然他的動作粗暴，但也是優先考慮了妳的安全和合理分配。原諒他吧。」
「咦？」
「森林裡有魔力的敵人，魔力量只和達穆爾差不了多少。如果想感應到對方，讓達穆爾同行是最妥當的。此外，萬一那邊的魔力擁有者只是誘餌，只把妳和達穆爾兩個人留在這裡就太危險了。」
神官長用毫不放鬆戒備的眼神掃射四周。這讓我切身地明白到，現在的情況真的非常危險，沒有時間讓我因為被扔進空中而瑟瑟發抖了。
「梅茵，和我一起祈求他們的好運吧。」
神官長提醒了在上空受到保護的我可以做些什麼，我點一點頭。有事情做會比較不害怕。神官長告訴了我祈禱文後，我和他一起朗誦。
「願火神萊登薛夫特的眷屬，英勇之神安格利夫給予他們庇佑。」
我和神官長的手環都發出了藍色光芒。從藍色魔石竄起的亮光一邊相互交錯，筆直飛向了三人。

飛抵森林上空，齊爾維斯特便振臂揮下發光魔杖，一隻紅色巨鳥向外飛出。看著巨鳥，我不禁心想好像鳳凰喔。只見巨鳥張開翅膀，溶解開來般消失無蹤。下一秒在巨鳥張開過翅膀的地方，聳立起了一道紅色的透明高牆。緊接著又一樣是一隻黃色巨鳥從魔杖飛出，開始繞圈飛行，同時原有的形體也逐漸消失，化作光粉往下撒落。

就在紅色巨鳥化作了透明高牆的幾乎同一時間，卡斯泰德也將發光魔杖變成了必須兩手握住的巨劍。他高舉起發出虹光的巨大雙手劍，大吼著用力揮下。

「嗚噢噢噢噢噢噢噢噢噢！」

炫目的亮光從巨劍衝出，朝著森林直直落去。

「哇啊?!」

緊接著彷彿隕石墜落般，傳來了耳朵都要發麻的滔天巨響，地面也像地震般猛烈搖晃。隨後就像大爆炸過後一樣，森林的一部分被夷為平地。大概是因為張開了守護馬車的風盾，我的魔力也一下子耗減許多。

「真是亂來……」

聽見神官長這麼說，我才緊張地抬頭看向神官長。

「馬車呢？馬車沒事吧?!」

「有黑暗之神和風之女神形成了雙重結界，想必是非常平安。」

「太、太好了。」

成功保護了馬車隊伍，我感到如釋重負。精神放鬆以後，我突然覺得一陣頭暈目眩，抓住神官長胸口的衣服，以免從騎獸上頭掉下去。

「梅茵，怎麼了嗎？」

「聽到大家都沒事，我全身好像也沒有了力氣。開始覺得有點冷。」

表示自己的身體虛脫無力，還有些發冷後，神官長露出了狐疑的表情，一隻手按在我的脖子上檢查。

「妳的身體變得很冰。難道是魔力使用過度了嗎？」

「……咦？啊，有可能喔。」

這麼說來，在第一次進行奉獻儀式時，事後也出現過這樣的狀態。當時只是讓深處的魔力慢慢流向全身，馬上就恢復了。這次我也試著照做，然而現在因為正值祈福儀式期間，一直都在使用魔力，剛才又為了做出風盾，用盡了自己所有魔力，沒有多餘的魔力能遍布全身。一直以來我都是把多出來的魔力往體內壓縮，魔力用到不足的情況還是頭一遭，根本不知道該怎麼辦。

「神官長，我魔力用光了。現在真的沒有多的魔力可以遍布全身。」

我說完，神官長臉色丕變。

「妳說妳魔力用光了？為了防止這種嚴重的事態發生，我事先準備了回復藥放在馬車裡，但要確認安全無虞才能回去……總之，妳先喝下這個吧。算是應急，總比什麼都沒有要好。」

神官長卸下腰帶上形似試管的細長金屬飾品，按下一顆圓形的小石頭，頂端的部分便打開來。我聞了聞神官長遞來的藥水，並沒有那種苦死人的藥草氣味。仰起容器就口喝下，甜甜的稠糊液體流進口中。跟使用探索記憶的魔導具時，神官長要我喝下的藥水很像。這次的味道更濃厚，但感覺種類是一樣的。還有，變得想睡這點也一樣。

「閉上眼睛睡吧。等妳醒來，就輪到妳最不想喝的苦藥和說教了。」

我點了點頭，閉上眼睛。

「梅茵大人，您醒了嗎？」

「……羅吉娜。」

看見低著頭察看我模樣的羅吉娜，我慢慢坐起來。但下一秒，腦袋像貧血一樣感到暈眩，我又倒回枕頭上。

「請別馬上坐起來。為了保護受到襲擊的馬車，您太過勉強自己了吧？神官長他們都不知道該說什麼才好了呢。」

「在我睡著之前，神官長已經宣布過等我醒來就要說教，所以我有心理準備了。不說這個了，羅吉娜，妳和法藍還有艾拉他們，大家都沒事嗎？有沒有受傷或遇到可怕的事情？」

我真的成功保護了大家嗎？都已經因為過度使用魔力而倒下，還有苦藥和說教等著我，要是結果一切都沒有意義，未免太悲慘了。

「是的，包括我在內，一行人當中誰也沒有受傷，也沒有任何物品損壞和遭竊。」

「是嘛，太好了。」

羅吉娜讓我再一次躺好，告訴我馬車隊伍發生了什麼事情。

她說當時馬車突然被一片黑暗籠罩，急忙停了下來，然後從車窗往外看，驚愕地發現竟有一群農民拿著武器從森林裡頭衝出來。本來已經做好覺悟會遭到敵襲，農民們卻被某種東西彈開飛走。接著天空突然發光，還傳來了巨大的聲響和爆炸聲，但因為馬車沒有感受到半點風壓，所以完全不曉得發生了什麼事。最後，神官長他們出現了，才知道我們救了他們。

「這次受到最大傷害的人，應該是梅茵大人才對。只有您一個人失去了意識，全身冰冷得不停發抖。」

聽著羅吉娜的說明，我的意識再度變得模糊。

「……因為若將農民和灰衣神官放在天秤上衡量，一般都會優先選擇種植作物、繳納稅金的農民。多虧了梅茵大人，我們全員才能得救。衷心感謝您的救命之恩。」

再一次醒來時，神官長以探病的名義，帶來了又苦又難喝到了極致的藥。他把裝在小瓶子裡的綠色藥水遞到我面前。

「喝吧。」

「噫嗚……」

就算往後縮，此刻只是坐在床上的我也無處可逃。看到我明知道不得不喝藥還是畏畏縮縮，神官長目光兇惡地瞪著我。

「妳的魔力稍微恢復了嗎？」

「……還沒有。」

「我想也是。但我們不能一直停在這裡不動。妳希望我捏住妳的鼻子，強逼妳喝下去嗎？」

我的魔力不恢復，一行人就無法出發。聽到會為大家造成困擾，藥再苦再難喝，我也只能喝下去了。接過神官長遞來的藥水，我使盡吃奶的力氣舉起厭惡到抖個不停的手，把藥水灌進嘴裡。

「嗚咕……！」

藥水又苦又難喝到我眼淚直流，摀著嘴巴，倒在床上痛苦打滾。神官長滿意地低頭看著這樣的我，點了一下頭。

「在藥效發揮之前，摀好嘴巴，仔細聽我說話。」

神官長先講了這句開場白後，告訴了我衝擊性的事實。他說關於對馬車設下黑暗之神結界的元兇和幕後主使者，結果什麼都沒有調查到。因為卡斯泰德的那記攻擊竟然使得敵人全都灰飛煙滅，所以無從查探幕後主使者，也就無法得知格拉罕子爵是否與這件事有關。

只知道了既然達穆爾能感應到魔力，表示前來實際執行計畫的人魔力並不高，而且只有兩人。從兩人的魔力量來看，也不可能有辦法設下黑暗之神的結界，所以上面一定還有其他貴族。此外，神官長他們研判應該是領地外的貴族。

「是怎麼知道的呢？」

「因為襲擊馬車的人半數以上都不是領民。」

雖然神官長不願告訴我，他們是怎麼判別是不是領民，但恐怕張下黑暗結界的貴族也是領地外的人，他們才推斷對方應該是在卡斯泰德的攻擊落下之前，就逃進了領地邊界的另外一邊。

「……但那時候不是只要抓到敵人嗎？」

「所有環節應該都和平常沒有兩樣，但好像是威力超出了預期。」

聽說威力大到連揮下攻擊的卡斯泰德自己都大吃一驚。看到神官長不自在地悄悄別開視線，我猜想到了造成這種結果的原因。

「……該不會是我們的祈求多此一舉吧？」

「也許吧。有人問及之前都別提起。」

「了解。」

還有，齊爾維斯特和卡斯泰德已經先回城裡去了。因為這次的事情演變成了必須緊急展開調查的事件，為了報告和後續處理，先騎乘騎獸回去了。

「因為原本神官搭乘的馬車絕對不會遭到襲擊吧？所以是必須向領主人大報告，請他徹底展開調查嗎？」

「……嗯，就是如此。」

神官長點一點頭後，神色變得凌厲。然後，冷冷地低頭看著拖拖拉拉在床上重新坐好的我。

「梅茵，妳真的不想和家人分開嗎？」

「當然。」

「那麼，妳剛才為何要任由魔力失控？」

聞言，我不禁屏住呼吸。

「因為看到法藍和羅吉娜有危險，我一時心急才……」

「當時幸好讓妳失控的魔力變成了強大的守護，這件事才平安落幕，但妳做的事情，只會讓妳更加被人視作危險分子。更別說這次是因為妳戴著魔導具，藉由向神祈禱，讓魔法發動，否則妳早就因為失控的魔力死了。」

釋放魔力時都需要魔導具。正因如此，沒有魔導具的身蝕，才會被隨著成長跟著增強的魔力吞噬而死。我現在是靠著在神殿奉獻魔力，才能夠保住性命，但一旦忘我地任由魔力釋放出來，根本不知道身體可以支撐多久。

「妳知道因為魔力失控而亡的人是什麼下場嗎？」

神官長開始鉅細靡遺、仔仔細細地告訴我，因為魔力失控致死的貴族都是什麼樣子。那種平平淡淡的語氣聽起來更是恐怖。

「一旦體內的魔力開始外洩，持續一段時間後，全身的魔力會一鼓作氣往外釋放。到了這個地步，身體做為儲存魔力的容器就再也無法支撐。於是皮膚開始冒泡膨脹。沒錯，就像熱水滾沸那般。等到皮膚承受不了壓力，就會皮開肉綻，鮮血……」

「呀啊！呀啊！呀啊！我聽不見！我不想聽！不要啊啊啊啊！」

我摀住耳朵，鑽進棉被裡頭，神官長卻把棉被掀開，拉開我摀著耳朵的手。

「梅茵，我話還沒有說完。」

「對不起，對不起，我再也不敢了！我絕對不會再讓魔力失控了，請原諒我！我很怕痛！也討厭可怕的事情！不要再說了——」

我跪伏在床上，真的哭了起來。神官長「嗯」地輕輕點頭。

「那麼，下次如果妳再讓魔力失控，我會把妳綁在椅子上，讓妳無法摀住耳朵也不能逃跑，在妳耳邊仔仔細細地說到最後。」

想像了自己被綁在椅子上，還得被迫聽完這麼恐怖又可怕的形容，我如撥浪鼓般地瘋狂搖頭，拚命想甩開那幅畫面。

「我再也不敢了！真的不敢了！」

看見我發自內心的反省，神官長露出了非常愉悅的笑容，低喃說著恐怖至極的話：

「看來這招以後都能派上用場。」

爲所欲爲的青衣神官

等我恢復之後，拜訪完剩下的貴族宅邸，祈福儀式也算是平安落幕，可以返回神殿了。

「梅茵大人，歡迎歸來。」

「真高興看到您安然無恙地完成這趟任務。」

「謝謝大家留在神殿等我回來。沒有發生任何事情吧？」

回到院長室，戴莉雅和葳瑪走上前來迎接我。不由得有種回到了自己棲身之所的感覺，我的身心放鬆下來。法藍和吉魯開始把馬車上的行李搬進來，戴莉雅協助我脫下貴族樣式的旅行裝扮，換上平常穿的巫女服。

「等水燒開了，馬上為您準備沐浴。」

「戴莉雅，謝謝妳。」

戴莉雅、葳瑪和羅吉娜都忙著打開接連搬進來的行李，加以整理分類，但因為行李搬運的速度比整理要快，所以房內又變得跟出門前一樣，到處都堆滿了東西。

「梅茵大人，真是萬分抱歉，神官長說有急事，要您過去一趟……他說是關於回家的事情。」

法藍搬行李進來後，先把東西擺在一樓，接著快步走上二樓，表情有些困惑地向我通報。祈福儀式結束後，我一直在擔心不知道什麼時候才能回家，光是聽到神官長要和我討論回家的事情，就開心得飛身跳下椅子。

「我馬上過去。」

「羅吉娜，我要負責搬行李，麻煩妳陪同梅茵大人前往。」

旅行期間，法藍不知道是不是也和雨果成了好朋友，兩人正一起在搬東西。艾拉因為身為廚師，會用到厚重的鍋子，所以力氣很大，也能輕輕鬆鬆搬運重物。吉魯也因為食量變多了，又會在工坊和森林做些體力工作，雖然個子不大，但力氣也不小。

「那麼我去神官長室，麻煩大家繼續整理了。」

成排馬車還停在貴族區域的正面玄關前，車上的東西一一被搬下來。而且還叫來了孤兒院的灰衣神官們一起幫忙，曾在工坊見過的神官正抱著大箱子移動。

「我回來了。孤兒院的大家都還好嗎？」

我出聲說道。灰衣神官嚇了一跳，瞪大眼睛，然後微微一笑。

「梅茵大人，歡迎回來。年幼的孩子們都進步了許多。還請您之後移步過來孤兒院看看。」

「我會拭目以待。」

搬著行李的灰衣神官們退到牆邊，為我讓路。我輕輕點頭表示謝意，努力加快腳步，不要妨礙到他們。

「神官長，打擾了……齊爾維斯特大人？」

「梅茵，妳回來啦。」

神官長室裡，齊爾維斯特愜意的樣子比房間的主人還要不可一世。他大剌剌地躺在長椅上，吃著接待桌上的水果。而神官長完全無視於齊爾維斯特的存在，正對搬運行李的灰衣神官們下達指示。

「呃，神官長，聽說你召見我……」

神官長聽了回過頭來，帶著筋疲力竭的表情要我就座，「坐下吧。」我和神官長一起走向桌子，齊爾維斯特馬上傾身往我靠過來。

「是我叫妳過來的。因為我想到處看看，由妳來當我的嚮導最剛好。」

「……叫我當嚮導，究竟是要我做什麼呢？」

我仰頭看向神官長。但是，齊爾維斯特搶先神官長開口，用受不了的語氣回答：

「要妳當嚮導，當然是要妳帶路。首先是孤兒院，再來是工坊，我還要去看看孤兒們去的森林。」

齊爾維斯特說得一派輕鬆，我卻不由得提高警覺。至今從來沒有青衣神官對孤兒院和工坊表現過興趣。神官長也只是聽聽說明和報告，不曾實際前往。不知道從祈福儀式開始突然出現的齊爾維斯特這個人究竟在想什麼，我下意識抓住神官長的衣服。

「梅茵，妳放心吧。孤兒院和工坊我也會一同前往。因為我早就打算找個機會過去看看。」

既然參觀時有神官長負責在旁邊控制場面，應該不會製造出什麼大麻煩吧。我撫胸鬆了口氣。

「但是，森林不行……你去貴族區的森林就夠了吧。」

神官長臉上還帶有旅途後深深的疲憊，不悅地瞪著齊爾維斯特。

「不，森林我也要去。還要去餐廳。」

齊爾維斯特繼續舉出了自己想要前往的地方。

「我之前說過了，現在餐廳尚未完工，廚師也還在訓練期間……而且，神官長，青衣神官可以去平民區的森林嗎？」

如果只是搭乘馬車直接前往義大利餐廳，應該沒什麼關係，但我從沒聽說有青衣神官會去平民區的森林。貴族區有著只有貴族才能進入的森林，還設有管理員，要是平民從城外糊裡糊塗地闖進去，就算被殺也只能自認倒楣。如果想去森林，如神官長所說，去貴族區的森林就好了。

「我很好奇平民去的森林都是什麼樣子。況且平民又不認得貴族的長相，所以很安全。我也能夠保護自己。」

齊爾維斯特咧嘴笑道，信心滿滿地拍了拍自己的手臂。看得出來他鬥志旺盛，但要是讓他隨心所欲行動，很可能到處給人造成麻煩。

……神官長，請確實管住他的行動啊。

然而，枉費我在心裡頭全力為神官長加油，神官長卻強忍頭痛般地按著太陽穴，轉頭看向我。

「……隨你高興。梅茵，事後再向我報告。」

和精神抖擻的齊爾維斯特不同，神官長像是什麼都不想再思考，看起來心力交瘁。

我還感到莫名其妙，來回看著兩人時，就被任命為齊爾維斯特的嚮導了。與其說是嚮導，根本算是保姆吧？

「你們兩個可以走了。」

神官長要我們快點離開，我急忙抓住他的袖子。被迫接下了嚮導的工作，結果正事卻完全沒有問到，那我來這裡真不知道是為了什麼。

「神官長，我是聽說要討論回家的事情才過來的。請問我什麼時候可以回家呢？」

神官長的眼神有些游移後，低頭看著我說：

「嗯，也是。但妳才剛使用了大量的魔力，要是病倒，妳的家人也無法應對……這三天先留在神殿觀察情況，若是直到第四天早上都沒有身體不適，妳便可以回家。記得也要事先聯絡家人。此外，今天要好好休息。」

「是！」

我活力充沛地回應，和羅吉娜一起行了退室禮。但不知道為什麼，齊爾維斯特也跟著站起來。身後疑似是他侍從的灰衣神官也跟著移動。

「好，梅茵，走吧。」

「齊爾維斯特大人？」

「去我房間。」

「咦？可是，我……」

我試著向神官長求助，神官長卻只是輕輕聳肩，揚起下巴示意房門的方向，要我快點跟上。齊爾維斯特興沖沖地走了出去。無處可逃。我和羅吉娜一起帶著死心的表情互相對望後，只能跟上齊爾維斯特。

「到了，就是這裡。」

神官長隔壁就是齊爾維斯特的房間。走進沒有什麼家具的冷清房間，我環顧了一圈。看著只有基本必要家具的房間，我感到十分驚訝。還以為齊爾維斯特會像小學男生那樣，用各種自己中意的稀奇古怪物品擺滿整個房間。

「梅茵，妳會帶孤兒們去森林吧？要是不希望我告訴神殿長，那就帶我一起去。」

齊爾維斯特呵呵笑著威脅我。神殿長討厭我，在神殿內是眾所皆知的事實，所以至今才沒有半個青衣神官主動接近我。不知道齊爾維斯特到底在想什麼，我皺起眉。

「……齊爾維斯特大人究竟要去森林做什麼呢？」

「打獵。」

「打獵？那你之前都是在哪裡打獵呢？」

始料未及的回答讓我眨眨眼睛。沒有必要特地為了打獵去平民區的森林吧。

「當然是在貴族區的森林。」

「那在那裡打獵不就好了嗎？」

「那裡太無聊了。」

然後齊爾維斯特開始絮絮叨叨地抱怨起貴族的森林。他說貴族的森林必須先取得管理員的許可，只能在規定的時間前往打獵，沒辦法興致一來想去就去。

此外，貴族的森林每年都會舉辦狩獵大賽，但排名經常是按著貴族的階級在決定，所以打獵的時候還要小心不能越線。根本已經不是狩獵大賽，而是怎麼對領主拍馬屁大賽。對於內在其實是小學男生的齊爾維斯特來說，他只想單純地一較高下，得到別人純粹的讚美，興致來時又能拿著弓箭馬上衝出去，所以覺得貴族的森林太綁手綁腳了吧。

「可是，齊爾維斯特大人穿著這麼漂亮的衣服，沒辦法去平民區的森林喔？」

「那拿平民區的髒衣服來給我吧。」

「……不知道人數共有幾位，所有人都要穿上髒衣服嗎？」

要準備衣服並不難，只要去舊衣舖買就好了，但不知道需要準備幾件。我問完，齊爾維斯特把頭一歪。

「妳在說什麼？」

「就是關於同行的人數啊。」

「我一個人就夠了。神殿內姑且不論，去平民區不需要帶人。」

我交互看向準備著茶水的侍從和齊爾維斯特。

「……神官長知道這件事嗎？」

「我為何需要斐迪南的同意？妳是在斐迪南庇護下的平民，但我和妳不一樣，不需要任何人的准許。」

聽他說這種事想也知道，我垮下腦袋。一般來說早已成年的青衣神官在行動時，確實不需要經過他人的許可。但是，我總覺得個性自由奔放的齊爾維斯特，和不知何時會倒下的我一樣，都需要有人負責監控。

「首先要去孤兒院和工坊，我後天會過去。」

「呃……齊爾維斯特大人，你去孤兒院，是為了找捧花的巫女嗎？」

想不到青衣神官去孤兒院還有什麼理由，我發問後，齊爾維斯特不快地皺眉。

「梅茵，這種話不該從妳這樣的孩子口中說出來。還想再『噗咿』叫嗎？」

「不是的。但是，畢竟我是孤兒院長……」

如果他是想物色捧花巫女，我打算把不願捧花的孩子偷偷藏起來，但看齊爾維斯特剛才的反應，好像沒有這個意思。光是知道這點，我就放心了。

「更何況在妳看來，我有缺女人到必須前往孤兒院物色嗎？」

「咦？但青衣神官不是都從孤兒院的灰衣巫女中尋找對象嗎？」

就是因為青衣神官一般不會離開神殿，才會找上身邊的灰衣巫女，難道不是嗎？我偏頭不解，齊爾維斯特先是抿緊嘴唇，然後假咳一聲。

「……總之像我這樣的男人，在貴族區也找得到對象。」

「這樣子啊。」

既然對孤兒院的灰衣巫女們沒有任何企圖，那關於齊爾維斯特說的在貴族區也找得到對象這件事，不管是吹噓還是事實都不關我的事。說好會為他準備舊衣後，我和羅吉娜一起告退離開。

回到院長室後，我集合了正在整理房間的所有侍從。關於神官長和齊爾維斯特要來參觀一事，必須通知大家。

「後天，神官長和一位青衣神官會來孤兒院和工坊參觀。」

「後天嗎?!」

除了兩邊都不會露面的戴莉雅外，所有人訝聲大叫。對於十分注重事前打點和準備的貴族來說，這個時間明顯太趕了。但是，既然齊爾維斯特已經親口訂下時間，可以確定是不容推翻的決定。

「請轉告大家要用心打掃孤兒院和工坊。除此之外，和平常一樣就好了。」

一直以來我都不覺得自己在做什麼虧心事。何況我這個人每次想要隱瞞什麼事情，結果都只會露出馬腳，還是一開始就開誠布公比較好。

「梅茵大人，青衣神官要來的意思是……」

看到葳瑪臉色慘白，我緩緩搖頭。

「葳瑪，妳放心吧。這兩位都不需要捧花，只是對於變得和以前不一樣的孤兒院和工坊感到好奇而已。」

「是……嗎？」

但葳瑪聽了，臉上的緊張還是沒有完全消失。雖然我很同情渾身都在發抖的葳瑪，但既已決定要參觀，青衣神官會踏進孤兒院已是無法避免的事實。

「雖然我很想說妳不用露面，但是，畢竟我把孤兒院交給葳瑪管理，要是他們提出問題，我可能必須叫妳出來應話。」

「遵命。」

葳瑪在胸前緊緊交握十指。看著她不停發抖的雙手，我卻什麼忙也幫不上，覺得自己有點沒用。

「吉魯，如果路茲或萊昂現在人在工坊，幫我叫他們過來吧。參觀工坊這件事，最好也要通知商會。」

「今天兩個人都在，我馬上去叫他們。」

吉魯說完，轉身跑出房間。為了讓路茲和萊昂能夠進來，我移動到一樓的客廳，其他侍從先把附近空了的木箱搬進男性侍從的房間裡，整理出體面的假象。

「嗨，梅茵。妳回來啦。」

「路茲，好久不見！」

我一個箭步往前衝，用力抱緊路茲。說實話，這還是我第一次和路茲分開這麼久的時間。

「發生了好多事情，我好累喔。」

「這樣啊。」

我和路茲說話時，路茲身後傳來了非常厭煩的聲音。

「你們兩個等一下再黏在一起，可以先說明把我也叫來的理由嗎？」

「哎呀，萊昂也在嗎？」

「我從一進房間就在了！」

萊昂是奇爾博塔商會的都帕里，也是冬季期間在法藍指導下接受侍者教育的少年。雖然年紀已經快要成年了，但因為身高不高，給人感覺更像是一個講話老成的大男孩。班諾會和他簽訂都帕里契約，表示他的工作能力一定很優秀，但每次我對路茲撒嬌，他都會露骨地表現不耐，所以常常讓我有些不滿。

「但我並沒有事情要對萊昂說喔？」

「梅茵，對奇爾博塔商會來說是很重要的事情吧？」

路茲要我冷靜，摸了摸我的頭，我才點頭。然後繼續抱著路茲，仰頭看萊昂說：

「後天神官長會和一位青衣神官來參觀孤兒院和工坊，請向班諾大人轉達這件事。多認識些貴族階級的人，應該有益無害吧。而且對方也對義大利餐廳感興趣。」

「感激不盡。」

萊昂迅速跪下，在胸前交叉雙手。雖然在我對路茲撒嬌時會說話帶刺，但工作時的態度十分優秀。

「和奇爾博塔商會有關的事情只有這些而已，剩下的是我個人對路茲的請求。」

我說完，萊昂站起來，朝還牢牢黏在路茲身上的我不耐煩地瞥來一眼後，對路茲說「我先回去了」，便離開院長室。

「妳要拜託我什麼事？」

「路茲，神官長要我先留在神殿觀察三天，要是身體沒有不舒服，第四天就可以回家。可以幫我向媽媽他們轉告這件事嗎？」

「知道了……不過，真的過了很久呢。」

一直飽受我撒嬌攻擊的路茲感慨萬千地說。我可以這麼長時間和家人分開生活，都是多虧了路茲和多莉經常來探望我，讓我對他們撒嬌。

「還有，想麻煩你幫我買一件成年男性穿的舊衣服。尺寸和狄多伯父差不多，身高偏高，體型也算壯碩。」

「……是誰要穿？」

對於這麼理所當然的疑問，我卻不確定能不能大聲回答，所以稍微踮起腳尖，悄聲告訴路茲：

「是後天要來參觀的青衣神官。」

路茲露出了難以形容的古怪表情，沉思了一會兒後，嘟囔說：

「……是個怪人嗎？」

「嗯，超級怪。他說想去森林打獵。」

不惜穿上髒兮兮的舊衣，也想去平民區森林打獵的青衣神官，確實只能用怪人來形容。路茲又咕噥說了：「而且帶他去森林這份差事，也會落到我頭上吧？嗚哇，感覺就很麻煩。」這點我全面同意。

「沒辦法，那我明天去買，趕在後天之前準備好吧。」

「路茲，謝謝你。」

然後路茲向我報告，趁著我不在的時候，他已經訂好了印刷機，還有關於約翰金屬活字的事情。而梅茵工坊也重新開始做紙，紙的數量又慢慢增加了。

「好想趕快印下一本書喔。不知道墨水工坊開始製造墨水了嗎？」

做好了紙，沒有墨水也無法印刷。如果要工坊自己製作，又必須從蒐集煙灰開始，才能做出墨水。

「嗯，老爺跟我說過，現在有專門製作植物紙用墨水的工匠了……對了，聽說墨水協會的會長也換人了。」

「這個我知道。神官長跟我說過，之前的墨水協會長過世了。」

好像是盯上我的貴族下的毒手喔——這句話我當然說不出口，只是默默地抱緊路茲。

「怎麼了嗎？」

「貴族好可怕。」

「嗯？妳指後天要來參觀的青衣神官嗎？」

我聽了忍不住笑出來。和盯上我的貴族不同，齊爾維斯特是另一種可怕。

「那個人在貴族當中也是怪人喔。那種不知道會發生什麼事，完全不按牌理出牌的個性太可怕了。第一次見面他就突然戳我臉頰，要我『噗咿』地叫。」

「妳在說什麼？」

於是我告訴路茲，第一次見到齊爾維斯特時他的行為有多麼奇怪。還說了後來祈福儀式期間，他又做了多少奇奇怪怪的事情。路茲聽了哈哈大笑，然後像是想到了什麼惡作劇，賊笑著戳戳我的臉頰。

「梅茵，快點叫叫看。」

「路茲，你太過分了！噗咿——！」

孤兒院與工坊參觀

祈福儀式結束後，回到神殿的隔天便打掃清潔了孤兒院和工坊，再隔天的第三鐘開始，是神官長和齊爾維斯特的觀摩時間。大家從大清早開始就手忙腳亂。

「梅茵大人，妳現在有空嗎？啊，不對，是您有時間嗎？」

「嗯，沒問題喔……吉魯，你越來越有進步了呢。」

從祈福儀式回來以後，我發現吉魯的語氣稍微有改善了。原來是因為孤兒院的孩童們在經過原是侍從的灰衣神官多方面指導後，對於吉魯在工坊裡的言行舉止，開始會一一檢查糾正。

「都是因為他們說我身為侍從，遣詞用字和態度應該要改到配得起妳……不對，是必須要配得起您才對。」

孩子們意氣揚揚地指正後，吉魯便鬧起彆扭。我很能理解孩子們在學會新東西後，想要馬上現學現賣的舉動，也能明白吉魯聽到指責後不是滋味的心情。

「既然吉魯是我的侍從，以後也不得不學，所以這也算是個好機會。加油喔。」

「梅茵大人，我會努力改進……所以，希望妳、您不要辭掉我，換成其他人。」

吉魯在我旁邊跪著，說完不甘心地抿緊嘴唇，但我完全不明白為什麼會得出這種結論。

「咦？等一下，吉魯，為什麼話題會跳到這邊來？」

「因為比我優秀的人到處都是……」

吉魯喃喃地說，沮喪得垮下腦袋。吉魯半年前還是個調皮搗蛋的孩子，經常被關進反省室裡，所以連他都能成為侍從了，孤兒院裡好像有不少男孩子都燃燒起了鬥志，覺得自己也能成為我的侍從。所以吉魯才非常擔心自己被其他人取代，拚了命地學習其他孩子無法完成的工作。

……所以這陣子才成天待在工坊，努力學習工作內容，還對路茲產生了競爭意識嗎？

我因為坐在椅子上，正好伸手就能摸到吉魯跪在我身前的低垂腦袋瓜。我伸出手，輕輕撫摸吉魯的淡色金髮。

「我知道吉魯很努力喔。就算以後會因為需要人手，收其他人為侍從，我也絕對不會辭掉吉魯的。」

「這樣啊……」

吉魯安心地放鬆了臉部表情。除非工作做得太糟，否則我不會辭退侍從，但站在侍從的立場，會覺得主人可以憑自己的心情任意辭掉侍從吧。

「對了，吉魯是有話要跟我說吧？」

「如果神官長他們要來參觀，今天工坊可以照常運作嗎？」

「可以喔。因為神官長他們就是想來參觀工坊都在做什麼工作。光是我走進工坊而已，大家就會緊張了，今天又有神官長和其他青衣神官，一定會更緊張吧。但幫我跟大家說一聲，希望大家今天要好好表現。」

「是。」

吉魯剛離開回工坊，法藍便帶著奇爾博塔商會的一行人走進來。有班諾、路茲和萊昂。馬克應該是留在店裡，幫忙掌管店務吧。

「梅茵大人，早安。本日承蒙您的邀請，感到非常光榮。」

三人被帶上二樓後，再請羅吉娜和戴莉雅下去一樓，請她們稍微迴避。摒退侍從以後，即使變回平常的說話方式，他們也會裝作沒有聽見。

「梅茵，這個給妳。是妳拜託的衣服，我還準備了鞋子。」

「路茲，謝謝你。」

我接下用布包起的衣服和鞋子，之後要交給齊爾維斯特。我先把路茲給我的東西放在辦公桌上，再走回接待桌前。班諾穿著面見貴族也無可挑剔的得體服裝，閃著精光的雙眼盯著我瞧，商人的野心在熊熊燃燒。

「……那麼，神官長以外的另一名青衣神官，是哪裡的貴族？」

「我不知道。」

班諾是想預先蒐集情報吧，立刻「喂」地低喝，怒目瞪我，但瞪我也沒用。

「我怎麼可能知道齊爾維斯特大人的老家在哪裡呢。」

「那就問出來。應該多打聽點消息吧，笨蛋。」

身為商人，查出身家背景大概是非常重要的事情，但我更想知道的，是怎麼樣才能避開齊爾維斯特。不過，要是再不回答點東西，好像又會惹班諾生氣，所以我開始回想在祈福儀式期間得知的資訊。

「他是個非常奇怪的人。聽說性格雖然惡劣，但本性還沒有腐爛到極致。」

「妳這笨丫頭，這種資訊我才不需要。我需要的是青衣神官老家的規模、家族之間的往來、個人的喜好，這種跟做生意有關的情報。」

「哦，這樣啊。對不起。因為我一心只想著要和齊爾維斯特大人保持距離，所以一點也不想知道這些事……」

我不自覺脫口說出了真心話。班諾失望地垮下肩膀。

「反正去工坊參觀時，我會為班諾先生做介紹，既然是生意上的對象，到時就由班諾先生來作鑑定吧。也會比我的眼光可靠。」

「對妳要求太多只是奢望吧。光是沒忘了為我介紹，就算做得很好了。」

光是沒有因為神官長和齊爾維斯特要來參觀，就慌得忘記事後向我報告，已經很不錯了——班諾這樣說服著自己。無法反駁說「真失禮！」的自己真讓人哀傷。

「那麼待會見。妳要小心別失了禮數。」

結果班諾沒有得到什麼情報，便帶著路茲和萊昂前往工坊。

埋頭練習飛蘇平琴後，說好的第三鐘響了。我緊張得一彈，站起身來。法藍拿著路茲帶來的包裹，帶頭準備移動，「梅茵大人，那麼出發吧。」我走在法藍後頭，達穆爾走在我旁邊。

「羅吉娜、戴莉雅，麻煩妳們留守了。」

「梅茵大人，一路小心。等您及早歸來。」

我們抵達神官長室時，神官長正在辦公桌前振筆疾書，齊爾維斯特也已經到了，正在一旁等候。

「讓兩位久等了。」

「好，那走吧！」

齊爾維斯特開心的表情就好像要去冒險和探險一樣，真讓我無法理解。去視察孤兒院和工坊，又不是什麼開心的事情。難不成先不說孤兒院，是因為神殿和貴族區都沒有工坊，才那麼期待嗎？

「齊爾維斯特大人，這個先給你……是你拜託的衣服，還有平民區一般居民在穿的木鞋。」

「哼，動作很快嘛。」

「因為是舊衣服，並不是特別訂製的衣物。」

法藍把東西交給齊爾維斯特的侍從，他接下後，露出了為難的神色。

……我想也是，拿到平民的舊衣，應該只會很困擾，但那是你主人要求的東西喔。

「你們留在這裡，有法藍和達穆爾陪同就夠了。空間不大的地方再跑去這麼多人，只會覺得很擠。」

齊爾維斯特對阿爾諾和自己的侍從這麼說。確實孤兒院是還沒關係，但要是一大群人跑進工坊，會覺得非常擁擠吧。

「讓你們久等了。走吧。」

神官長收拾完後說，一行人於是出發。以法藍為首，接著是神官長、齊爾維斯特，後面是我和達穆爾。五人一起前往孤兒院的半路上，齊爾維斯特大概是配合不了我的走路速度，倏地轉過來，指著我命令達穆爾：

「達穆爾，把那東西拎起來走。太慢了。」

「……請至少用把我抱起來這種說法。」

「原本該讓護衛保持在雙手隨時可動的狀態下……但因為我比達穆爾強，所以今天是特例。」

但別看我這樣，我也已經很努力在加快速度了。兩個身材修長的人在前面大步移動，我就算用跑的也跟不上。呼吸正開始變得有些急促，所以能讓達穆爾抱著我移動，老實說我鬆了一口氣。

「這裡便是孤兒院。」

「嘰」地一聲，法藍推開孤兒院女舍食堂的大門。屋內葳瑪和兩名灰衣巫女，以及兩名灰衣神官正跪地迎接。另外雖然藏在成年人們後頭看不清楚，但可以發現尚未受洗的孩子們也都成排跪著。在平民區，原則上禁止受洗前的孩子工作。因此班諾建議，神官長他們來參觀的時候，還是別讓他們看見受洗前孩子在工作的樣子比較好。

「歡迎諸位大駕光臨。承蒙諸位前來參訪，倍感光榮。」

「神官長、齊爾維斯特大人，這位是我的侍從葳瑪，就是由她一手負責管理孤兒院，照顧受洗前的孩子們。」

我介紹了跪在地上的葳瑪後，神官長想起了什麼，「嗯」地輕挑起眉。

「就是那個畫工精良的侍從嗎？今後也繼續保持。」

「感、感激不盡。」

得到神官長的稱讚，葳瑪顯得十分吃驚，用顫抖的聲音回答。葳瑪大概沒想到神官長會記得灰衣巫女吧。嚴謹盤起的頭髮下，可以清楚看到她害羞得耳朵變得通紅。

「孤兒院裡年幼的孩童居多，我還以為環境會更加雜亂，想不到很乾淨嘛。」

齊爾維斯特大步走到食堂中央，環視了屋內一圈。

「因為大家很認真在打掃。」

我挺胸自豪地回答。因為我一直強調「吃飯的地方要保持整潔」，葳瑪便帶頭打掃，所以孤兒院內部總是保持著乾淨。

「年幼的孩子們都是和妳差不多年紀嗎？沒有更小的嗎？」

「……目前沒有。」

孤兒院裡會沒有比那些孩子更小的孩童，是因為之前沒有人照顧他們，也分配不到食物，無法存活。聽到應該明知道這件事的齊爾維斯特還這麼問，我有些光火，但事到如今說明這些也無濟於事。

「還有，齊爾維斯特大人，我的年紀已經受洗過了……」

「外表看起來差不多。」

只看身高，搞不好我還是這群孩子裡最矮的，但等到了夏天，我受洗也滿一年了耶。看也不看鼓著臉頰表示不滿的我，齊爾維斯特像是對食堂牆邊的成排木箱產生了興趣，走過去打開蓋子。

「梅茵，這些是什麼？」

「是用來學習文字的書和玩具。這些都是工坊自己製作的東西。」

齊爾維斯特拿起兒童版聖典，翻開看了幾頁，接著在看見歌牌和撲克牌後皺起眉頭。同樣從旁探頭觀看的神官長拿起歌牌，用銳利的目光掃向我。

「梅茵，我怎麼沒聽說過有這種東西？」

「那是歌牌，是用來學習文字的玩具。是我的侍從說想要識字，做了這個給他以後，也為孤兒院準備了一份。因為葳瑪必須一張張畫圖，現在還無法量產，也不是用來販售的商品，才沒有特別向神官長報告。」

我說完，神官長「嗯……」地陷入深思。

「……真的沒有量產嗎？」

「是的。雖然我把權利讓給了班諾大人，但還沒聽他說過開始量產了。」

雖然班諾說過應該可以賣得不錯，但還沒提起過要做成商品。可能是因為找不到畫師吧。

「不過，為了做歌牌，我才熟讀了聖典，已經記住了神的名字和神具喔。孤兒院的孩子們也都記住了詠唱牌和奪取牌的內容，玩起歌牌非常厲害。」

「哦？那我倒想看看，示範一下吧。」

聽了齊爾維斯特突如其來的無理要求，孩子們倉皇無措地看著我和葳瑪。我早就料到了齊爾維斯特可能會說這種話，所以拿起歌牌，對孩子們笑道：

「那我來唸，大家願意一起玩嗎？」

「是，梅茵大人。」

有不熟悉的青衣神官在自己面前，孩子們都緊張得臉部僵硬，但專心玩起歌牌以後，眼神變得越來越認真，表情也不再那麼生硬。

「這次是這孩子搶到了最多牌，所以是這個孩子贏了。」

聽完我的說明，齊爾維斯特對勝利者送去表揚，「做得好。」神官長的視線從收拾著歌牌的孩子們身上移開，低頭看我。

「梅茵，這上面的內容妳都記住了嗎？孩子們也看得懂詠唱牌？」

「是的。不只歌牌的詠唱牌，孤兒院的孩子們也都看得懂兒童版聖典繪本喔。因為冬天的時候學完了。」

「妳說……冬天的時候？」

齊爾維斯特驚愕地瞠大眼。我挺起胸膛，用力點頭。

「是的。因為冬天被暴風雪困在屋子裡，什麼事也沒辦法做吧？雖然比較大的孩子們會負責做工坊的手工活，但還小的孩子們做不了多少事情。所以，大家會一起看書，一起玩歌牌，還會用那邊的撲克牌玩遊戲，現在也稍微看得懂數字，也會簡單的計算了。」

我得意地發表了冬季神殿教室的成果後，明明應已聽法藍報告過的神官長卻扶著額頭，呼喚我的名字：「梅茵。」

「神官長，怎麼了嗎？」

「……之後再說。」

神官長嘆一口氣，表情像是竭盡全力把想說的話吞回去。

……怎麼有種說教正在等著我的強烈預感，為什麼？

我歪過頭，齊爾維斯特大力捉住我的肩膀。

「那麼，接下來帶我們去工坊吧。」

「是，我知道了。」

我和平常一樣走向樓梯，想從女舍底樓穿後門過去。

「梅茵大人，現在帶著客人……」

葳瑪用為難的聲音叫住我，我才恍然驚覺，停下腳步，然後一百八十度轉彎。要帶客人參觀，怎麼可以走後門。但是，因為我突然改變方向，在神官長他們看來就像是在隱瞞什麼事情，兩人表情變得有些嚴厲，看著樓梯問：

「慢著，那裡有什麼？」

「是平常去工坊時使用的後門。因為神官長和齊爾維斯特大人是客人，應該要帶兩位走正門才對。是我太不小心了。」

我說完，神官長的眉頭皺得更深了。

「……孤兒院的後門？我從沒看過。」

「帶我們走這邊。」

基於兩人的要求，由葳瑪帶頭，我一如往常走下樓梯。現在女舍的底樓正在準備午餐，可以聽到女孩子們聊天說話的聲音，還有讓人食指大動的香氣。但是，葳瑪一快步走下樓梯，說話聲也戛然而止。我們走進底樓後，所有人便丟下正煮著湯的大鍋子，退到牆邊跪下。

「哦……孤兒院的伙食就是在這裡煮的嗎？」

「是的。雖然在這裡只有煮湯。」

我向神官長報告過，神的恩惠不足的部分，會由孤兒院自己煮湯補足。兩個人多半連自己的廚房也沒有走進去看過，來到現場覺得很新奇吧，探頭往咕嘟咕嘟作響的鍋子裡察看。

「這個湯很像是妳之前在新福儀式時分我一半的湯吧？」

「做法就是我提供的，所以是一樣的沒錯喔。」

「孤兒每天都能吃到這種東西，未免太奢侈了吧？」

齊爾維斯特用沒好氣的眼神低頭看我。我有些不高興。都是因為青衣神官和巫女變少了，神的恩惠也減少了，孤兒們若不自己賺錢、自己煮飯，根本活不下去，這樣子哪算太奢侈了。不過，這種抱怨當然不能對身為青衣神官的齊爾維斯特說。

「這麼說來，聽說這裡也會做平民的甜點吧？記得達穆爾在報告時提過。」

神官長說完，齊爾維斯特的雙眼瞪得老大。

「還有甜點?!太奢侈了！」

「並不是真的奢侈，因為跟貴族只要花錢就能買到的砂糖和蜂蜜不一樣，那是只有冬天放晴早晨才能採到的水果，並不是每天都能吃到。而且，孤兒院因為人數眾多，每個人可以吃到的量也很少。只不過因為只有冬天才吃得到，很美味就是了。對吧，達穆爾大人？」

達穆爾來回看著神官長和齊爾維斯特，顯然十分在意刺人的目光，忙不迭點頭。齊爾維斯特用嫉妒的眼神忿忿瞪著達穆爾。

「達穆爾，我看你在這裡過得很快活嘛？」

「我想應該沒有齊爾維斯特大人想的那麼快活喔，反而常常勞心勞力。」

上次才因為我暈倒，嚇得心跳差點停止，現在又被上級貴族怒目瞪視，我想達穆爾的生活絕對稱不上快活。

「我們繼續待在這裡，湯都要煮焦了，還是去工坊吧。」

我很擔心齊爾維斯特要是開口說出他想吃帕露煎餅，那可就麻煩了，所以趕緊結束話題，從後門離開，前往位在禮拜堂另外一邊的孤兒院男舍。

「這裡就是男舍底樓的梅茵工坊。」

法藍介紹道，我點點頭，走進工坊。於是和女舍的情形一樣，所有人都停下雙手的工作，一致退到牆邊跪下。當中還有從奇爾博塔商會來的三人。

「現在因為春天到了，開始在生產植物紙。做好大量紙張後，就會做繪本。」

今天因為不能去森林，大家正在抄紙和晒乾紙張。齊爾維斯特環顧了工坊內部後，用鼻子噴氣。

「梅茵，玩具是在哪裡製造？」

「玩具只在冬季期間製作，現在已經結束了。只要再訂購材料，不出多久就能完成，但工坊都是最優先製作紙張和繪本。」

我說完，齊爾維斯特納悶地眨了眨深綠色雙眼。

「明明玩具更有趣，更有銷路，為什麼要最優先做紙和繪本？」

「因為我想要啊。」

在我的工坊做我想要的東西，有什麼不對嗎？跟賣不賣得好無關，我就是想要書。梅茵工坊也是為此而存在。聽了我的主張，齊爾維斯特整個人都愣住了，像是不敢相信。

「該怎麼說……妳還真是為所欲為。」

「咦？這句話輪得到齊爾維斯特大人來說嗎？」

齊爾維斯特簡直完美體現了為所欲為這句成語，他才沒資格說我。我們各自為彼此的發言感到驚愕，瞪大眼睛。神官長按著太陽穴說了：

「不變的事實就是你們都是我頭痛的來源。」

「唔嗚……」

「不說這個了，梅茵。我想看的是工坊實際在運作的樣子。所有人快工作。」

不同於我，齊爾維斯特徹底無視神官長說的話，命令眾人。於是灰衣神官們迅速起身，開始做事。絕對是齊爾維斯特更為所欲為又隨心所欲。

灰衣神官們開始動作以後，只剩下奇爾博塔商會的三個人還跪在牆邊。

「神官長已經認識這幾位了，所以請容我向齊爾維斯特大人介紹吧。這一位是奇爾博塔商會的班諾大人，這兩位是都帕里學徒的萊昂和路茲。」

「嗯，就是買賣工坊商品的商人嗎？」

齊爾維斯特瞄了眼重新開始作業的工坊，低頭看向班諾他們。

「是的，梅茵工坊製作的物品，都是委由奇爾博塔商會販售。齊爾維斯特大人感興趣的餐廳，也是奇爾博塔商會要開始經營的新店家。還請您多多關照。」

「哦……把頭抬起來。允許你們直接回答。」

「感激不盡。」

班諾說著抬起頭來，卻沒有馬上接著問候，只見他先吸了一口氣。

「班諾大人？」

「幸得水之女神芙琉朵蕾妮清澄的指引與您會面，願能蒙受您的祝福。」

班諾說得像是很勉強把聲音擠出來，再一次低下頭去。齊爾維斯特手倚著下巴，不知道在想些什麼，低頭看著班諾，然後忽然笑了。眼神就好像是發現了獵物的猛獸，為什麼呢？

「班諾，聽說你要開間很有意思的餐廳嘛？正好我一直想找個機會和你好好談談。我回房和班諾討論一下餐廳的事情。班諾，跟我來。」

「遵命。」班諾應道，有些踉蹌地起身。發現班諾的臉色不太好看，我忍不住開口提醒齊爾維斯特。

「齊爾維斯特大人，說好不交換廚師的喔。」

「……我不會談這件事。只是生意上的事情。」

「那就好。」

如果要談生意，那就是班諾身為商人的工作，我不能插嘴。

「梅茵，這臺機器是什麼？」

神官長問道，我一邊在意著被齊爾維斯特帶走的班諾，一邊走過去說明。神官長注視著的，是正用壓榨機改裝到一半的印刷機。

「這個是新的印刷機。雖然還沒有完成，但在我去祈福儀式的時候，已經大致上成形了。真期待完成的那天呢。」

「這要怎麼使用？雖然達穆爾向我報告過，但我實在聽不明白。」

對於神官長的問題，我叫來吉魯，請他實際示範大概流程。

「吉魯，麻煩你準備墨水。神官長，這個就是金屬活字，像這樣檢字以後，拼成文章。」

「……金屬活字？還真像是一顆顆小印章。」

神官長拿起金屬活字端詳，我在旁邊請法藍拿來活字，拼成短文。吉魯再把短文放進印版裡，縫隙間放上木板，固定住金屬活字。

「梅茵大人，好了。」

「那幫我印這行字吧？紙就用做失敗的紙張。」

吉魯把印版放在印刷機上，塗上墨水，再把紙放上去。

「其實接下來本來是要操縱印刷機，用力壓下去，讓墨水印在紙上，但現在因為還沒完成，所以是用馬連把墨水按壓在紙上。印好以後，拿去晾乾，再接著印下一張紙。但這次因為不要浪費紙張，所以是印在其他空白的地方上。」

吉魯在同一張紙上，印了好幾次相同的短文。神官長愕然地望著紙張，我挺胸再說：「如果是用印刷機印，會比用馬連按壓還快喔。很厲害吧？」但是，還以為神官長會稱讚我做的新印刷機，他卻是扶著額頭。

「歷史會改變嗎……原來如此。」

「……咦？嗯？」

我還以為擁有那麼多昂貴書籍的神官長會很開心，反應卻不如我的預期。神官長低頭看著我，微微一笑，淡金色的眼眸讀取不出任何情緒，非常恐怖。

「梅茵，我又有很多話想問妳，也想告訴妳了。」

……咦？我明明都有透過法藍和達穆爾向神官長報告吧？為什麼？

青衣神官的禮物

這天的參觀安然無事地落幕了。和班諾談完生意，齊爾維斯特回到工坊後，一下子想試著抄紙，一下子想把紙貼在木板上，結果弄破了好幾張紙，但這些都在我的預料範圍之內。工作器具既沒有遭到破壞，齊爾維斯特看來也心滿意足，所以結果算是還不錯吧。雖然有種強烈的預感，神官長事後會對我大發雷霆和進行審問，但總之一切暫時是結束了。

不過，不知道究竟談了什麼事情，班諾和齊爾維斯特一起回來時，臉色明顯憔悴不堪。參觀完後，班諾來到院長室，虛脫無力地垂著腦袋。看起來要是不休息一會兒，恐怕連走回去的力氣都沒有。

「班諾先生，齊爾維斯特大人對你說了什麼嗎？要是他說了什麼太過分的話，我可以幫你去向神官長告狀喔？」

雖然我幫不上什麼忙，但要是他太過分，神官長應該願意變出笏板教訓他。但明明我是基於好心才這麼提議，班諾卻臭著臉悶不吭聲，然後開始用拳頭鑽我的頭。

「好痛、好痛！為什麼?!」

「……都是妳的錯。」

班諾的表情兇惡，用平靜的語氣說道，再度掄起拳頭。我立刻護住自己的腦袋，眼眶泛淚地瞪著班諾。

「我做錯什麼事情了嗎?!」

「不能說。雖然不能說，但都是妳的錯。」

「難道是因為沒有交換廚師，齊爾維斯特大人刁難你了嗎？」

如果是因為我的關係，齊爾維斯特才找班諾麻煩，我只想得到這個原因。但是，班諾臉上露出了完全沒想到這件事的表情，搖搖頭說：「完全不是。」

「那不然是為什麼？」

班諾用充滿怨恨的眼神直瞅著我，抓了抓往上固定的頭髮，「啊～」地呻吟。

「……算了。唯一能肯定的是，這確實是千載難逢的好機會。雖然不知道我能不能妥善運用。」

「哦……雖然不知道是怎麼一回事，但請加油喔。」

我一頭霧水地為班諾加油打氣，但不知道是哪裡惹他不高興，班諾伸出雙手用力捏我臉頰。

「好『冬』喔……班諾先生，你要在這裡吃完午飯再回去嗎？」

「不了，我想回去整理思緒。」

班諾說完，咯噔一聲站起來，踩著堪比筋疲力竭上班族的腳步回去了。齊爾維斯特到底對班諾說了什麼啊？

當天下午，我收到了兩封信。一封是神官長邀請我去說教房間的邀請函，時間是後天下午，正好是回家之前。只要想想聽完說教以後就能向家人撒嬌，應該可以熬得過去吧。我馬上回信答覆沒問題。

另一封是齊爾維斯特寄來的，除了對今天參觀的事情表達謝意外，還命令我明天帶他去森林。他說得簡單，但我去森林可不是一件簡單的事。不論是從體力上來看，還是從需要護衛這點來看。

「達穆爾大人，我應該沒辦法去森林吧？」

我用指尖彈向信函，嘀咕說道。必須同行擔任護衛的達穆爾一臉哭笑不得，輕輕聳肩。

「首先，見習巫女根本走不到森林吧？」

「可以喔。因為在受洗之前，我常常走去森林……雖然要花比較久時間。」

極少有成年男性富有耐心，願意配合我的速度走路，所以最近常常被人抱著移動。但是，我並不是無法自己走路，只是比別人慢了一點而已。

「我明白了。那麼，先不論見習巫女走不走得到，為了保護妳的安全，我是不建議妳去森林。不能請其他人幫忙帶路嗎？」

對象可是那個奔放不羈的齊爾維斯特。如果父親休息，我會拜託父親，但父親後天才放假。多莉之前說過，父親為了能來接我，調整了休息的日子。多莉也會一起來接我，所以兩人明天肯定都要工作。

「大概只能拜託路茲了，但會造成他很大的負擔吧。」

路茲說過如果明天放晴，會帶孩子們去森林，也只能拜託他了。考慮到應對的對象是齊爾維斯特，其實我更想拜託年紀快要成年的萊昂，但萊昂因為是商人的孩子，不太常去森林，對森林並不熟悉。

隔天，我吃完早餐在練習飛蘇平琴時，已經去了工坊的吉魯突然衝進來。

「梅茵大人，青衣神官已經在工坊等妳了！啊，不對，是在等您了！」

現在第二鐘一響，吉魯會去開工坊的門，然後直到灰衣神官們在孤兒院吃完早餐、來到工坊之前，為當天的工作進行準備。但是，他今天一去開工坊的門，卻發現齊爾維斯特已經穿上了髒兮兮的舊衣，意氣風發地等在工坊前面。

吉魯驚慌失措地趕來報告，所以我也中斷飛蘇平琴的練習，和達穆爾及吉魯一起趕往工坊。抵達工坊的時候，孤兒院的大家大概也剛好吃完了早餐，只見無比惶恐的灰衣神官們，還有揹著籃子準備要去森林的孩子們開始在工坊前集合。齊爾維斯特拿著格外氣派的弓箭站在其中。

「齊爾維斯特大人，早安。」

「梅茵，妳太慢了。」

不滿地瞪我也沒用。

「是齊爾維斯特大人太早來了，所有人都還沒到齊呢……而且，我根本沒辦法去森林，因為只會礙手礙腳。」

「這倒是事實。那麼，要由誰來帶路？」

齊爾維斯特用充滿期待的深綠色雙眼環顧四周，綁成一束的藍紫色頭髮在背部中心搖晃。銀製髮飾和那身舊衣服一點也不搭。

「平常都是由奇爾博塔商會的都帕里學徒路茲和萊昂帶孩子們去森林。今天我也打算拜託路茲，所以請你先等他們過來吧。」

我請齊爾維斯特先坐在工坊裡的木箱上，但他毛毛躁躁地走來走去。我不禁嘆氣。

「齊爾維斯特大人，你真的要去森林嗎？」

「是啊，所以我才叫妳準備了舊衣服。妳看，意外地很適合我吧？」

齊爾維斯特露出得意的笑容，張開雙手向我展示身上的舊衣，但才不適合。全身上下只有那件舊衣顯得格外突兀。任我怎麼看，都只有種有錢人正享受著假扮成平民但其實一點也不像平民的感覺。

不過，至少能肯定他真的很期待去打獵。雖然換上了去森林的舊衣，但腳上穿著磨損有些嚴重的皮革短靴。大概是覺得我準備的木鞋不好行動吧。手上拿著在這一帶鮮少看到的華麗精美弓箭，看樣子真的滿腦子只想著打獵。

「齊爾維斯特大人，如果你真的想前往森林打獵，那請答應我，今天會遵守負責帶路的路茲的指示。」

齊爾維斯特的表情稍微變得嚴肅，轉頭看向我。雖然我們之間有著貴族與平民的身分差距，但同樣是青衣神官，原則上在神殿裡頭我們的地位是平等的。現在神官長不在這裡，能夠勸告齊爾維斯特的人就只有我了。

「就像貴族的森林有規矩要遵守一樣，平民區的森林也有自己的規定。森林裡頭有分採集區域和打獵區域，也有和其他獵人間要遵守的規定。如果你不遵守規定，卻在發生事情的時候才主張貴族的權利，那麼請你從一開始就前往貴族的森林打獵。」

在平民區的森林，為了讓大家都能利用，受洗前的孩子們也能去採集幫忙家務，有一些已經是約定俗成的默契。要是打獵時不遵守這些規則，有可能會害別人受傷。倘若齊爾維斯特說他才不管平民區的規定，那我只好拜託神官長，請他出面阻止。聽完我的說明，齊爾維斯特神色認真地點點頭，答應了我。

「畢竟我是第一次去，當然要聽嚮導的話。」

齊爾維斯特豪爽大方地點頭答應，這時路茲和萊昂來了。今天兩人都是一身要去森林的裝扮。

「梅茵，早安。難得妳這時候出現在工坊耶。」

「路茲，早安。萊昂，早安。」

「早安，梅茵大人。」

兩人打完招呼後，才發現威武站著的齊爾維斯特，急忙問候致意。兩個人手足無措，不明白昨天的青衣神官為什麼會穿著舊衣出現在這裡，於是我向兩人轉達齊爾維斯特今天想去森林打獵的要求。

「路茲，真的很不好意思，但齊爾維斯特大人就拜託你了。萊昂、吉魯，今天就請你們兩人監督去採集的孩子們了……現在可以交給你們了吧？」

「遵命。」

齊爾維斯特拿著與髒兮兮舊衣完全不搭的華美弓箭，和率領著孤兒院孩子們的路茲三人一同往森林出發。

「真是教人不安。」

「相信齊爾維斯特大人自有打算。見習巫女，回房間了。」

但看起來齊爾維斯特根本沒有什麼打算吧——我一邊在心裡反駁達穆爾，一邊邁步走回院長室。

「梅茵，可以借用一下妳的廚師嗎？獵物太多了！」

就在太陽開始西下，第六鐘感覺也快要響起的時候，路茲衝進院長室來這麼喊道。雖然不太好意思在快要回去的這個時間再丟工作給廚師他們，但如果要處理獵物，熟練的人速度一定壓倒性快。孩子們都才開始握菜刀不久，要把處理的工作全部交給他們，確實是太勉強了。

「法藍，可以幫我拜託雨果他們嗎？達穆爾大人，那我們快去工坊吧。」

達穆爾和我抵達工坊的時候，只見工坊前面到處都是被拔下來的羽毛，而且遍地血跡斑斑，另外還有正專注拔著羽毛的孩子們。不光是我，拿著菜刀趕來的雨果和艾拉看見工坊前的景象，也都瞪大了眼睛說：「哇。」聽見兩人的聲音，齊爾維斯特回過頭來，得意地挺起胸膛。

「梅茵，妳瞧！獵物有這麼多。怎麼樣，很厲害吧？都是我打到的。」

「齊爾維斯特大人，你回來啦。」

齊爾維斯特的心情好得教人吃驚。看起來他總共獵到了四隻小鳥和一隻小鹿，雨果和艾拉馬上從放在檯子上的小鹿開始進行解體作業。

「艾拉，血好像已經放得差不多了，先把容易腐敗的內臟拿出來。今天沒時間了，肉等明天再處理。」

我稍微拉開了點距離，看著兩人以俐落的手法剖開小鹿，孩子們則笑容滿面地一邊拔著羽毛，一邊向我報告今天的事情。無論是以前只看過肉煮好樣子的孩子們，還是如今在這種狀況下也能不發抖說話的我，都成長了很多呢。

「梅茵大人，齊爾大人好厲害喔！小鳥本來高高飛在天上，突然間就掉下來，原來是被齊爾大人射中了。」

「吊在樹枝上面放血的小鳥還變得越來越多，地面都是一片血海喔！」

「齊爾大人還打敗了想來搶走小鳥的野獸！但因為齊爾大人說那種野獸的肉很硬又難吃，所以就沒有帶回來了。」

孩子們非常興奮，七嘴八舌地說著齊爾維斯特的英勇事蹟，但想像了森林裡的模樣後，我覺得有點恐怖。不過，聽到孩子們的大力稱讚，齊爾維斯特笑得十分開心。

「居然一天之內就能打到這麼多獵物，齊爾維斯特大人真的很厲害呢。那麼，這些打算怎麼處置呢？應該要送到齊爾維斯特大人的廚房吧？」

送去給齊爾維斯特的廚師料理比較好吧？我提議後，齊爾維斯特急忙搖頭，速度快得像是送去廚房會讓他非常困擾。

「不了，我不需要這些食物。對了，就留給孤兒們享用吧。」

「哇啊！謝謝齊爾大人！」

「齊爾大人，太棒了！下次請再讓我們和您一起去森林！」

因為平常分不到什麼肉，這會兒得到了這麼多肉，孩子們全都歡天喜地，雙眼為了吃熠熠發亮，極力讚頌齊爾維斯特。

「請問……齊爾大人是？」

雖然孩子們叫得非常順口，但這樣子稱呼不會不禮貌嗎？我戰戰兢兢地問齊爾維斯特。

「嗯，因為齊爾維斯特好像不好唸，我就縮短了。但是，妳不能這麼叫。」

「為什麼？」

我側過頭，齊爾維斯特用揶揄的眼神往下看我，哼了一聲。

「我只有來這裡才會見到孤兒院的孩子們，但我和妳會像祈福儀式那樣，在其他地方也見得到面吧。像妳這樣冒失的丫頭，到時候有可能會叫錯。」

連相處沒有多久的齊爾維斯特也說我冒失，真是不甘心，但確實被他說中了。我稍微垮下了頭，只能同意：「你說得沒錯。」

齊爾維斯特對此笑了起來，戳戳我的臉頰。

「今天好久沒玩得這麼開心了。梅茵，這個給妳當禮物。」

齊爾維斯特把拳頭伸到我面前。還以為他掌心裡拿著在森林裡撿到的果實或昆蟲，結果是一條項鍊，鑲著黑瑪瑙般黝黑的石頭。

「是，謝謝齊爾維斯特大人……這個是什麼？魔導具嗎？」

「算是魔導具的一種，但有了這個也無法使用魔法。所以就算向神祈禱，也不會發生任何事情。」

所以是像防止竊聽的魔導具那樣，屬於擁有既定用途的魔導具吧。我暗暗自己理解，仰頭看向齊爾維斯特。

「這個是用來做什麼的呢？」

「因為我暫時要外出一陣子，算是緊急情況用的護身符。要是妳身陷險境，就蓋血印在這個黑色石頭上。我會趕來救妳。」

但我會有需要向齊爾維斯特求助的事情嗎？只要向神官長哭訴，應該十之八九都能解決。不過，有人送我東西就先收下吧。

「轉過去，我幫妳戴上。」

於是我一骨碌轉身。但明明聽話照做了，齊爾維斯特卻嘖了一聲。

「把頭髮撥開，這樣我怎麼幫妳戴上?!沒有男人送過妳飾品嗎？」

「至少有人幫我戴過髮飾啦。」

印象中班諾幫我戴過髮飾。不過，男人送我項鍊這種事，連在麗乃那時候也沒有發生過。不對，麗乃那時候除了家人以外，從來沒人送過我飾品。這樣想來，我都還沒有年滿八歲，就有男人送過我髮飾和項鍊，稱得上是豐功偉業吧？

……果然是臉嗎？臉才是最重要的嗎？

變成梅茵以後，在麗乃那時候曾被青梅竹馬小修說過「那個思考異於常人的愛書妖怪永遠也不可能受歡迎啦」的我，這次終於要桃花運大開了嗎？

「齊爾維斯特大人，我戴起來好看嗎？」

「護身符哪有什麼好看不好看，別拿下來就好。」

……就算我是小孩子，這時候稱讚一下有什麼關係嘛。

聽了齊爾維斯特令人掃興的感想，我不滿地鼓起臉頰。他伸來雙手夾住我的臉，再用力往下壓。我「噗」地吐出空氣。但是，齊爾維斯特並沒有放開手，反而在擠著我臉頰的手上更加使力。

「梅茵，一定要不離身地戴在身上。聽到了嗎？」

齊爾維斯特那雙深綠色的眼眸望著我，前所未見的認真。

和神官長的談話與返家

這天要去聆聽神官長的說教，然後回到久違的家，可說是一天之內同時品嘗到天堂與地獄的滋味。越是期待傍晚父親和多莉來接我，越想到得先跨過神官長這道說教大關，胃就彷彿有千斤重。

「梅茵，跟我來。」

「是……」

和法藍及達穆爾一同前往神官長室後，如同邀請函上的宣告，我立刻被帶進了已然成為說教房間的秘密房間。我如同往常照著指示坐在長椅上。神官長拿來桌上的木板，把墨水放在小臺子上，手拿著筆，蹺起一隻腳，擺出審問的態勢看著我。

「我叫妳來不是要訓話。我之前說過，有很多話想問妳，也想告訴妳。首先，關於妳正在製作的印刷機，我想更加了解詳情。」

神官長似乎是把參觀時無法在梅茵工坊裡發問的事情整理成了清單，接連問了印刷機能夠印刷的數量和速度。但是，這些問題我都沒辦法給出明確的答案。

「現在一臺印刷機都還沒有完成，要做一本純文字的書籍，也還需要更加大量的金屬活字。而且現在工坊若不自己做紙和墨水，也沒辦法動手印刷。就算做好了一臺印刷機，如果不實際試印看看，根本不知道能以怎樣的速度，印出多少的量。」

「原來如此。」神官長應著，低頭看向手上的木板。

「那麼，我想問問歷史會改變這一點。一旦開始印刷，至今人為抄寫的書籍會怎麼演變？以抄寫書籍為業的人，在妳的世界後來怎麼樣了？」

「如果只是興趣那還好，但如果是以此為業的人，會被機械化的時代潮流影響，逐漸遭到淘汰。我想應該會歷經一、兩百年的時間慢慢式微，但不至於在十幾、二十年內就馬上消失。」

神官長在木板上不停寫字，表情變得凝重。

「妳說在妳那個世界，所有國民都會接受教育，所以所有人都識字，也看得懂書籍，但不可能一開始就是這樣吧。那麼識字率提升、書籍普及以後，整個社會有什麼轉變？」

「變了很多喔。不過，造成的影響每個國家都不一樣，也會依據社會情勢而有所不同。所以既然是不同的世界，我想無法當作參考。」

「舉例來說有怎樣的演變？」

神官長追問，我開始回想麗乃那時候的歷史。雖然造成的影響各有不同，但神官長又沒有半點關於那個世界的知識，不知道能不能明白我說的。

「舉例來說，有的情況是民眾互相分享資訊、得到知識以後，便推翻原有的支配階級，由人民自己開始主導政治。反過來說，也有些指導者是把對己方有利的情報印在紙上，散播出去，恣意集體操控民眾的思考，加以煽動。民眾懂得文字以後，雖然傳達資訊的手段比起以往會有大幅的改變，但到底有什麼、又會怎麼改變，又有誰、會怎麼加以利用，這些我都無法肯定。」

「所以要看怎麼利用，又因為影響太過巨大，無法肯定會有什麼後果嗎？真是棘手……」

神官長一面低喃，一面又在木板上繼續寫字。

「但這個世界和我知道的世界不一樣，若沒有擁有魔力的貴族，社會就無法正常運作吧？那即便識字率上升，書本普及了，也不能從同樣的觀點來推斷人民的演變。我反而覺得，應該要把貴族為了民眾有多麼努力這件事寫成書，然後廣為宣傳。不過，要是貴族和神官沒在認真工作，會造成反效果就是了……」

「這是什麼意思？」

神官長投來不解的眼光，我輕輕聳肩。

「因為城裡的人們，都不知道貴族到底在做什麼啊。在農村會舉行祈福儀式，親眼看到貴族和青衣神官用魔力盈滿聖杯，因而意識到與自己的生活息息相關。所以對神的信仰很虔誠，也和城裡的居民不一樣，很自然就會為神獻上祈禱。」

「我從沒想過城裡人民的信仰是否虔誠，也沒想過要讓平民了解貴族的工作……妳的看法真有意思。看待事物的角度與我們完全不同。」

不只身分上的差異，現在我腦海裡麗乃的記憶還非常鮮明。對於我的看法與這裡的人大不相同，神官長似乎覺得很有趣。

「嗯……那麼站在我的角度，再考慮到現今的情況，我必須命令妳，暫時禁止印刷。」

「咦？為什麼？」

「因為如妳所說，不清楚人民會有怎樣的轉變，但也可預見能以魔力進行統御。但是，可以肯定貴族會對此產生強烈的反彈。」

依據神官長的說明，能夠抄寫書籍的人，都能藉此獲得穩定的高收入。此外，貴族院裡有許多老家並不富裕的貧窮學生，以及神官和巫女，都是靠著抄寫書籍賺取生活費。所以如果純文字的書籍突然間開始大量印刷，肯定會招來那些下級貴族的怨恨。

「……也就是說，這方面的既得利益者是貴族囉？」

貴族的權力與至今的既得利益者相比，根本不能相提並論。這太可怕了。我打了個冷顫，神官長點頭表示肯定。

「先前妳印製的書籍，都是給孩童看的繪本，也說過是以切割紙張的方式進行印刷，所以無法大量生產。因此，我才認為對於以抄書維生的貴族和神官來說，不會造成太大影響，不需要特別禁止。但是，換作是使用印刷機會如何？」

我會想準備金屬活字，就是因為一個字一個字用小刀切割太麻煩了。我只是希望可以用更輕鬆的方式做出純文字書籍。但是，這項行為無異於在奪走抄寫員的工作，而且在麗乃的世界裡早已經發生過了。

「那暫時禁止印刷……要等到什麼時候才可以呢？」

好不容易印刷機完成了卻不能印書，太痛苦了。我要忍耐到什麼時候才可以呢——我問完，神官長淡金色的雙眼筆直望著我說：

「直到妳成為卡斯泰德的養女為止。」

「咦？」

「平民若想侵犯貴族的領域，會在頃刻間遭到撲滅。但是，假使妳變成這塊土地的上級貴族，又在領主的許可下，做為領地的事業開始印刷，便不會被輕易擊垮。」

如果對象只是一介平民，三兩下就會被摧毀吧。但是，如果我成為上級貴族的養女，又得到領主的許可，以國家事業的形式開始發展，只是藉此賺取零用錢的下級貴族就無法輕易擊垮。神官長反而要我把下級貴族也拉攏進印刷事業裡來。他說只要整個領地一鼓作氣發展印刷業，誰也無法將之摧毀。對於事情的規模突然變大，我忍不住吞了吞口水。

……可是，在印刷機已經做好的情況下，我能再等兩年以上的時間才印書嗎？變成梅茵生活到現在，也才經過了兩年半。在一樣這麼長的時間裡，我能夠忍著不做兒童繪本以外的書籍嗎？

像是看穿了我轉個不停的思緒，神官長直視著我，慢慢彎起嘴角。

「怎麼樣，梅茵？要不要立刻成為卡斯泰德的養女？」

馬上就能做書喔——面對這樣的誘惑，內心的天秤有那麼一瞬間傾向另外一邊。但是，真的只有一瞬間而已，我馬上搖頭。

「不要。好不容易、好不容易可以回家了……」

「妳對卡斯泰德當妳的養父有不滿嗎？」

「怎麼可能。我認為卡斯泰德大人是位非常值得尊敬的人。個性穩重，又很可靠，地位又高，以養父來看，沒有比他更理想的人選了。」

但是，我還是想和家人在一起。都已經訂下了期限，頂多只到十歲為止，我不想再縮得更短了。

「是因為和家人分開，才這麼想念家人嗎……那妳先回家盡情享受天倫之樂，再好好考慮吧。也許會出現不同的答案。」

神官長帶著微笑的臉龐顯得有些得意，大概是料想我會因為忍受不了無法做書，等不到十歲就表示要成為養女吧。我握緊大腿上的拳頭，筆直回望神官長。

「我的答案才不會變。直到說好的時間為止，我都想和家人在一起……以前就是因為把書擺在第一順位，我才知道自己有多麼不孝，也必須要好好珍惜現在的家人。而且讓我明白到這些事的，就是神官長啊。」

那個魔導具讓我身歷其境地回顧了自己的過去，深刻明白到自己已經失去了那裡的家人，再也見不到面。我已經和麗乃那時候不一樣了，不會再為了書不顧一切。神官長聽了，表情有些感傷。

「既然妳的決心這麼堅定，那也無可奈何。接下來兩年的時間，妳要小心別越界，只專心製作兒童繪本吧。」

「……是。」

「梅茵，我們來接妳了。」

「妳和神官長談完了嗎？」

和神官長談完事情，回到院長室，父親和多莉已經在一樓的客廳等著接我回家。

「爸爸、多莉！」

一看到兩人，和神官長談論事情時的煩悶與不安便飛到九霄雲外去。我在門邊撇下法藍和達穆爾，衝向父親。

「喝！」

飛撲向父親後，父親立刻如預料中地把我抱起來。先是把我高高抱起，轉了一圈後把我放下來，再大力摸我的頭，直到頭髮都被揉亂了為止。這已經是我們之間心照不宣的默契。

「梅茵真是的，頭髮又亂七八糟了啦。」

多莉笑著看著我與父親的重逢，摘下我的髮簪，用手幫我梳好頭髮。握著多莉拿下來的髮簪，我懷念地感受著多莉幫我整理頭髮的感覺。

「我馬上去換衣服，你們等我喔。」

我無比開心地走上二樓，讓戴莉雅協助我換衣服。脫下青衣巫女服，再脫下貴族千金在穿的輕飄飄長袖外衣，然後穿上久違的奇爾博塔商會學徒制服。好像稍微變小了點，但也可能只是錯覺。

要住進神殿的時候因為就快下雪了，冷得必須穿上厚厚的大衣才能禦寒，如今總算能夠回家，卻已經不需要再穿大衣了。

「梅茵大人……家人真的有那麼好嗎？」

戴莉雅幫我扣上襯衫的鈕扣，不可思議地側著小臉。

「就算我全心全意地侍奉梅茵大人，您還是會離開。比起我們，和家人在一起更好嗎？」

「我不討厭在這裡過冬的生活喔。大家都很用心服侍我，在這裡也過得非常舒適。可是，我還是會感到寂寞，所以想回家，和家人在一起。」

我知道戴莉雅盡心盡力在服侍我，但是，我還是想回家。想回到家人身邊。

「戴莉雅，對不起喔。」

「梅茵大人並不需要道歉呀……我只是真的不明白，家人是什麼呢？」

戴莉雅的語氣並不是在責怪想回到家人身邊的主人，她眨著水藍色大眼，只是感到無法理解。戴莉雅從小在孤兒院生活，沒有看過父母親，也一直躲著和她一起長大的孤兒們，所以身邊沒有關係像是家人的人。

「嗯……我想對每個人來說定義都不一樣，但對我來說，是我的歸宿吧。」

「歸宿……嗎？」

「對，是我最能感到安心的地方。」

聽完我的回答，戴莉雅羨慕地看向樓梯的方向。

「……那確實很棒呢。」

換好衣服，我伸手拿起要帶回家的行李。羅吉娜見了，立即開口指正：

「梅茵大人，您表現得太心急了。請冷靜下來，舉止要再優雅一些。此外，您飛蘇平琴的琴藝在冬季期間進步了許多，言行舉止也有改善。但因為梅茵大人很容易受環境影響，還請您返家之後要繼續留意，不要忘記了。」

羅吉娜儼然變成了神官長，諄諄教誨地說著回家後也要注意的事情，多到我都想請她寫成清單了。我絕對無法全部記下來。又不是再也見不到面，好像太誇張了。

「羅吉娜，我明天會再過來，可以明天再說嗎？」

「說得也是呢……梅茵大人明天會再過來。」

羅吉娜驚覺地捂住嘴巴，接著露出了有些落寞的微笑。

「我忍不住以為，梅茵大人再也不會過來了。因為說要返家的克莉絲汀妮大人，再也沒有回來過神殿。」

羅吉娜臉上的神色，深刻流露出了她被拋在神殿裡的哀傷，我才意識到前任主人在她心裡造成的創傷比我想的還要嚴重。

「羅吉娜，我很快會再來神殿的。」

「是的，我會等您再次到來。」

要帶回家的東西並不多。華美的衣服和鞋子都不需要，生活用品家裡也有，所以只要把之前帶來的托特包帶回家就好。我帶著托特包走下樓梯，戴莉雅和羅吉娜也跟著我下樓。看來是要送我到玄關。

「爸爸、多莉，讓你們久等了。」

所有侍從在一樓全員到齊。吉魯的樣子明顯是接到通知後，急忙從工坊趕回來，法藍則是接下來要一起送我回家，換上了可以外出的服裝。

「那我們回家吧。各位，這麼長時間來謝謝你們照顧梅茵。」

「照顧梅茵大人也是當然的，因為我們是她的侍從啊。」

父親說完，吉魯咧嘴一笑。吉魯說話又是一半有禮貌，一半還和以前一樣，我忍不住笑了起來，然後環顧大家。

「那麼，麻煩大家留守了。」

「期盼您及早歸來。」

侍從們一同下跪，並在胸前交叉手臂。

達穆爾因為是護衛，必須和我們一起走回家。又因為達穆爾至今沒來過我家，所以法藍為了在回程時幫忙帶路，也與我們同行。再到工坊前面和結束了工作的路茲會合，結伴踏上歸途。

走出神殿的大門，我走在已經看不到積雪的石板路上，感到非常懷念。好久沒有自己走在大道上了，今天還是和路茲及多莉一起手牽著手。在神殿裡頭，我不可能像這樣和別人牽著手走路。兩邊的手都好溫暖，心情真好。

父親和達穆爾及法藍討論著潛伏於四周的危險和城裡的守備，跟在我們身後。

「好久沒有配合梅茵的速度走路了。」

「欸，梅茵，妳待在神殿這段期間，走路速度是不是變慢了啊？」

「不會吧?!我變慢了嗎?!」

在神殿裡移動的時候，法藍和達穆爾都不會催促我，趕時間時就把我抱起來搬運。因為誰也不催我，我就照著自己的步調移動，所以確實有可能變慢。

「那之前是多快？這麼快嗎？」

我卯足了全力邁動雙腳，路茲笑著搖頭制止。

「梅茵，住手啦。這又不用努力變快。隔了這麼久，就慢慢走回家吧。」

接下來我一邊左右張望，一邊慢慢踱步走著，然後看見了奇爾博塔商會，因此想起了神官長命令我暫時都不能印書。

「看來明天要去找班諾先生談談了……」

「怎麼了嗎？」

「神官長要我暫時不能印書，要報告這件事情。」

我聳肩說完，多莉張大了藍色雙眼看我。

「咦？為什麼？印書不是梅茵非常想做的事情嗎？」

「是因為貴族的關係。」

「……這樣啊。好可惜喔。」

多莉用空著的另一隻手摸了摸我的頭安慰我。我輕輕閉上眼睛，感受著多莉手的觸感，輕笑起來。

「但神官長並不是說絕對不行，只要等兩年再多一點的時間就好了。」

像這樣難過和寂寞的時候，家人都會陪在我身邊，所以我才離不開他們吧——我再次體認到了自己的選擇沒有錯。

「那麼明天第二鐘響，我會從神殿來接妳，在那之前切勿外出。」

抵達水井廣場後，達穆爾表情嚴肅地這麼說。不論在神殿還是回到了家，直到護衛來接我之前，依然都是禁止外出。

「我知道了，達穆爾大人。法藍，要一直來回真是辛苦你了，那麻煩你了。」

「是。今晚請好好享受與家人相處的時光。期盼您明日的歸來。」

法藍在胸前交叉雙手。

「法藍、達穆爾大人，謝謝你們。那明天見。」

達穆爾和法藍在水井廣場折返回神殿。接著再和路茲揮手道別後，我氣喘如牛地走上五樓。

「梅茵，加油！就快到了。」

居然要在父親和多莉的加油打氣下才回得了家，看來我的體力真的在冬季期間下降了。本來就不多，再減少還得了。

「媽媽，我回來了！」

我打開久違了的自家大門。一打開門，正準備著飯菜的香氣撲鼻而來。大概是聽到了上樓的聲音，母親已經開始把飯菜端上桌。好久沒聞到母親所做飯菜的香氣，我的嘴角不由自主往兩邊咧開。

「梅茵，妳回來啦。」

捧著大肚子的母親放下盤子，抬起頭來。看到母親的笑容，胸口馬上盈滿了開心、懷念、幸福的感覺，填滿了感到寂寞的心。

「好久沒在外面走路了，我肚子好餓喔。」

「那把東西放好，來幫忙準備吧。」

「是～」

放下托特包，洗了手，我和多莉一起幫忙擺盤子。一樣好久沒有自己動手做事情了，感覺有點興奮。

「媽媽，什麼時候要生呢？」

我看著母親大得嚇人的肚子問。母親露出了憐愛的笑容，摸著肚子說：

「現在隨時都有可能喔。說不定小寶寶一直在等梅茵回來呢。」

要是真的在等我回來就太棒了。我也摸著母親的肚子，對小寶寶說：「姊姊回來了喔。」於是彷彿在回應我般，掌心被踢了一下。

「哇！小寶寶踢了我一腳耶，好像是在回答我！」

我大叫道，家人都笑了起來。

吃了母親煮的飯菜，和多莉邊玩鬧邊洗澡，再躺在狹窄得一翻身就會撞到多莉的床鋪上，全家人一同入睡。

黎明時分，母親因為陣痛開始發出呻吟。

新的家人

當天色開始泛白，聽見了母親的呻吟聲，父親一馬當先跳下床。

「多莉、梅茵，媽媽要生了，爸爸去叫產婆！妳們也快換衣服幫忙！」

父親一邊叫我們換衣服，自己也火速換好了衣服，衝出家門去叫產婆。除了我以外，家人好像已經做好了分工，多莉也迅速換好衣服衝向玄關。

「梅茵，我去叫卡蘿拉伯母，妳換好衣服後陪著媽媽！」

「嗯！」

我順著當下的氣氛大力點頭，也換好了衣服，但陪在受陣痛折磨的母親身邊，我究竟能夠幫上什麼忙呢？因為太過慌張，腦袋一時間什麼也想不出來。

「呃、呃……」

「梅茵、倒杯水、給我。」

母親痛苦得氣若游絲，開口對我說，我急忙跑向廚房。然後照著母親的要求，從廚房的水缸用杯子汲了水進房間。

我趁著陣痛間的空檔把水杯遞給母親，她露出淺淺的笑容，喝了一口。看到母親額頭上斗大的汗珠，我正想準備布的時候，才驚覺到了一件事。

……一定要清潔跟消毒！

現在住家裡面比起戶外算是乾淨。因為母親和多莉以為我有潔癖，打掃都要求一塵不染，所以會配合我把周遭環境打掃乾淨，也養成了洗手的習慣。但是，來幫忙的產婆和住在附近的伯母們可不一定。

「怎、怎怎怎、怎麼辦?!」

雖然想請她們至少先洗手再用酒精消毒，但家裡當然沒有消毒用的酒精。

「可、可以用來消毒的酒有……有、有什麼呢……」

如果想代替消毒用酒精，最好是伏特加這種烈酒，但我們家並沒有。用來做酒漬水果的酒，酒精濃度雖然高，但恐怕雜質太多，不適合用來消毒。要是我能早點從神殿回來，就會找班諾商量，請他幫忙找來酒精濃度高的蒸餾酒了。

「可是，總比什麼都不做要好吧。」

比起酒裡頭的雜質，周遭環境的髒污才是問題。我開始找酒和乾淨的布，準備消毒。

「我回來了！那我去汲水喔。」

多莉才回來，就又拿著木桶衝了出去。像在與多莉接力，接著是卡蘿拉和幾個鄰居太太一起走進來。媽媽們手上都拿著木桶，從水井汲來了水，開始用鍋子煮沸熱水。

「多莉，大家的手一定要清洗乾淨，要用的東西也要煮沸消毒，還有……」

「嗯、嗯，要保持清潔對吧？我知道、我知道，梅茵妳快去陪著媽媽。」

我撲向為了汲水，又準備跑出屋子的多莉，但因為我在勞力方面完全幫不上忙，多莉完全沒理會我的意見，把我推進臥室。

母親正大口喘著氣，發出了痛苦的呻吟，我走到母親身邊握住她的手。每當母親開始陣痛，都會用力緊握我的手，力氣大到幾乎快要折斷我的骨頭。

「媽媽，生產的時候，要『吸吸呼』喔。聽說『拉梅茲呼吸法』很有效。」

「那是什麼？」

母親在陣痛間的空檔露出淡淡的笑容問。

「呃，是一種讓陣痛不會那麼痛的呼吸法喔。對不起，我也記不太清楚。」

麗乃那時候我完全沒有懷孕生子的打算，身邊也沒有出現過孕婦，所以沒有吸收多少這方面的知識。雖然我聽說過拉梅茲呼吸法，但只是聽說，沒辦法明確說明為什麼這個方法有效，又該怎麼做才對。

「吸吸呼對吧？」

母親輕笑起來，我和她一起喊著吸吸呼，陪母親忍受陣痛，不久產婆和鄰居太太們走進臥室。看到她們的樣子，我「嗚噫」地大吸口氣，站在床前張開雙手，不讓她們靠近母親。

「請妳們先把手洗乾淨！」

「唉，梅茵真是異常愛乾淨呢。」

卡蘿拉受不了地說，但也指示其他太太們洗手。之後我再請她們用加了酒的布擦拭雙手。這樣子應該會好一點。

「梅茵，妳太礙事了，別待在這裡。還有，去叫只會走來走去卻幫不上忙的昆特快點組好椅子。明明已經有過好幾次生孩子的經驗了，那傢伙老是說不聽。」

明明已經洗過手了，看到大家擦了手後還是變髒的布，我忍不住皺起小臉，卻被卡蘿拉趕出了臥室。不得已下，我只好向在廚房裡走來走去的父親轉告卡蘿拉說的話，然後一起動手組裝椅子。

「爸爸，這個像椅子的東西是什麼？」

我用充滿懷疑的眼神看著到處都留有污漬的木板，父親回答是生產時要坐的椅子。類似於古代的生產椅嗎？——意會過來的瞬間，我臉都發青了，立刻拿來布和酒。

「必須消毒才行！」

「喂，梅茵，妳拿酒要做什麼?!」

「這是媽媽要坐的吧？我要用酒精消毒乾淨。」

無視於父親的慘叫，我用力把酒倒在布上頭，再用布瘋狂擦拭椅子。一位鄰居太太剛好走出來要拿椅子，看到我拚命想擦乾淨，露出了苦笑。

「哎呀，連椅子也擦乾淨了嗎？妳真的異常愛乾淨哪。昆特，這裡已經沒有你能做的事情了，快點下去吧。」

看來男人禁止待在女人生孩子的現場。身為孩子的爸爸，父親已經把自己該做的工作都做完了，所以被趕下樓去。

「那我去陪著媽媽……」

「梅茵也下去。有妳在就會一直吵著要清潔、要消毒，太礙事了。」

「可是那真的很重要……」

「是、是，走吧、走吧。」

多莉可以出入幫忙，我卻被趕到了屋外。玄關大門「啪噹」一聲關上，我再也無法進入屋內。

「媽媽……」

我只是要求基本程度的清潔，卻被說是異常。光是想到產婦死亡的機率，我不禁寒毛直豎。儘管我擔心母親擔心到了想把那些太太全身都消毒一遍的地步，現在卻一點忙也幫不上。

母親是在黎明時分出現分娩徵兆，天色剛泛起魚肚白，但現在日頭已經稍微東升，水井廣場也變得明亮許多。我有氣無力地來到水井廣場，發現附近的叔叔伯伯們都開始在處理鳥肉。

「爸爸，大家在做什麼？」

只有父親一個人坐立難安地在水井旁邊走來走去，我走上前，邊問邊和父親一起在水井旁邊繞圈。

「……因為生孩子時男人不能在場，所以要準備命名會。」

「命名會是什麼？」

小孩子在洗禮儀式前不能進入神殿，所以我以為這裡應該沒有什麼宗教方面的儀式。但從命名會這個名稱來看，到時可能要帶小嬰兒出來讓街坊鄰居看看。

父親說生產的時候，女人要負責幫忙，男人負責買鳥回來，處理好後開始燒烤，為命名會做準備。這是因為平日負責做飯的女人們不在，要自己填飽肚子，也為了慰勞協助生產的女人們，並且慶祝孩子出生，再藉這個場合宣布取好的名字。

「昆特叔叔、梅茵，你們兩個人幹嘛繞著水井打轉啊？」

無言以對的聲音讓我回過頭，只見路茲穿著奇爾博塔商會的學徒制服，正強忍著笑站在那裡。

「路茲！」

「伊娃阿姨呢？還沒嗎？」

路茲往我家的方向瞥去一眼，我點點頭回應。

「梅茵，那妳今天沒辦法去神殿了吧。我去通知一聲。」

「路茲，謝謝你。」

「我也要順便去店裡請假。今天有命名會吧？」

小寶寶一定會平安出生，所以我要休息一天，路茲笑著這麼說。父親聽了露出笑容，重重點頭，「那當然！」

看著路茲飛奔離開，我問向再度在水井旁繞起圈子的父親。

「爸爸，你不用去大門報告自己今天要請假嗎？」

「亞爾去買東西時順便幫我報告了。因為爸爸無法離開這裡。」

「這樣啊。」

我和父親繞著水井繼續轉圈，路茲的父親狄多扯開喉嚨吼道：

「昆特、梅茵！快點來幫忙，不然就停下來別動！每回都這樣煩死人了！」

我和父親被狄多叫去洗菜，於是兩人一起蹲在水井前面，唰唰唰地洗著青菜，繼續交頭接耳。因為我不知道在這裡生孩子有多大的危險性，如果不找點事情做，就會不安得想要衝進家裡。

「爸爸，生孩子大概要花多久時間呢？」

「我只記得多莉和妳那時候都等了很久。」

「你家算快的了，亞爾家那才叫等了很久吧。」

來汲水的狄多說著聳聳肩。雖然在父親主觀看來覺得等了很久，但根據其他人的意見，原來母親的生產時間算短的了。我聽了感到如釋重負，父親卻皺起眉頭，表情像是快哭出來。

「是快還是慢根本不重要，只要這次可以平安出生……」

「這次？」

意思是希望生出來的孩子別像我這麼虛弱，可以健健康康的嗎？我無意地隨口問道，父親沉重嘆氣，然後道出了意想不到的事實。

「伊娃當年最一開始的那一胎流掉了，接著產下的男孩在出生不到一年便夭折。雖然多莉和妳都平安長大，但接下來的孩子卻沒撐過冬天，再後來的孩子又是流產，所以希望這次可以平安出生。」

太過慘烈的生產紀錄讓我震驚得張大嘴巴。麗乃那時候，雖然我在書本上看過中世紀時代的女性生產極度不易，孩子也很難平安長大，但還是很難和眼前的現實連結起來。然而，從實際上送走過孩子的父親口中說出來，對生產的恐懼和不安聽起來完全是不同等級。我不禁感到害怕，抬頭看向住家所在的五樓。母親此刻正在那裡努力著。

「媽媽不會有事吧？」

「……梅茵也向神祈禱吧。」

我筆直舉高雙手，誠心誠意向神祈禱。

「懇請水之女神的眷屬，生育女神恩多林圖葛給予媽媽祝福與庇佑。」

路茲去通知完奇爾博塔商會和神殿，回來時揹著偌大的籃子。他在我們面前「咚」地放下籃子，拿出裡頭的東西。

「梅茵，這些布是老爺送的賀禮。還有我去通知了工坊和院長室，雨果就拿了齊爾大人獵到的一些肉，說是當作工坊送的賀禮。」

「明明都還沒有出生……」

但是，大家的心意還是讓我很高興，臉部表情忍不住扭曲。

「這些比較小塊的鳥肉我想給媽媽吃，那我們就帶回家了。這邊比較大塊的鳥肉和鹿肉，讓大家在命名會上一起吃吧……不過，要等到孩子生下來，那些去幫忙的伯母們下來了，才可以端出來喔。這些又是路茲拿回來的，所以路茲可以第一個吃。」

我說完把那些肉交給路茲，父親也高興地點頭。就在這時候，多莉笑容滿面地衝到水井廣場上來，背上的麻花辮跟著她大力搖晃。

「爸爸、梅茵！媽媽生了！是男孩子！」

「噢噢噢噢噢！恭喜！」

廣場上頓時歡聲雷動。孩子平安出世後，命名會便即刻開始，也就可以開始喝酒。叔叔伯伯們異口同聲說著恭喜，同時也爭先恐後地伸手拿酒。肉也接連放上準備好的鐵板烤起來。

「家人可以進去了，走吧！」

由家人最先和出世的孩子見面。父親揹起路茲帶回來的籃子，抱起我兩階併作一階地衝上樓梯。看來是開心又興奮到了要一路跑上五樓。

父親衝進屋子裡，向正在收拾善後的太太們表達感謝和慰勞。太太們也紛紛反過來說著「恭喜啊」、「是個活蹦亂跳的男孩子」。

「爸爸，不可以把外面的『細菌』帶進房間！」

我讓急著想進臥室的父親先放下籃子，然後要他確實洗手漱口。雖然太太們又說我「真是反常」，但我予以無視。我也洗了手和漱口。

「媽媽，可以進去了嗎？」

「昆特、梅茵，是男孩子唷。」

「伊娃，辛苦妳了！幸好兩個人都平安無事！」

父親在母親的枕邊坐下，握住母親的手，不停親吻她的指尖和手背。

母親虛弱地坐著，抱在胸前的小嬰兒真的又紅又小，皮膚也皺巴巴的。看著已用溫水洗淨，包著多莉做的襁褓巾的小小人兒，我不禁感動嘆氣。

「欸，小寶寶的名字決定好了嗎？」

「應該已經想好了吧？要叫什麼名字？」

多莉興奮得注視著父母親。兩人一同點點頭，輕輕撫摸小寶寶，互相對望後輕笑起來。

「我們打算命名為加米爾喔。怎麼樣？」

「加米爾……加米爾嗎？」

多莉呵呵笑著，戳了一下加米爾的臉頰。母親笑著望著這一幕，然後突然看向我。

「梅茵，妳要抱抱看加米爾嗎？多莉已經抱過了。」

我當然非常想抱。可是，感覺好像會讓他掉下去，好可怕。記得新生兒的平均體重是三公斤，現在的我抱得動嗎？兀自煩惱不已時，母親的表情有些暗下來。

「妳不想抱嗎？」

「不是的，不是不想……我只是不知道要怎麼抱，又很怕讓他掉下去。」

父親聽了噗哧一笑，把我抱起來，幫我脫下鞋子後，讓我坐在床上。

「坐在床上抱，就不用擔心掉下來了。」

於是我坐在母親旁邊，輕手輕腳地抱起加米爾。小寶寶又小又輕盈，連我也抱得起來，嘴巴還在微微蠕動，接著張開眼睛。那雙還無法對焦的迷濛大眼往我的方向看過來。感受到懷中真的是條新生命，我的內心激動不已。

「加米爾、加米爾，我是姊姊喔。」

我對加米爾說話，於是加米爾皺巴巴的小臉更是皺成一團，接著用微弱的音量哭了起來。

「媽、媽媽，加米爾哭了，怎、怎麼辦……」

「不用這麼緊張，小寶寶會哭是正常的喔。」

但就算這麼說，接下來我還是不知道該怎麼辦。連我都跟著想哭了，只能手足無措地來回看著大家。父親笑著看著我，然後抱起了加米爾。加米爾發出微弱的哭聲，就好像是在抗議，但完全不被理會。

「那我帶加米爾出去露面了。」

「咦？要把剛出生的小寶寶帶到外面去嗎？」

「當然啊，帶孩子出去露面可是必要的儀式。」

把才剛出生還毫無抵抗力的新生兒帶到屋外，死亡機率當然會提升。我倒抽了一大口氣。

「爸爸，帶出去露面是一定要做的事情嗎？」

「對啊，妳在說什麼？」

「可是現在天氣還很冷，把剛出生的小寶寶帶到滿是『細菌』的屋外太危險了，非常有可能會生病。」

我努力地想阻止父親，父親的表情也變得有些嚴肅。他看了看我，再看向抱在懷中的加米爾，思考了一會兒後，眼神肅穆地搖頭。

「但是，我必須帶加米爾出去露面才行。」

「如果真的非帶出去不可，那一定要注意保暖，也不可以讓大家用沾滿了泥巴的手碰到加米爾，只能由爸爸抱著，讓大家都看過以後，馬上就要回來喔。其實就算這樣我還是很擔心……」

「梅茵妳太神經兮兮了啦。」

多莉聳聳肩說，但才剛出生的嬰兒真的很容易夭折。更別說處在這樣的環境底下。

剛才父親才在井邊喃喃說過，希望這次可以平安長大。於是父親下定決心般地抬起

頭來，用溫暖的布料把加米爾裹了好幾圈，徹底保暖。

「馬上回來就可以了吧？」

「嗯。小心別讓別人抱到加米爾喔。」

「爸爸和梅茵都太過度保護了啦……」

雖然多莉傻眼地說「所有小寶寶出生都會帶出去露面啊」，但如果想在這樣的環境下平安拉拔長大，過度保護還嫌不夠呢。

我、多莉和抱著加米爾的父親再度來到水井廣場，只見廣場上正召開著名為命名會的烤肉大會。命名會的目的在於慰勞前來幫忙的鄰居太太們，並且讓眾人看看剛出生的小寶寶。和鄰居一起確認小寶寶是和哪家的孩子同年出生、誰到了要參加洗禮儀式的年紀、這年春天發生了什麼事情等等。因為無法記錄成文字，只能像這樣在許多人面前露面，讓大家都記下來，留在記憶裡。

「今天謝謝大家一早就來幫忙。我的兒子平安出生了，名字是加米爾。他將成為這裡新的一分子，請大家多多疼愛他。」

父親公布了加米爾的名字，繞了一圈讓大家看看以後，便解釋說「因為怕加米爾和梅茵一樣體弱多病」，馬上就讓多莉抱加米爾回家。因為街坊鄰居都知道我的身體虛弱到隨時有可能走掉，又三天兩頭發燒，所以可以理解地點頭。

「要是不只梅茵，連加米爾也體弱多病可就糟了。」

「但梅茵雖然常常發燒，現在也慢慢變得比較健康了吧？洗禮儀式也結束了，希望今後可以平安長大。」

大家七嘴八舌說著我好幾次都徘徊在死亡邊緣，還以為我撐不到洗禮儀式。我和抱著加米爾的多莉一起火速躲回家。與其要待在廣場上參加宴會，一邊心驚肉跳地心想不知道這塊肉被誰的手摸過，我寧願待在家裡慢慢吃。而且，現在的我沒有護衛也不能外出。生產期間不能進入屋內算是情有可原，但最好還是別在外面逗留太久。

「多莉，媽媽的飯菜要怎麼辦？」

「我去下面拿來。」

多莉顯然想要參加下面的宴會，把加米爾交給母親後，立刻奔出家門。我為爐灶點火，加熱昨晚剩下的湯。期間，整理了一直還丟在地上的籃子，把雨果處理好了的鳥肉放進過冬儲藏室裡，再把班諾送的布放進外側的儲藏室。

「媽媽，如果妳肚子會餓，我熱了湯，妳要喝嗎？不吸收點營養會製造不出母乳喔。」

「說得也是呢，那我喝一點吧。」

我盛了湯，端給坐在床上的母親。然後自己也端了一份，在床邊搬來椅子，坐下來一起喝。

「梅茵，妳不下去嗎？」

「嗯，達穆爾大人不在的時候，我最好不要外出。」

「這樣啊。」

母親十分擔心我和左鄰右舍沒有什麼往來。雖然知道她在擔心，但因為衛生觀念差太多了，會讓我很痛苦。

「啊，對了。路茲帶回來了班諾先生送的布，神殿的工坊和侍從那邊也送了肉當作賀禮。我需要做些什麼當作回禮嗎？」

我因為不清楚這邊的習慣，開口問道，但母親慢慢搖頭。她說只要贈送賀禮的人有了孩子時，再回送賀禮就好了。但是，單身主義的班諾和神殿裡的人員好像都不會結婚，這樣子沒關係嗎？

「其他的話……對了，要由梅茵向他們報告加米爾的事情喔。現在加米爾出生了，要讓越多人知道越好。」

「知道了，包在我身上！」

我用力點頭，看向在母親身邊熟睡的幼小弟弟。為了避免感冒，加米爾裹在一層層溫暖的布料裡頭熟睡著。看著他，眼尾不禁自然而然下垂。

「加米爾好可愛喔。」

「是呀。」

我可以和加米爾一起生活的時間並不多。在他兩歲的時候，就必須和他分開，所以說不定加米爾不會記得我。既然如此，為了在加米爾長大後派上用場，也為了讓加米爾多少記住自己這個姊姊，我要做很多繪本和玩具給他。

……既然只能做繪本，那為了可愛的弟弟，我就使出渾身解數做兒童繪本吧！

兩、三個月到六個月大為止，都可以給加米爾看那本已經做好的黑白繪本，但再之後我想給他看彩色繪本。為此，必須開發彩色墨水，還要想想適合給小寶寶看的繪本內容。

……咦？搞不好只能做繪本的這兩年該做的事情還不少，其實會非常忙碌嘛。

如果想趕在加米爾長大之前做好兒童繪本，也許根本沒有多餘的時間印製純文字書籍。既然活版印刷被禁止，那我改良謄寫版印刷就好了。

……每分每秒都要充分運用。姊姊會加油的！

終章

戴莉雅正把汲好的井水搬上二樓，看見本該去了工坊的吉魯又跑回來。主人梅茵都還沒來到神殿，吉魯卻在這時候回來，幾乎都是因為要幫路茲傳話。一定又是梅茵病倒了吧。

……明明那麼期待可以回到家人所在的家，卻一回去就病倒。討厭啦，真是受不了梅茵大人！

戴莉雅一邊在心裡頭對老是病倒的主人大發牢騷，一邊問吉魯：「梅茵大人今天不會過來了嗎？」吉魯的肩膀一震，仰頭看向站在樓梯上的戴莉雅。

「好像會休息兩、三天的樣子。啊，法藍，那個……」

吉魯速度很快地說完，馬上跑向法藍。

「吉魯，不需要用跑的。還有，報告的時候要注意遣詞用字。」

聽到法藍又老樣子開始提醒吉魯，戴莉雅把水搬上二樓。在二樓，羅吉娜已經做完了法藍交代的文書工作，開始調整飛蘇平琴。那細心擦拭並為飛蘇平琴調音的姿態既優雅又美麗。因為要觸碰樂器，羅吉娜的指甲剪得短又整齊，而且潔白無瑕，是雙不懂得何謂勞動工作的手。這是因為負責教導音樂的羅吉娜不做搬水這類體力工作，專門幫忙處理文書資料。

……因為能力不一樣，工作內容不一樣也是當然的嘛。我也要快點學會很多事情，得到神殿長的寵愛！

雖然同樣是侍從又同樣是灰衣見習巫女，每次感受到兩人之間明顯的差距，戴莉雅的決心就更加堅定。以前住在陰森悲慘的孤兒院底樓時，身旁的孩子們一個個死去，但她活著出來了。今後要在神殿裡握有最高權力的神殿長庇護下，過著集萬千寵愛於一身的生活，便是戴莉雅的人生目標。為此，她正以羅吉娜為榜樣，努力學習教養，讓言行舉止變得更加優雅。

……因為現在得到神殿長寵愛的葉妮，以前也是克莉絲汀妮大人的侍從啊。

戴莉雅想著這些事情，走進放有水缸的浴室。抬起水桶，把水倒進水缸裡。如果不像這樣先在二樓儲水，要打掃二樓和如廁時就傷腦筋了。從水井汲水回來對戴莉雅來說，是最吃力的一項工作。

「嗯……應該再搬一次就可以了。」

梅茵若不來神殿，水的用量便會減少。察看了水缸的水量後，戴莉雅提著空水桶走出浴室。恰巧這時候，法藍正一邊說明大小，一邊要羅吉娜找塊布給他。

「法藍，需不需要我幫忙呢？」

「戴莉雅還沒汲完水，還是優先搬水吧。」

法藍面帶笑容，委婉拒絕。如果要找布，問戴莉雅是最快的，卻刻意去拜託羅吉娜，一定是發生了不想讓神殿長知道的事情。

……發生什麼事了嗎？

但就算好奇發問，法藍也不會回以明確的答案，這點戴莉雅也很清楚。所以，她刻意不問。不需要特地開口發問，讓法藍感到警戒，只要表面上裝作不動聲色，羅吉娜就會代為發問了。

「法藍，是要做什麼用的呢？」

「要用來包肉，所以不需要昂貴的布匹。」

……包肉？

戴莉雅一邊豎耳傾聽羅吉娜和法藍的對話，一邊搖晃著空水桶走下樓梯。羅吉娜兩人的聲音越變越小，相反地，廚房裡卻傳來了結束報告後，本該馬上回工坊的吉魯的聲音。

「形式上希望是梅茵大人送的賀禮，要給在平民區很照顧她的人。」

「可以啊，那要多少？」

「呃，這我們不清楚，就交給雨果你們決定了。法藍說送的時候要注意數量，才不會在平民區顯得太突兀……」

「啊，所以是要參考平民區的基準吧。既然要慶祝，現在有鳥肉也有鹿肉，就當作是工坊送的賀禮，大手筆多送一點過去吧。」

艾拉的聲音清楚地從敞開的廚房門口傳到了玄關客廳來。

……是要慶祝什麼事情呢？

在灰衣見習巫女的生活中，值得慶祝的事情就只有洗禮儀式和成年禮，沒有其他的了。但是，現在都不是這兩個儀式要舉辦的時期。在平民區還有其他值得慶祝的事情嗎？

戴莉雅邊想著邊走到屋外。

等戴莉雅汲好水再度回到院長室，剛才的忙亂氣氛已經消失無蹤。吉魯好像已經把慶祝用的肉拿走了，法藍變回和平常沒有兩樣的表情做著文書工作，羅吉娜也因為梅茵不會來神殿，被叫去一起幫忙。廚房的門也關了起來。

梅茵不來神殿，戴莉雅馬上就無事可做。既不用服侍梅茵用餐，也不用在休息時間泡茶。不用幫忙沐浴和更衣，現在洗衣和掃地也只剩下他們自己的份，所以一下子就能做完。

不論梅茵在或不在，法藍都很忙。現在羅吉娜已經能夠分擔法藍大部分的工作，所以白天十分忙碌，只要一找到空檔就會彈飛蘇平琴。而吉魯現在幾乎成天都待在工坊和孤兒院。因為當路茲因為工作長時間不在時，吉魯要負責管理工坊，所以正在拚命學習工坊的各種業務。

但是，戴莉雅不會被分派到新的工作。理由很簡單，因為她和神殿長有往來，關係到梅茵的重要工作不能夠讓她參與。雖然這樣像是遭到排擠，讓戴莉雅有些寂寞，但同時，也因為和神殿最高掌權者有所聯繫而感到驕傲。

「那麼我去神官長室了。」

第三鐘一響，無論梅茵在或不在，法藍都會去神官長室幫忙處理公務。終於自文書工作中解脫，羅吉娜立刻拿起了飛蘇平琴。接下來直到第四鐘為止，在院長室都無事可做。戴莉雅走出孤兒院長室，筆直往神殿長室前進。

「我是戴莉雅，來向神殿長報告。」

戴莉雅向站在門前的灰衣神官報上來意，等了一會兒後，門打開了。笑容可掬地出來迎接的人是葉妮。

「戴莉雅，不好意思。神殿長接到了基貝的邀請，現在不在。」

「但之前都是在冬天尾聲把幫忙保管的小聖杯帶回貴族區，應該早就已經送完了吧？現在祈福儀式都結束了，神殿長有什麼事情得出城呢？」

戴莉雅回想了之前在神殿長室當見習侍從時的行程，納悶地歪過頭。葉妮托腮答道：「我也不清楚，好像是南邊基貝的邀請呢。」看來是有土地的貴族找神殿長有事。

「所以妳要向神殿長報告的事情，再由我轉達吧。」

於是戴莉雅報告了梅茵在平民區認識的人發生了值得慶祝的事情，還包了肉要當賀禮。葉妮將這些事寫在木板上。

全部寫完以後，葉妮注視著戴莉雅，露出溫柔的微笑。

「戴莉雅，妳的動作和儀態變得優美了許多呢。」

雖然梅茵和羅吉娜也會稱讚戴莉雅很努力向上，但被受到神殿長寵愛的葉妮稱讚，讓她覺得自己離目標更近一步了，所以比平常更加開心。

「我現在是以羅吉娜為榜樣喔。因為我的目標是成為神殿長的愛人嘛。」

「是嘛，那很棒呢。現在羅吉娜過得怎麼樣呢？真是讓人懷念。」

聽葉妮問起，戴莉雅就自己知道的，說了羅吉娜在成為梅茵侍從後的近況，和現在還留在孤兒院裡的葳瑪。葉妮帶著非常燦爛的笑容聽著。

「戴莉雅，妳要好好精進自己。再過不久，一定會有貴族的客人來訪喔。」

「到時候神殿長會讓我一起出席嗎？……可是，不可能的。法藍一定不會答應讓我過來。」

戴莉雅水藍色的雙眼迸出光輝後，想到自己的立場又消沉下來。葉妮看著她，盈盈微笑。

「聽說那位貴族大人喜歡小孩子唷。所以，一定沒問題的。神殿長會傳喚戴莉雅過來的吧。」

只要受到那位貴族青睞，別說是神殿長，也許能夠成為貴族的愛人。說不定還能夠離開神殿。察覺到了這樣的可能性，戴莉雅的內心充滿期待，離開神殿長室。滿心想著將有更加美好的未來等著自己，戴莉雅無比雀躍，沒能聽見葉妮的小聲輕喃。

「聽說他在找有身蝕的孩子喔。」

神殿的午飯時間

第四鐘響後是午飯時間。先送幫忙斐迪南大人處理公務的見習巫女回到孤兒院長室，囑咐她「在我回來前切勿離開房間」，然後再度前往斐迪南大人的辦公室。因為我的午飯是由斐迪南大人提供。

起初往返神殿時，對於要和斐迪南大人一起共進午餐，讓我感到非常緊張，吃東西也幾乎吃不出味道。但是，如今也已經過了一個季節，多少開始習慣了，內心也有了餘裕期待每天的菜色。

……畢竟每天在神官長室吃到的飯菜，在身為下級貴族的我家，都只有在款待賓客時才會出現啊。

「斐迪南大人，打擾了。」

擔任侍從的灰衣神官讓我進入屋內。即便已經準備要吃午飯了，斐迪南大人仍在處理公務。我進屋後，斐迪南大人僅是稍微抬頭，瞥了我一眼。起先我還感到畏縮，以為打擾到了斐迪南大人，但後來發現平常就是這樣，也就習慣了。為免妨礙到在準備午飯的灰衣神官們，我走向斐迪南大人的辦公桌。

「達穆爾，你手上的木板是什麼？」

「是見習巫女要我轉交的問題表。她說希望您有空時回覆她。」

斐迪南大人接過我手上的木板，看完後，表情有些愣住地嘀咕道：「現在看起了老舊的聖典嗎？」隨即動筆寫下回覆。

見習巫女的問題，都是她在閱讀的書籍中看到的陌生單字和用法。前些天見習巫女開始看起了用古老語言寫成的聖典抄本，甚至連從貴族院畢業的我也看不懂。我橫看豎看，都不覺得這是剛受洗完的孩子想看的書籍。然而，見習巫女卻樂此不疲地翻著書頁，還和用一般語言寫成的抄本互相對照，一邊解讀一邊翻看。

「她說能和用現在語言寫成的聖典作比較很有趣，而且光是發現還沒見過的字，就感到十分幸福。」

「那傢伙只要有書，心情就很好。」

「這我也知道。因為來到神殿後，我最吃驚的便是見習巫女對書的執著。」

有我擔任護衛以後，見習巫女總算得到了允許可以離開院長室，而她第一個想去的地方，就是連暖爐也沒有的酷寒圖書室。明明見習巫女身體虛弱得動不動便病倒，對於要去連普通人都不想長時間待著的寒冷圖書室裡看書，卻是十分興奮。

幸虧我和法藍向斐迪南大人提出請求，答應了我們可以把圖書室裡的書帶回孤兒院長室，現在她都是待在暖爐前看書。但是，之前見習巫女可是真的打算待在嚴寒的圖書室裡看書，屆時我也只能硬著頭皮奉陪。真是好險。

「聽說連臥病在床的時候，她也把書帶到了床上看。明明發燒躺在床上，還一直哭喊著書，最後是法藍認輸了。」

「那個笨蛋……」

斐迪南大人一邊聽著我的報告，一邊毫不遲疑地寫下並非是在貴族院習得的關於古文的回覆。早就經由兄長耳聞斐迪南大人的優秀，此刻親眼目睹，不禁讚嘆不已，緊盯著斐迪南大人寫下的文字。順便說，見習巫女就算問我，我也回答不出來，所以正在考慮藉著這個機會稍微學習古文。

……雖說是下級，但連平民見習巫女都看得懂，身為貴族的我卻不明白，未免太丟臉了。

明明是因為做錯事，受懲罰來到神殿，在此學習的內容卻比就讀貴族院時還要高深，感覺真是不可思議。

「神官長、達穆爾大人，午飯準備好了。」

灰衣神官前來通報後，我們從辦公桌邁步移動。餐桌上已放著許多擺盤十分精美的前菜。在食物方面，神殿比起騎士宿舍和老家都要豪華。我用意志力克制住幾乎要發出咕嚕聲響的肚子，往椅子坐下。斐迪南大人對我來說是不可高攀的存在，萬一在他面前讓肚子發出叫聲，會有些無地自容。

今日的主菜是將鳥肉燉得軟爛的多西拿滋。一眼就能看出燉得熟透，想必會柔軟得入口即化。

「昨天怎麼樣？」

我在斐迪南大人侍從的服侍下用著午飯，一邊向斐迪南大人報告見習巫女從昨日下午直到方才的所有活動，已經成了每日的例行公事。見習巫女的侍從法藍似乎也會向斐迪南大人報告，但斐迪南大人說他想從各種不同的觀點蒐集情報。對我來說，這些報告則是非常寶貴的話題。因為若要在肅靜的沉默當中，和斐迪南大人面對面用餐，我恐怕會喘不過氣。

「昨日下午，奇爾博塔商會的人和多莉前來會面。見習巫女和奇爾博塔商會的人討論了她因祈福儀式不在的時候，工坊要如何運作。」

我一邊說，一邊用刀子把燙過後變得柔軟的細長白色薄爾根切成一口大小，沾了大量奶油白醬後放進嘴裡。富含奶油香氣的滑嫩白醬在口中散開，柔軟的薄爾根也彷彿一放進嘴裡就融化了。

……呼，餐桌上一出現薄爾根佐奶油白醬，就能實際感受到春天來了哪。

春天的美味固然讓人高興，但只能在孤兒院吃到的帕露煎餅，也過了帕露出現的季節，讓我感到十分遺憾。帕露煎餅是種在貴族區絕對吃不到的平民點心，有種難以形容的芳醇香甜，確實非常美味。雖然見習巫女說「期待明年再吃到」，但她肯定沒有意識到，明年冬天我在神殿的護衛任務就結束了。

……我也不可能混在平民當中去採帕露。真可惜。

正回想著帕露煎餅的美味，斐迪南大人開口說了：

「對了，我經常聽到多莉的名字，她去孤兒院長室都在做什麼？和奇爾博塔商會的人不同，她並沒有什麼要事吧？」

雖然在報告中提到了多莉，但她通常都是和奇爾博塔商會的人一同出現，然後馬上就去孤兒院。和見習巫女討論重要事情的，都是奇爾博塔商會的人，於是我才發現自己很少報告到關於多莉的事情。

多莉是見習巫女的姊姊，但真的只是再平凡不過的平民。感情雖好，但站在一起，看來一點也不像姊妹。儀態和遣詞用字也完全不同，難以想像在相同的環境下長大。

「多莉都是前往孤兒院學習文字與計算，然後再教導孤兒們縫紉和做菜。如今春天到了，重新開始工作，所以變成是每隔一天才來訪一次，但家人定期來探望以後，見習巫女的精神狀態看來安定多了。」

「那就好。」

在暴風雪非常嚴重，家人完全無法來訪的時期，見習巫女變得非常惶惶不安，就像跟在父母身後的雛鳥般，一直亦步亦趨地跟在斐迪南大人身後。當這種情形太過嚴重時，斐迪南大人便會讓見習巫女進入自己的工坊。因為先前出借工坊的時候，斐迪南大人的表情極度不情願，想必很高興聽到見習巫女的精神恢復了安定吧。

……因為一般根本不會讓外人進入秘密房間。

斐迪南大人的工坊同時也是秘密房間。對貴族而言，秘密房間可說是最私密的場所，用來沉澱自己的心靈。孩提時期為了讓父母也能進入，會一起進行魔力登記，但受洗過後，就會重新登記，變成只有自己才能出入的私人空間。對於斐迪南大人竟然讓非親非故的見習巫女進入如此私人的空間，我當時非常震驚。

但是，聽到斐迪南大人說明這是因為見習巫女和貴族不同，無法擁有秘密房間，所以才讓她使用自己的工坊好宣洩情緒，我才明白斐迪南大人的苦心。斐迪南大人還說見習巫女將來會成為貴族的養女，這也是一種讓她不在外人面前表現情感的練習。

「達穆爾，你已經觀察了梅茵一個季節，關於她要成為卡斯泰德的養女，你有什麼想法？」

聽了這問題，我放下正把多西拿滋切成一口大小的刀子，慢慢回想自己在冬天期間對見習巫女的觀察。

「……見習巫女每次和家人以及奇爾博塔商會的人度過開心的時光後，送他們離開時總是顯得很寂寞。所以若讓還年幼的她與家人分開，十分讓人不忍心。但是，除了在治癒儀式上親眼見識到的強大魔力，她還有能讓工坊獲利的經營手腕和財力，再加上驚人的虛弱程度，我想見習巫女很難以平民的身分無憂無慮地生活下去吧。」

「果然嗎……」斐迪南大人低聲說著，叉了食物放進口中。

「在近距離下看到見習巫女怎麼管理孤兒院和工坊後，更會清楚發現她有多麼異於常人。不單只是貴族與平民的不同，就只有她一個人格外特立獨行。」

貴族與平民基於魔力的有無，有著明確的區分。所以，兩者當然不同。但是，見習巫女不同於貴族，也不同於平民。不光是魔力的有無，她的想法和所有行動都有別於常人。拿她和她的家人及奇爾博塔商會的平民們一比，更是顯而易見。

「令我驚訝的是，見習巫女說她是為了自己的興趣，才經營孤兒院的工坊。一般貧窮的平民不可能不是為了生活，只是為了興趣才開設工坊。更何況還創造出了那麼龐大的利益。坦白說，若非親眼所見，我也無法相信。」

在孤兒院長室擔任見習巫女的護衛時，會看見她和法藍及吉魯一起計算工坊的收益，也常常聽見她和奇爾博塔商會的人的對話。明明受洗後還不滿一年，見習巫女的收入已經遠比下級貴族的我還要多。

「見習巫女不論從哪一方面來看，都比他人還要突出，若想過上安穩的生活，最好要接受卡斯泰德大人的庇護。」

卡斯泰德大人可是和領主也有血緣關係的騎士團長，他的庇護絕不是想要就能得到。比起被像斯基科薩那樣性格惡劣又殘暴的中級貴族收養，肯定幸福得多。而一旦見習巫女成為卡斯泰德大人的養女，成為上級貴族，位在我之上，只要見習巫女能在貴族社會中提拔關照我，縱使我先前犯下了過錯，應該也會容易生存許多。我會待在神殿盡心盡力保護見習巫女，也是為了自己的將來在做打算。

「……想不到你會這麼擁護梅茵，看來你已經相當適應神殿和梅茵的作風了吧。跟剛來神殿時相比，表情不太一樣了。」

聽到斐迪南大人這麼說，我吃著多西拿滋，露出了苦笑。鳥肉在口中逐漸融解化開的口感，讓我想起了秋季尾聲那時候，自己的處境也是像這樣在不斷崩塌。讓我的境遇產生巨大轉變的，便是那次陀龍布的討伐。

「因為討伐陀龍布必須要成年才能參加，所以那天第一次參加的我非常興奮。雖然只是下級騎士，但為了想辦法展現自己的身手，我還背了可以召喚出闇之武器的冗長祈禱文。」

「第一次參加討伐，可以使用闇之武器時，每年總有新人鬥志高昂。」

會以騎士身分參加討伐的斐迪南大人，似乎也曾在第一次討伐時感到興奮，對我激動的心情表示理解。這讓我十分高興。

「所以卡斯泰德大人在選擇護衛的時候，會指派我來擔任也是正常的。畢竟我才剛從見習升為騎士不久，也沒有過討伐陀龍布的經驗，既是下級騎士，魔力也低。但是，直到現在我還是會心想，倘若當時一起擔任護衛的人不是斯基科薩……」

斯基科薩雖是中級貴族，卻是藉著政變從神殿回來的貴族。從神殿回來的貴族因為魔力不高，都遭到周遭旁人的輕視。也因此面對身分比自己還要低下的下級貴族，態度非常倨傲。再怎麼不甘心和火大，身為下級貴族的我也無法忤逆他。

「斯基科薩仗著自己的身分，傷害了見習巫女，我也被判為同罪，受到了降級處分。雖然保住了一命，但還是十分倒楣。為了賠償見習巫女的儀式服，我向兄長借了錢來支付罰金，又因為被降級為見習騎士，他領的未婚妻和我解除婚約。接下來要工作的地點又是沒有魔力的人才會前往的神殿，新的主人還是平民見習巫女。下場這麼淒慘，連其他騎士都說不忍心調侃我了。」

真的是一眨眼的工夫，我在貴族社會就沒有了容身之地。雖然身邊的人都安慰我說，你被斯基科薩害得真慘，但現在的處境並不會因此變好。即使結束了為期一年的神殿工作，「犯下過錯而被調去神殿的騎士」這個污名還是不會消失。

我努力用詼諧的口吻訴說著自己崎嶇坎坷的人生，斐迪南大人放下刀叉，尋思了一會兒後，表情嚴肅地看著我。

「你的人生確實充滿災難且多舛。但是，說你是因為被斯基科薩牽連才遭到處分，並不正確。你也有你犯下的過錯，看來你並沒有什麼自覺。」

……我的過錯？

我一直認為自己只是遭到牽連。其他騎士也都說「你運氣真差」、「真是飛來橫禍」，沒有人會說是我的錯吧。

「但斯基科薩是中級騎士，面對他的蠻橫，身為下級騎士的我究竟該怎麼做呢？」

面對身分比自己高的人，下級貴族只能服從，什麼也沒辦法做吧。我內心感到不平，脫口而出後，斐迪南大人挑起一邊眉毛。

「達穆爾，你在判定無法阻止斯基科薩的時候，當下應該施展路德求援。」

路德是使用思達普發出求援信號的紅光。斐迪南大人說了，就算要驚動正在討伐陀龍布的騎士們，也應該要保護見習巫女。但是，一邊是保護平民見習巫女，一邊是在討伐巨大且兇暴的陀龍布，我倒認為應該要以討伐陀龍布為優先。

「……我完全沒有想到要施展路德求援。」

「假如你護衛的對象是上級貴族或他領的千金，你恐怕就求援了吧。不是嗎？」

倘若當時的護衛對象是上級貴族的千金，我肯定豁出性命也要阻止斯基科薩的無禮行為，驚覺事態不妙時，也會施展路德求援吧。被斐迪南大人點出我心中也和斯基科薩一樣，有著因為是平民就瞧不起見習巫女的想法，我不寒而慄。

「與護衛對象接觸的時候，要時時視作是身分比自己高貴的人。此外遇到自己應付不來的事態時，要馬上施展路德求援。面對中級貴族的橫行霸道，在知難而退之前，應該要向身分更高的人求助。連這點小事也不會，就只是摸摸鼻子退開，沒能完成自己的任務，還哀嘆自己有多麼不幸，便是你的過錯。」

雖然疾言厲色，但斐迪南大人罵著「你這笨蛋」的聲音卻意外輕柔。更明白表示只要我發出求救信號，便會趕來救我。從來不曾有上級貴族相助的我瞪大眼睛。

「……三天後要出發的祈福儀式對你來說，將是非常重要的任務。我已經聽到一些不好的傳聞。你要記住，無謂的自尊心和一味卑躬屈膝，對於執行任務並沒有任何幫助。」

「是！這次我一定誓死保護見習巫女。」

吃完午飯，我正想回到孤兒院長室，斐迪南大人叫住了我。

「對了，剛才聽你說向兄長借了錢，這方面沒問題嗎？」

……大有問題。

因為被降級為見習騎士，想當然薪水也降到了和見習騎士同樣的金額，至今的積蓄又在訂婚時都拿出來當作聘金。雖然已經提出請求，希望多少能夠歸還一些，但兄長說因為是男方犯下過失，對方才解除婚約，所以不一定拿得回來。如今的我完全沒有頭緒可以籌出錢來還債。

「說實話，現在和就讀貴族院時不同，我沒辦法再靠抄寫書籍和製作課堂的參考書賺取零用金，所以比那時候還要吃力。」

「抄寫書籍和做參考書？……為什麼身為騎士的你，會用文官的方式賺錢？」

聽到斐迪南大人說「用文官的方式賺錢」，我稍微垂下目光。騎士多是靠著打倒魔物以取得魔石和材料，然後賣掉賺取收入。但是，不同於魔力豐富的上級騎士，下級騎士因為魔力不高，遲遲難以打倒強大的魔獸。換言之，我們很難得到品質優良的材料，也就賣不了多少錢。

「因為對我來說，比起蒐集材料，製作並販售騎士課程的參考書更有效率。」

「哦……如果你製作參考書的效率足以讓你賺錢，表示文官的工作大致都能勝任吧？」

斐迪南大人說，我點一點頭。回老家時，偶爾還會幫忙兄長的工作，讓我多少抵一點債，而且我原本就不討厭做文官的工作。只是和兄長討論了未來的出路以後，從情報蒐集這方面來考量，才選擇了成為騎士，有別於擔任文官的兄長。我說完，斐迪南大人睜大了淡金色的眼眸，然後微微一笑。

「達穆爾，從祈福儀式回來以後，你是否要和梅茵一起做些文官的工作？我會依照你的工作量支付薪水。」

……嗚！

聽到薪水兩個字，我的內心立刻產生動搖，但是不能輕易答應。不知道有什麼樣的陷阱，況且現在的我不是文官，而是騎士。

「斐迪南大人，非常感謝您的抬舉，但我並不是文官。」

「你不認為做些自己力所能及之事，更有效率地賺錢也十分重要嗎？」

「話雖如此，但我是見習巫女的護衛。身為受罰之人，豈可……」

我也知道自己正在騎士的自尊心與現實生活間搖擺不定。現在的我真的非常需要錢，經濟情況非常緊迫。大概是心思表現在了臉上，斐迪南大人愉快地瞇起雙眼。

「當然只有在梅茵來到神官長室時，你才需要幫忙文書工作。因為在這裡的時候，不論發生任何狀況，由我來保護她會更加迅速確實。」

對於斐迪南大人低聲補上的「畢竟我比你強」，我完全無法反駁，只是語塞。封住了我的嘴後，斐迪南大人開始往木板寫下數字。

「你也知道我事務繁忙吧？便於使喚的幫手來再多我都非常歡迎……嗯，若從第三鐘幫忙到第四鐘，這樣的金額如何？依據你的能力，有可能再往上追加。」

斐迪南大人提供的金額，只要認真工作一個月，便和獨當一面的下級騎士的薪水相差無幾。如今我長時間都被綁在神殿裡頭擔任護衛，光靠我自己，根本不知道上哪才能賺到這麼多錢。只靠見習騎士的薪水真的太刻苦了。如果能在當護衛的同時兼職副業，簡直再好不過。我嚥了嚥口水。

「……請、請讓我接下這份差事。」

比起騎士的自尊心，我更選擇了現實的生活，但斐迪南大人沒有嘲笑我，一臉認真地說了：

「好好加油吧。不快點償還欠款，等你回到貴族社會，也找不到新戀人吧？」

突然被迫面對現實，我幾乎要灰心喪志，但多少也明白斐迪南大人是在擔心我。可是，好想反駁。找不找得到新戀人，問題不只是錢而已。

……一個出入過神殿的男人，哪有可能那麼容易就找到新戀人！

斐迪南大人的體貼太讓人難過了。

古騰堡的稱號

「古騰堡，準備好了沒？」

「師傅，不要用那個稱號叫我啦！」

「再不走第三鐘要響了。古騰堡，走了！」

師傅對我的反抗哼笑一聲，提著裝了東西的袋子用力開門。「快點跟上來。」在催促下，我抱著裝滿金屬活字的沉重木盒，撇著嘴角走向大門。今天要和師傅一起去鍛造協會提交都帕里的作業。工坊的同伴們抬起頭來目送我們，咧開嘴角。

「古騰堡，別畏畏縮縮的，抬頭挺胸好好宣傳啊。」

「我的名字是約翰！別叫我古騰堡！」

「哈哈哈……難得資助者給了你這麼氣派的稱號，別忘了去鍛造協會炫耀啊。」

……可惡！每個人都拿我開玩笑！

都怪師傅這麼叫我，現在連工坊的同伴也跟著叫我「古騰堡」了。但追根究柢，都是我唯一的資助者，梅茵大人害的。我搬著放有金屬活字的沉重木盒，回想起得到了這個稱號的那一天。

那一天我前往奇爾博塔商會接受作業的評價，希望身為都帕里的我能夠得到認同。我因為總是對訂單提出太過瑣碎的問題，沒有客人願意成為我的資助者，好不容易找到的資助者，就是梅茵大人。梅茵大人看起來非常年幼又嬌小，很難想像已經受洗過了，但和外表相反，她的言行舉止一點也不像年幼的孩子。不管是回答我對訂單的疑問、交給我的設計圖，還是為了必要物品花錢的爽快，都不像是一個小女孩。

而且，梅茵大人出給我的作業還是金屬活字。所有文字都必須照著設計圖上的詳細指示製造出來，雖然非常有成就感，但也非常累人。

……梅茵大人會給我很高的評價嗎？

我掀開木盒上的布，露出底下的金屬活字，提心吊膽地等著我唯一的資助者會給出什麼評價。

「哇……」

梅茵大人的金色雙眼感動得泛起淚光，用陶醉的表情注視金屬活字。肌膚白得好像從來沒有晒過太陽，只有臉頰興奮泛紅。按著胸口吐氣的樣子就好像是戀愛中的少女，甚至散發出了難以想像還是小孩子的嫵媚。梅茵大人小心翼翼地拿起一顆金屬活字後，像在看著重要的寶物，把金屬活字放在小手中旋轉。

……看這樣子是很滿意嗎？

我暗自鬆了一口氣時，梅茵大人濕潤沉醉的雙眼突然變得冷靜又嚴肅。她又從木盒裡拿出一顆金屬活字，一起擺在桌上，再把臉部移動到和金屬活字呈水平的位置上。緊接著，瞇著眼睛開始檢查活字的粗細和高度是否一樣。

……可、可以過關嗎？

我開始感到不安，不知道會有什麼評價，結果聽到了這樣的評語：

「太棒了！簡直是古騰堡再世！我要把古騰堡的稱號獻給約翰！」

……古騰堡的稱號是什麼？

我完全一頭霧水，像個笨蛋一樣張著嘴巴，看著梅茵大人。我可以很肯定地說，梅茵大人之前那種富豪千金特有的夢幻又楚楚可憐的氣質完全消失不見了。

路茲走上前想讓梅茵大人冷靜下來，但她根本停不下來。梅茵大人甩開路茲，猛然站起來，臉頰通紅地滔滔不絕說：

「因為這可是印刷時代的開端耶?!現在大家一起見證了歷史將要改變的瞬間喔?!這是古騰堡再世耶?!古騰堡的名字剛好也叫做約翰尼斯，就是約翰喔！多麼美好的偶然！簡直是奇蹟般的相遇！祈禱獻予諸神！」

……從頭到尾我都聽不懂梅茵大人在說什麼。

那種舉起雙手抬起左腳的奇妙姿勢，我在成年禮時也在神殿裡頭跟著做過，但這還是我第一次在平常生活中看到有人真的一邊向神祈禱，一邊擺出這個動作。大家都啞然失聲，但梅茵大人的失控還在持續。

「古騰堡是位為書本的歷史帶來巨大轉變、留下了等同神蹟的偉人喔！約翰正是這座城市的古騰堡！」

被賜予了這麼沉重的稱號，我不禁茫然失神，梅茵大人又說：「大家都是古騰堡的夥伴！」一把班諾先生和路茲也認定為是古騰堡，讓同伴增加得越來越多。

……這種事情真的無所謂，拜託誰來解決一下這一發不可收拾的場面。

我的目光投向站在梅茵大人身後，看起來很高貴的隨從。幾乎同一時間，梅茵大人再度向神祈禱：「感謝睿智女神梅斯緹歐若拉！」

下一秒，梅茵大人維持著獻上祈禱的動作，面帶幸福的笑容，啪噹倒地。然後就此一動也不動，房內一片死寂。

「……嗚哇?!梅茵大人?!」
「喂，小姑娘?!」
「怎、怎麼回事?!」
只有我、師傅和護衛隨從三個人大吃一驚地站起來。護衛隨從慌忙跪下，察看梅茵大人的模樣，我和師傅則是手足無措，但除此之外的其他人只是不約而同嘆氣。
「終於暈倒了嗎。這下子耳根清靜多了。」
班諾先生自始至終都坐在椅子上，完全不為所動，連剛才想讓梅茵大人冷靜下來的路茲，和梅茵大人的另一名隨從也都文風不動。
「法藍，你讓梅茵在那張長椅上躺著吧。反正回去也要搭馬車。」
「感激不盡。達穆爾大人，失禮了。」
名為法藍的隨從抱起癱軟不動的梅茵大人，走向不知為何放在暖爐附近的長椅。輕輕地讓梅茵大人躺下後，蓋上暖和的厚重外套。
對那老練到了像是早就料到會有這種結果的動作，我眨了眨眼睛。班諾先生用指尖敲了敲桌面，說道：
「那麼開始評價吧。因為梅茵暈倒了，所以由我做為保證人代為評價。沒問題吧？」
「咦？……梅茵大人放著不管沒關係嗎？」
就這麼對突然間暈倒的小孩子置之不理，還不慌不忙地對我的作業進行評價，這樣真的好嗎？我看向躺在長椅上的梅茵大人。

「路茲，你說呢？」

「我想應該傍晚的時候就會醒來了。雖然因為太過興奮，肯定會發燒，但她根本冷靜不下來，也只能這樣了。」

路茲聳肩斷然地說「只能這樣」，看來是相當習慣處理梅茵大人的這種情況。

「這次大概會持續幾天呢？」

「……不一定，要看她興奮的心情會持續多久。真是難說。」

聽法藍和路茲的語氣，顯然梅茵大人的暈倒是家常便飯。但明白歸明白，對心臟太不好了。剛才還以為我的心跳要停了。

「總之，評價就寫資助者還高興到暈過去了吧。」

「嗯，看起來確實是很興奮沒錯。只要有班諾當保證人代為寫下評價，那就沒問題……但我本來還想問問這些到底是做什麼用的。」

師傅看著金屬活字說，於是梅茵大人隨從中的一名少年這才想到什麼，抬起頭來，立刻拿出手上的東西。

「由我來示範。我照著梅茵大人的吩咐做了準備。」

「吉魯，你要做什麼？」

「當然是塗上墨水印刷啊。嘿嘿。」

吉魯顯得十分興奮，動作熟練地拿出工具，把滾筒、紙、墨水，和沒有看過的圓形物品逐一擺在桌上。先前梅茵大人向我訂做的滾筒，如今整個變成了黑色。只見吉魯把墨水抹在滾筒上。

「梅茵大人說，要先把金屬活字拼成短文。拼好以後，像這樣子塗上墨水。」

我還來不及阻止，吉魯就拿著滾筒滾向金屬活字的表面。原本閃耀著銀色光澤的金屬活字全都沾上了濃稠的漆黑墨水。

「嗚哇！」

看到金屬活字竟然在沒有資助者梅茵大人的許可下被弄髒，我忍不住放聲大叫。但是，即使我倒抽了口氣喊「你在做什麼！」，吉魯也看都不看我一眼，輕輕地把紙放在金屬活字上面。

「原本好像該用像是壓榨機的機器，用力往下壓，讓墨水印在紙上，但這次只是要向大家示範金屬活字的使用方式，所以是用這個叫馬連的工具按在紙上摩擦。」

吉魯得意非凡地說明，一邊用那個圓盤狀的平坦工具，隔著紙張用力摩擦。在場只有我一個人面如死灰，其他人都興味盎然地看著吉魯的示範。

「像這樣印上墨水以後，再撕下來晾乾。」

吉魯撕下紙後，上頭出現了以黑色墨水清楚印出的一行字。接著吉魯再以同樣的步驟，用另一張紙印出了一模一樣的一行字。然後他「嘿嘿」笑著，左右手各拿著一張紙，在眾人面前攤開。

……所以？結果這到底是做什麼用的？根本只是在浪費紙嘛，太可惜了。

但是，看著紙這麼想的人好像只有我。班諾先生、師傅和護衛隨從都在一瞬間變了臉色，表情變得嚴肅。尤其是梅茵大人那位名叫達穆爾的護衛隨從還從吉魯手中拿走紙張，用冷峻的眼神來回比對。

「居然這麼短時間內就印好了一頁的內容嗎？真是難以置信。」

師傅也拿起幾顆沒有塗上墨水的金屬活字，在掌心上重新組字，發出悶哼。

「……因為金屬活字是每個字母都分開製作，要拼成文章很簡單哪。」

「梅茵說過，這個方法會比一個個字切割紙版要快上很多。」

路茲說完，所有人更是用力皺眉。

「這個真的就像梅茵說的，歷史將會改變。」

雖然早就知道印刷這項技術，但沒想到這麼輕易就能組成文字，班諾先生說著嘆一口氣，搖了搖頭。

「那個蠢丫頭，居然做出了這種東西來……」

班諾先生大概是說出了在場所有人的心聲，大家的目光一致地投向躺在長椅上昏迷不醒的梅茵大人。大家好像都明白是怎麼一回事，卻只有我完全搞不懂到底發生了什麼事情。但是，我有種預感，在梅茵大人成為我的資助者以後，我將被捲進自己也無力反抗的巨大潮流之中。

「但梅茵說過接下來才要做印刷機，暫時還不會有什麼行動吧。」

班諾先生用稍顯樂觀的語氣說，但師傅面色凝重地搖頭。

「既然說過要向木工工坊下訂單，表示她腦子裡很清楚要做什麼東西。等她畫好了像拿給約翰那樣詳細的設計圖，印刷機八成也不用多久就能完成了。」

梅茵大人提供的設計圖非常詳細。不知道是不是在配合我的追求細節，甚至有越來越仔細的趨勢。一旦準備好了指示那麼詳盡的設計圖，應該很快就能完成。

「不，就算有印刷機可以使用，造成的影響應該也不會馬上擴大。目前只有這裡有植物紙工坊，請工坊製作植物紙專用墨水的契約也才剛簽訂，所以原料絕對不足以供應……但等到春天過後，一旦鄰鎮的工坊也開始運作，就只是時間早晚的問題吧。」

班諾先生說完搔了搔頭，閃著兇光的雙眼忽然看向我。明明之前都很和善，這時候突然變得兇神惡煞，害我嚇得倒吸一口氣。

「約翰，你可是古騰堡。梅茵直接給了你稱號，別以為你從今以後能擺脫她。」

在班諾先生的威嚇下，我什麼也無法思考，只能忙不迭地點頭。

好恐怖！不管是什麼我都會做出來，請饒了我吧！——大概是感受到了我的恐懼，班諾先生心滿意足地點頭。

「那就好。」

……但我沒有其他資助者，想擺脫也不能擺脫啊。

想起了在奇爾博塔商會發生的事情，我不禁噘起嘴巴，師傅就說：「等拿到評價，再去奇爾博塔商會報告吧。」一瞬間還以為師傅看穿了我在想什麼，我嚇得一抖，走進鍛造協會。

鍛造協會位在城中。城中指的是以中央廣場為中心，周邊被大道圍起呈四方形的一塊區域，商業公會和許多工匠協會都在這裡。城中的西南方有鍛造協會、建築協會、木工協會等工匠協會，裁縫協會和染色協會在西北方，東南方是飲食店家協會和旅館協會，東北方有商業公會和士兵的會議室等。

現在已經是春天了，所以眾多協會所在的城中地區人潮非常洶湧。踏進鍛造協會後，有人正在搜購冬天的手工活，也有人是拿來賣，也有人和我一樣是來提交作業，屋內混亂又嘈雜。

「啊，約翰！聽說你找到資助者了？恭喜啊。」

我拚了命地在找資助者這件事在鍛造協會十分有名。聽到櫃檯的男職員為我擔心，我稍微舉起手上裝了金屬活字的木盒。

「嗯，現在有了作業，還得到了評價，總算可以放心了。」

找到資助者、完成作業、得到評價，就能避免都帕里契約遭到取消。雖然接下來已經成年的都帕里們，還要提交作業給鍛造協會評分，但對我來說，光是契約沒被取消就謝天謝地了。

「居然說這樣就謝天謝地……約翰你明明技術很好，還真是沒有野心。」

別人經常這麼說我，但我並不是沒有野心。這是因為不管鍛造協會給的評價高還是低，資助者的數量也不會增加，所以我才不在乎。因為我很清楚，工坊及協會的評價再高，只要客人的評價不好，那也沒有意義。

在櫃檯辦完登記，我和師傅一起走上二樓。不少剛成年的都帕里都聚集在此，捧著作業和自己的師傅一同前來。

「哼……你之前還一直吵說找不到資助者，結果還是拿到了作業嘛。」

突然一名蓄著紅色短髮，灰色雙眼充滿了挑釁意味的少年向我搭話。既然會出現在這裡，表示和我同年，不然就是大我或小我一歲。因為有些人會比較早就找到資助者，或是作業比較慢完成，年紀多少有些落差，所以無法肯定。

……誰啊？

雖然我會在師傅和同伴的吩咐下，出門去訂貨和領取材料，但大多時間都是窩在工坊裡頭工作。老實說，我認識的人很少。師傅甚至因此罵過我，說我就是因為都不和別人來往，才那麼難找到資助者。

「雖然不知道你做了什麼來，但我才不會輸給你！」

一個連名字都不知道的陌生人突然跑過來說這些話，我只覺得莫名其妙，只能擠出聲音應道：「哦、哦。」對方哼了一聲，大搖大擺地走回到自己師傅旁邊。

「什麼啊？」

「費爾德工坊的薩克視你為競爭敵手喔。你這傻小子，在這種不知道誰會得到什麼評價的緊張氣氛下，不要發呆啊。」

有人來挑釁，當然要趾高氣昂地接下挑戰！——師傅志得意滿地說，我才知道那個少年叫做薩克。說到費爾德工坊，是城裡工匠最多，也最受歡迎的鍛造工坊。如果在那裡當上了都帕里，表示薩克一定是技藝非常出色的工匠。

……這麼說來，記得師傅在很久以前說過，有個跟我同年的人很優秀。

第三鐘響，負責評量的鍛造協會員工們走進房間。依著被叫到的順序走上前，交出自己帶來的作業，接著會問資助者至今下過什麼訂單、這次訂做了什麼、得到了什麼樣的評價。我們給員工們看了師傅帶來的訂單，和資助者所寫的評價，證明評價來源正當無偽。

「訂單數量還不少嘛。」

從我開始接受梅茵大人的訂單直到現在，其實還沒經過多久時間，但接到的訂單數量已經不少。一般同一位資助者不會這麼接二連三地下訂單。而且，梅茵大人訂做的東西又都十分古怪。

「是梅茵大人非常欣賞約翰的能力。她的訂單要求都很仔細。」

師傅說著，攤開梅茵大人在下訂時帶來的設計圖。鍛造協會的員工也全是鐵匠，所以只要看一眼設計圖，就能知道訂單的要求有多麼細膩。

「但是，梅茵工坊長嗎？從沒聽過這個人，是哪裡的工坊？」

看著訂單和評價木板上的名字，協會員工紛紛狐疑皺眉。這麼說來，我也不知道資助者梅茵大人的工坊在哪裡。

「呃、這個……」

我不禁支吾起來，師傅抓著我的肩膀，指向寫著評價的木板。

「梅茵工坊長因為還沒成年，所以是由奇爾博塔商會的班諾當保證人。詳細情況，請你們去問奇爾博塔商會或商業公會吧。」

看到木板上的名字，協會員工都佩服咕噥：「有奇爾博塔商會當保證人嗎……」奇爾博塔商會在城裡算是大規模的商會，雖然稱不上是歷史悠久的老字號，但近來成長迅速，交易量在城裡也是名列前茅。聽到是由奇爾博塔商會擔任保證人，梅茵大人便被判定為是資金相當雄厚的資助者。

「那麼，提交這次的作業吧。」

確認資助者沒有問題後，協會員工們接著這麼催促。我掀開包裹著木盒的布，露出底下的金屬活字。

「這是什麼？」

……嗯，任誰都會這樣想吧。

雖然吉魯已經示範過了金屬活字要怎麼使用，但我還是不太明白金屬活字的價值。也沒有工匠能夠一眼就看出活字的價值吧。

「這個叫做金屬活字，把文字刻在了這上面。約翰，你說明一下訂單內容吧。」

「是，師傅。接到訂單的時候，資助者說重點在於不能有一丁點的落差。像這樣擺在一起時，必須整齊一致，高度也要完全一樣。」

我拿出幾顆金屬活字排成一排，或是往上堆疊，然後像梅茵大人做的那樣，移動臉部到和活字呈水平的位置。協會員工們也和我一樣移動頭部，檢查金屬活字。

「訂單的要求還真精細。」

「聽說若不做得整齊一致，會很容易損壞。」

就算不知道用途，也看得出需要多麼精細的工夫吧。協會員工們都佩服地稱讚我，

「居然能細膩到這種程度。」

「奇爾博塔商會的老爺還說了，這項發明足以改變歷史喔。」

雖然師傅是現學現賣班諾先生說的話，但協會員工們聽了，反應剛好呈現兩極。有人哈哈大笑，「哈哈，太誇張了吧……」有人臉色大變，「真的嗎？」

「約翰因為做好了這些金屬活字，資助者還給了他古騰堡的稱號。聽說這個稱號，

是用來形容留下的事蹟能夠改變歷史的偉人。約翰甚至和奇爾博塔商會的老爺一樣，都是艾倫菲斯特的古騰堡！」

師傅用大到在場所有人都能聽到的音量說。於是在四周轟然的鼓譟聲中，只有我因為太過丟臉，死命忍著想抱頭縮成一團的衝動。

「所以，結果怎麼樣？」

得到了鍛造協會給予的評分後，我和師傅一起前往奇爾博塔商會。因為要把結束了評價的金屬活字交貨給梅茵大人，還要報告鍛造協會的評分結果。我們和接受評量時一樣被帶進裡頭的辦公室，班諾先生向我們詢問結果。

「當然是約翰的評分最高。沒有其他剛成年的傢伙接得了那麼精細的訂單。」

雖然我的資助者只有一位，但因為訂單的數量和價格都遙遙領先，又全是沒有技術就無法完成的罕見物品。再加上得到了稱號這一點，也為我加了不少分。在工坊裡頭，明明師傅都帶頭用這個稱號來調侃我，想不到在外面卻是件相當光榮的事情。

……但不管有多麼光榮，我才不想要這個稱號！

得到了古騰堡的稱號一事傳開後，我得到了最高的評分，也因此第二高分的薩克對我產生了莫大敵意。他還向協會的人抗議：「明明在考試開始之前，他還找不到資助者，沒有任何評價，突然就拿到這麼高分太奇怪了！」

……要是可以，我真想把古騰堡的稱號讓給薩克。

我只是想做出可以讓資助者滿意的東西，為此不惜學習再多的技術，但稱號就不必了。

「約翰，別擺出那麼不情願的表情嘛，評價可是很重要的。」

師傅大力拍拍我的肩膀說，馬克先生也點頭同意。

「師傅說得沒錯，考慮到工坊的經營，在外的風評十分重要。約翰畢竟是都帕里，也要想想工坊未來的發展。」

我只顧著增進自己的技藝，從來沒想過工坊未來的發展和自己在鍛造協會內的地位。看來身為都帕里，也該考慮到這些事情。

「不過，商人和工匠不一樣。你就專心把好東西做出來吧。這也會影響到工坊的評價。工坊就交給懂經營的人來管理，你不用擔心。你只要磨練自己的技藝，找到像梅茵大人那樣和自己合得來的資助者就好了。」

「……師傅。」

平常損起人來不遺餘力的師傅，居然也有這麼可靠的一面。我不由得深受感動，下定決心今後要讓自己的技藝變得更加高超。這時馬克先生帶著和藹的笑容，遞給我幾張對半折起的紙。

「約翰，為了讓你更加精進自己的技巧，就從這些開始吧。是梅茵大人給你的。」

我歪著頭接過後，打開紙張。全是畫了詳細設計圖的訂單。

「啊啊?!」

設計圖上一片密密麻麻，畫的卻不是我先前做的那些文字，而是關於空白與符號的金屬活字。想不到金屬活字還有後續，我用抖個不停的手握住訂單。

「這是……什麼？」

「梅茵大人非常興奮，說是因為約翰能夠照著她的要求做出成品，所以要再繼續訂做。做完符號以後，好像打算再訂做其他大小的金屬活字。」

雖然馬克先生鼓勵道：「請加油吧。」但我一點也不開心。在我看來，馬克先生那和藹的笑容太邪惡了，根本只是把麻煩的差事都推到我身上。

「你還真是找到了一個不得了的資助者哪。」

師傅用力把手拍在我肩膀上，感覺非常沉重。我轉頭看向師傅，只見他的雙眼燦燦發光，明顯是在看好戲。

「只要你專心致志地完成這些訂單，肯定會名留青史喔，古騰堡。」

「師傅，拜託你不要用那個稱號叫我啦！」

把剛才的感動還給我！──看見我抱頭哀號，路茲輕輕聳肩。

「會被梅茵看上，代表你的好運已經用完了。死心吧，古騰堡。」

「第一個得到稱號的人是你。約翰，你就是古騰堡了。」

班諾先生用正經八百的表情，若無其事地說出了恐怖發言。這時候再不反駁，會被他們推得一乾二淨。怎麼能讓重要的替死鬼們……不對，是讓重要的同伴自己逃掉。本能警覺到了這件事，於是我開口說：

「路茲和班諾先生也是古騰堡的同伴吧？梅茵大人不是這麼說了嗎！」

雖然兩人咂著嘴狠瞪向我，但我才不要自己一個人背負這種稱號！

「那考慮到年紀和地位，古騰堡的代表是班諾先生才對吧？」

「很遺憾。約翰，這叫先搶先輸。」

「哪有這樣的?!」

結果，當天並沒有爭論出誰才是古騰堡的代表。

日後，我不著痕跡地向梅茵大人推薦班諾先生為古騰堡代表，結果卻得到了風馬牛不相及的回答：「放心吧。大家都是古騰堡的同伴，沒有優劣之分喔！」

……不對！我才不想聽到這種答案！

根據後世歷史學家的記載，古騰堡集團便是在此時於艾倫菲斯特誕生。化身為睿智女神梅斯緹歐若拉的使者，發明了印刷技術，窮盡一生致力於讓大量的書籍問世。

後記

好久不見了，我是香月美夜。

非常感謝各位購買本作，《小書痴的下剋上：為了成為圖書管理員不擇手段！【第二部】神殿的見習巫女（Ⅲ）》。

約翰少年做好了覺悟，請梅茵成為自己的資助者後，做出了金屬活字。朝著印刷又跨出了一大步，梅茵簡直是歡天喜地。古騰堡們今後將繼續被梅茵耍得團團轉……更正，是在睿智女神梅斯緹歐若拉的引導下，互相攜手合作，朝著印刷不斷邁進。

而梅茵在被探索了記憶以後，正下定決心要好好珍惜家人，卻因為墨水協會可疑的舉動，提早進入了神殿展開過冬生活。儘管侍從們都細心侍奉自己，卻也絕對不容許她撒嬌，讓梅茵心生了難以言喻的寂寞。加上能夠見到家人的時間一直不多，要成為貴族的養女這件事卻逐漸拍板定案，讓梅茵更是一心想回到家人身邊。

在這一集，梅茵首度前往了艾倫菲斯特各地。和第一部的城市地圖作對比，感覺得出書裡的世界變得更加遼闊了。這一集的地圖是我下了不少苦心才完成，希望可以在大家進行想像的時候稍微提供點助力。

然後，這一集的短篇是達穆爾和約翰的番外篇。兩個人的共通點，就是今後將被梅茵要得團團轉，卻再怎麼流淚也逃離不了命運這一點吧（笑）。因為受罰而來到神殿的達穆爾，和古騰堡的稱號連在鍛造協會也流傳開來的約翰，希望各位看得開心。

其實，我是在本集快要出版的時候，才提出請求說：「這集能讓我加上地圖嗎？」出版社卻也爽快答應，所以真的非常感謝TO BOOKS的所有工作人員。

而這集的封面，是穿著祈福儀式時那件嫩草色服裝的梅茵。看著封面上的服裝在不停改變，可以發現到梅茵變得越來越有錢了呢。至於在本集首次登場的齊爾維斯特，看見畫好的插圖正中我想像的紅心，我感動得不停發抖。真的萬分感謝椎名優老師。

最後，要向購買本書的各位讀者獻上最高等級的謝意。

續集預計在初夏發行。期待屆時再相會。

二〇一六年二月　香月美夜

為了守護重要的人們而踏上嶄新道路！
第二部感動完結篇！

小書痴的下剋上

第二部　神殿的見習巫女 IV

香月美夜 著　**椎名優** 繪

歷經漫長的冬季，明媚的春天終於再度降臨艾倫菲斯特。對於梅茵今後的動向，神殿內各方人馬都加速展開行動，厭惡梅茵的神殿長也策畫了計謀，整個城市都籠罩在險惡的氣氛中。但梅茵依舊用平常心度過每一天，一面幫忙照顧剛出生的弟弟，一面開發墨水製作新書。然而原本應該和家人、朋友過著幸福快樂的生活，這個世界卻逼梅茵必須作出殘酷的決定……

國家圖書館出版品預行編目資料

小書痴的下剋上：為了成為圖書管理員不擇手段!.
第二部，神殿的見習巫女.Ⅲ / 香月美夜著；許金
玉譯.-- 初版.-- 臺北市：皇冠，2018.05
面；　公分.--（皇冠叢書；第 4693 種）(mild；
12)
譯自：本好きの下剋上 司書になるためには手段
を選んでいられません.第二部，神殿の巫女見習
い.Ⅲ
ISBN 978-957-33-3373-9（平裝）

861.57　　　　　107005566

皇冠叢書第 4693 種
mild 12

小書痴的下剋上

爲了成爲圖書管理員不擇手段！

第二部 神殿的見習巫女Ⅲ

本好きの下剋上
司書になるためには
手段を選んでいられません
第二部 神殿の巫女見習いⅢ

作　　者—香月美夜
譯　　者—許金玉
發 行 人—平　雲
出版發行—皇冠文化出版有限公司
台北市敦化北路 120 巷 50 號
電話◎ 02-27168888
郵撥帳號◎ 15261516 號
皇冠出版社（香港）有限公司
香港銅鑼灣道 180 號百樂商業中心
19 字樓 1903 室
電話◎ 2529-1778　傳真◎ 2527-0904
總 編 輯—許婷婷
美術設計—嚴昱琳
著作完成日期— 2016 年
初版一刷日期— 2018 年 5 月
初版五刷日期— 2023 年 2 月
法律顧問—王惠光律師

讀者服務傳真專線◎ 02-27150507
電腦編號◎ 562012
ISBN ◎ 978-957-33-3373-9
Printed in Taiwan
本書特價◎新台幣 299 元 / 港幣 100 元